KB004369

사 랑, 역 사 가   되 다

일곱 빛깔의
세계적인
사랑 판타지

사 랑, 역 사 가   되 다

최문정 지음

창해

다시 사랑을 믿다

언젠가부터 사랑을 믿지 않았다. 내게 사랑이란 신과 닮은 존재였다. 그 존재를 증명할 수는 없지만 무작정 믿으면 삶이 풍요롭고 안정된다는 점이 비슷했다.

하지만 나이가 들고 동화 속에서 빠져나오며 사랑에 대한 불신에 젖어들었다. 과학 전공자답게 논리적이며 이성적인 것을 신봉하는 터라 증명할 수 없는 것을 믿기는 힘들었다. 게다가 직업상 수많은 사람의 사랑이 무너지는 과정을 샅샅이 엿보면서 사랑은 없다고 확신했다. 매년 이혼율이 증가하는 것도, 비혼을 선택하는 사람이 증가하는 것도, 졸혼을 선언하는 사람이 증가하는 것도 모두 사랑이 없기 때문이라고 생각했다.

사랑 따위는 없는 거야, 그냥 그렇게 생각하면 될 것을, 나는 기어이 증명하고 싶어졌다. 아니, 어쩌면 마음속 깊은 곳에서는 어딘가에는 사랑이 존재한다는 걸 믿고 싶었는지도 모르겠다. 항상 의문이었다. 진정한 사랑이 존재하기는 하는 걸까? 이 책은 그 의문에 대한 보고서다.

사람들이 선망하는 세기의 사랑은 내 주변의 사랑과 다를 거라 생각했다. 다르긴 했다. 부정적인 의미로 말이다. 그들의 사랑은 내가 가진 이상적인 관념을 완벽하게 깨뜨렸다.

레너드 울프는 성관계를 갖지 않겠다는 약속까지 하면서 버지니아 울프와 결혼했다. 결혼의 기본 관계에 대한 상식 따위는 그들의 사랑을 방해하지 못했다. 시한부 선고를 받은 엘리자베스 브라우닝은 가족들이 반대하자 로버트 브라우닝과 몰래 결혼해서 도망친다. 오노 요코와 심프슨 부인의 사랑은 사랑의 가장 기본 원칙인 신뢰를 깨뜨리는 불륜에서 시작되었다. 세상이 손가락질 했지만 그들은 상관하지 않았다. 빅토리아 여왕과 앨버트 공은 정략결혼으로 시작했다. 프리다 칼로는 끊임없이 바람피우는 디에고 리베라에게 복수하기 위해 맞바람을 피웠다. 세기의 사랑이라 불리는 그들의 사랑은 치정 불륜 막장극이나 다름없었다.

그럼에도 불구하고 그들의 사랑은 세기의 사랑이라 불린다. 그들의 사랑을 반가워하는 이는 아무도 없었다. 모두가 그들이 함께

하는 걸 의아해했다. 하지만 그들은 세상의 의문과 불신을 신뢰와 선망으로 바꾸는 데 성공했다.

레너드 울프는 버지니아 울프의 월경 주기까지 신경 쓸 정도로 버지니아 울프의 정신병을 치료하기 위해 최선을 다했다. 로버트 브라우닝은 엘리자베스 브라우닝의 유명세 때문에 주위 사람들에게 굴욕을 당하면서도 함께했다. 시한부 선고를 받고 방 안에서 꼼짝도 못 하던 엘리자베스 브라우닝은 아이를 낳을 정도로 건강해졌다. 오노 요코는 자신을 하찮은 스토커로 취급하는 존 레논을 미친 듯이 쫓아다닌 끝에 그의 사랑을 얻는 데 성공한다. 에드워드 8세는 심프슨 부인과 결혼하기 위해 영국의 왕위를 버렸다. 앨버트 공은 아이를 싫어하는 데다 늘 바쁜 빅토리아 여왕을 대신해 육아와 살림을 맡았다. 프리다 칼로는 여동생과 불륜을 저지른 디에고 리베라와 결국 재결합했다.

그들의 사랑은 동화 같은 해피엔딩으로 끝나지 않았다. 그들의 현실은 언제나 구질구질하고 지저분하며 하찮고 보잘것없었다. 마치 우리의 사랑처럼 말이다. 눈빛만 봐도 설레고 떨리는 순간은 금세 지나가 버린다. 알콩달콩 오순도순 꿈꾼 미래는 지치고 바쁜 일상이 되어 버린다. 관계는 누군가의 희생과 배려로 유지될 수밖에 없다. 그 희생과 배려의 균형이 깨지는 순간, 우리는 이별을 맞닥뜨린다. 일방적으로 한 사람만 희생하는 관계는 어떻게든 깨어지기 마련이다.

시간을 이기지 못한 사랑은 사랑일 수 없다. 하지만 바로 그 순간, 그들의 사랑은 달랐다. 어떠한 비난과 장애와 방해에도 굴복하지 않고 자신의 사랑을 지켜 냈다. 시간을 거스를 정도로 그들의 사랑은 강했다. 그래서 그들의 사랑이 세기의 사랑으로 불릴 수 있는 것이다.

진정한 사랑은 존재한다. 그들의 사랑이 바로 그 증거다. 그 사랑은 위대할 필요도 없고 거창할 이유도 없다. 같이 있다고 행복하지는 않아도, 어쩌면 같이 있어서 더 불행할지라도 그저 함께하지 않으면 견딜 수 없는 것, 그게 바로 진정한 사랑이었다. 이상적인 사랑 관념을 파괴하는 그들의 다른 사랑을 보며 나는 다시 사랑을 믿기 시작했다.

사랑이라는 존재에 관한 나의 보고서를 통해 독자 여러분도 사랑을 믿을 수 있었으면 좋겠다.

차례

Elizabeth Barrett Browning

오로지 사랑만을 위해서
사랑해 주세요

엘리자베스 배럿 브라우닝

Elizabeth Barrett Browning

1806년 3월 6일~1861년 6월 29일

엘리자베스 배럿 브라우닝은 빅토리아시대의 영국 시인으로,
살아 있는 동안 영국과 미국에서 가장 대중적인 시인이었다.

당신이 나를 사랑해야 한다면
오로지 사랑만을 위해서 사랑해 주세요.

그리고 부디
그녀의 미소 때문에
그녀의 아름다운 모습 때문에
그녀의 부드러운 말씨 때문에
그리고
힘들 때 편안함을 주는 그녀의 생각 때문에
내 맘에 꼭 드는 재치로 내게 기쁨을 주었기 때문에
그녀를 사랑한다고 말하지 마세요.

사랑하는 이여!
이런 것들은 그 자체가 변하거나
당신 마음에 들기 위해서도 변할 수 있습니다.
그리고 그렇게 얻은 사랑은
또 그렇게 잃을 수도 있는 법이지요.

내 뺨에 흐르는 눈물을
닦아 주고픈 연민 때문에 날 사랑하지도 말아 주세요.
당신의 위안을 오래 받으면 눈물을 잃어버리고
그러면 당신의 사랑도 잃어버리겠지요.

오직 사랑만을 위해서 날 사랑해 주세요.
사랑의 영원함으로
나를 향한 당신의 사랑을 오래오래 지닐 수 있도록.

– 엘리자베스 배럿 브라우닝

나는 네 살부터 시를 쓰기 시작했고, 여덟 살 때 호메로스의 작품을 그리스어로 읽었다. 열네 살 때 서사시 《마라톤 전쟁(The Battle of Marathon)》을 발표했으며, 워즈워스의 뒤를 이을 계관시인* 후보로 꼽히는 시인이었다. 내게 인생은 보랏빛 꿈처럼 달콤하게만 보였다.

열다섯 살, 말을 타다 떨어져 척추를 다쳤다. 겨우 부상에서 회복될 무렵, 기침과 감기가 악화되어 결핵이 되었고 가슴의 동맥마저 터졌다. 진료하러 온 의사마다 처방은 달랐지만, 그리 오래 살지 못한다는 결론은 똑같았다.

침대에서 가장 멀리 갈 수 있는 곳이 거실 소파였다. 난 그렇게

---

*영국에서 뛰어난 시인에게 수여하는 칭호.

작은 집 안에 갇혀 버렸다. 병간호를 해 준 유일한 친구인 엄마의 사랑으로 그나마 견딜 수 있었다. 하지만 엄마는 사라진 내 꿈처럼 갑자기 세상을 떠났다. 아버지는 엄마의 빈자리를 나로 채우려고 했다. 난 아버지가 골라 준 옷을 입고 아버지가 하는 썰렁한 농담에 웃어야 했다. 아버지가 원하는 대로 얌전하고 순종적이며 남자에게 봉사하는 딸이 되어 주었다. 내가 증오하는 빅토리아시대의 여성상이었지만 상관없었다. 어차피 시한부 인생이었다. 아버지뿐만 아니라 어린아이와도 싸울 수 없을 만큼 내 몸은 허약했다. 무언가를 얻기 위해 싸울 필요가 없었다. 그걸 얻기도 전에 죽어 버릴 테니까. 밝고 명랑한 희망 따위는 필요하지 않았다.

런던시 윔폴가, 작은 집 거실, 낡은 소파에 앉아서, 난 죽음을 기다리고 있었다. 하루는 책을 읽고 하루는 시를 쓰면서….

그렇게 서른아홉 해를 살아냈다. 내 또래의 여자들은 모두 이미 다 자란 아이들을 거느리고 있었다. 이미 손주를 본 친구들도 있었다. 하지만 난 여전히 연애 한 번 못 한 노처녀였다. 아니, 노처녀라고 부를 수조차 없는 나이였다. 사랑을 꿈꿀 힘도 없었고, 사랑을 꿈꾸기엔 너무 지쳤다. 그래도 가끔 사랑이 그리울 때면 책과 연애를 하고 시와 사랑을 나누었다. 두 권의 시집을 펴낸 뒤 편지 한 통이 도착했다.

온 마음을 다해
당신의 시를 사랑합니다.
당신의 시는 내 속으로 들어와
나의 한 부분이 되었습니다.
온 마음을 다해
당신의 시집을 사랑합니다.
그리고 온 마음을 다해 사랑합니다.
당신을….

−로버트 브라우닝

단순한 팬레터라고 생각했다. 조금 열정적인 팬레터일 뿐이라고 생각했다. 그래도 생애 처음으로 받은 사랑 고백에 행복해하며 답장을 보냈다. 곧바로 답장이 왔다. 난 재빨리 답장을 썼다. 우린 날마다 편지를 주고받기 시작했다. 몇 번씩 편지를 쓰는 날도 있었다.

편지를 받을 때마다 조금씩 그가 내게 다가왔다. 로버트 브라우닝은 나보다 여섯 살이 어렸다. 그는 열두 살 때 바이런을 읽었고,

열네 살 때 셸리의 무신론에 감화되어 종교를 버렸으며, 《맵 여왕 (Queen Mab)》을 읽고 채식주의자가 되었다.

답장을 쓸 때마다 조금씩 그에게 빠져들기 시작했다. 그의 모습을 상상하며 하루를 보냈다. 내 상상 속에서 로버트는 펜싱 시합 후 승리에 환호했고, 권투 시합으로 땀에 젖어 숨을 몰아쉬기도 했다. 어느 날부터인가 상상 속 로버트 옆에는 내가 있었다. 그와 함께 춤을 추고, 그가 연주하는 피아노 반주에 맞춰 노래 부르고, 그와 함께 말을 타고 초원을 달렸다.

그대를 생각하고 있습니다!
포도 덩굴이 나무에 감기듯
제 생각은 그대에게 감겨서
새싹처럼 돋아나고 넓은 잎으로 자라납니다.
이젠 무성해진 잎에 숲조차 가려져 버렸습니다.
그저 무성한 잎밖에는 아무것도 보이지 않습니다.

나의 종려나무여!
기억해 주세요.
더욱 사랑스럽고

더욱 좋은 그대 말고는
제 생각을 바치지 않을 겁니다.

강건한 나무인 그대의 모습을 다시 보여 주세요.
그대의 나뭇가지를 살랑살랑 흔들어 줄기를 보여 주세요.
그대를 감싼 이 푸른 잎을 떨어뜨리세요.
쿵, 푸른 줄기가 터져 부서지게 하세요.
온 세상에!

그대의 모습을 보고
그대의 목소리를 듣고
그대의 그림자 아래에서 신선한 공기를 들이마시는
이 심오한 환희 속에서 전 그대를 헤아리지 않을 테니까요.
그대 곁에 너무나 가까이 있기에.

    편지가 늘어 갈수록 통증이 아닌 설렘으로 가슴이 떨렸다. 고통
스러운 날에 조금씩 웃음이 들기 시작했다.

환상을 벗 삼아 살아왔습니다.

오래전부터 전
남자나 여자 대신 환상을 벗 삼아 살아왔습니다.
그들이 내게 들려준 음악은
그 어느 것보다 달콤했습니다.
상냥한 벗들이었지요.

하지만 언젠가부터
그들의 음악이 점점 변했습니다.
그들의 흐려져 가는 눈빛 속의 나 또한
지치고 눈이 멀어 갔습니다.

바로 그때 그대가 왔습니다.

그들과는 착각처럼 느껴지던 사랑이
그대와는 진실이라 느껴졌습니다.

그들의 노래, 그들의 환희보다

그대는 더 빛났습니다.
성스러운 보석처럼.

그대는 부족한 것들을 채워 주었고
제 영혼을 소유했습니다.

신의 선물은
제 가장 귀중한 꿈을 부끄럽게 만들었습니다.

시를 써 보라는 나의 권유에 로버트는 그제야 고백했다. 자신이
《폴린(Pauline)》의 작가라고, 그 작품을 출간할 때는 필명을 썼다
고. 처음에는 고개를 갸웃했다. 그리고 내 안의 뭔가가 와르르 무
너져 내렸다. 가슴의 동맥이 다시 터진 것처럼 아파 왔다. 《폴린》
에 대한 평은 그리 좋지 않았다. 비평가 존 스튜어트 밀은 작가가
자신의 감정과 병적인 자의식을 강렬하게 드러내는 데 작품을 이
기적으로 이용했다고 공격했다. 하지만 난 그 젊은 시인의 불안과
열정에 매료되었다. 《시(Poems)》에서 그 작품을 칭송하는 시를 쓰
기도 했다. 그러니까 로버트가 첫 편지에서 쏟아 낸 사랑 고백은
결국 고마움의 다른 표현일 뿐이었다.

한 번 더 사랑한다고 말해 주세요.

다시 되풀이해 말해 주세요.

그리고 다시 한 번만 더

당신이 진정으로 저를 사랑한다고 말해 주세요.

반복하는 그 말이 당신에게는

'뻐꾸기의 노랫소리'에 불과하더라도.

정녕 그렇더라도.

그 어떤 언덕이나 평원에도

그 어떤 계곡이나 나무에도

'뻐꾸기의 노랫소리' 없이는

초록빛으로 뒤덮이는 싱그러운 봄은

결코 오지 않는다는 것을

기억해 주세요.

사랑하는 이여,

어둠의 한가운데서

회의로 가득 찬 제 영혼의 목소리가

의심으로 고통스러워하며 눈물로 애원하고 있습니다.

한 번만 더 말해 주세요.

당신을 정말로 사랑한다고!

하늘을 떠다니는 별이 아무리 많다고 해도

사계절 내내 피는 꽃이 아무리 많다고 해도

두려워하는 사람은 없답니다.

말해 주세요, 그대여.

사랑한다고, 사랑한다고, 사랑한다고.

은빛 종을 울리듯 되풀이해 주세요.

침묵 속에서도 영혼으로 말해 주세요.

사랑한다고 말해 주세요.

오랫동안 날 감싸고 있었던 불행과 절망이 날 다시 아프게 했다. 하지만 편지의 숫자는 573통. 난 이미 그와 사랑에 빠져 있었다. 로버트 때문에 숨을 쉬고, 로버트 때문에 살아갈 수 있었다. 사랑은 보랏빛이었다. 그 몽롱함, 현실과 환상의 경계에 있는 꿈의 색깔이었다. 꿈이라도 상관없었다. 깨어나지 않는다면.

엘리자베스,

당신의 따뜻한 마음속에 내가 숨 쉬게 되었습니다.

당신은 당신이 나의 내면에 들어와서 숨 쉬고 있다고 했지만

그것은 결코 우연의 일치가 아닙니다.

아마도 그런 것을 두고 필연이라고 하는지도 모르겠습니다.

사랑하는 엘리자베스,

어떠한 불운이, 어떠한 슬픔이 우리 앞길에 놓일지라도

오로지 최선을 다하여 그것을 극복하며 살아가는 것만이

우리 앞에 남아 있다고 생각됩니다.

사랑하는 엘리자베스,

오늘은 그믐밤이라 어둡습니다.

바람이 싸늘합니다.

따뜻한 잠자리에서, 포근한 꿈속에서 저를 만나 주세요.

내가 로버트의 사랑을 의심한다는 것을 눈치 챈 로버트는 나를
직접 만나고 싶어 했다. 로버트는 나를 향한 자신의 사랑을 증명

하기 위해 끈질기게 편지를 보내며 직접 만날 것을 요구했다. 나도 그를 만나고 싶었다. 하지만 그가 나를 보면 도망갈까 봐 무서웠다. 난 못생긴 데다 주름이 눈에 거슬릴 정도로 늙었고, 남과 어울리기 힘든 특이한 성격이었으며, 걸어서 집 밖으로 나가는 것조차 힘든 장애인이었다. 난 이 핑계 저 핑계를 대며 만남을 거절했다.

저에게서 볼만한 것은 아무것도,
저에게서 들을 것은 아무것도 없어요.

제가 쓴 시가 저의 꽃이라면
저의 나머지는 흙과 어둠에 어울리는 한낱 뿌리에 불과해요.

하지만 로버트는 물러서지 않았다. 난 시한부 선고를 받았다는 말까지 했다. 하지만 그는 끈질겼다.

그대여, 사랑해 주지 않으시렵니까.
그대의 사랑이 지속되는 한

언제까지나 기다리고 있겠습니다.

죽음이란 아무것도 아니랍니다.

그대여, 사랑해 주지 않으시렵니까.

결국 그의 끈질김에 나도 두 손을 들었다. 사실 내가 그를 보고 싶은 마음이 더 컸다. 늦은 봄, 마침내 로버트가 우리 집을 찾아왔다. 내 걱정과 달리 로버트는 날 보고도 도망가지 않았다. 그가 한 번 왔을 때, 그는 영원히 가지 않았다.

그대가 처음으로 제게 키스했습니다.

이 시를 쓰는 저의 손가락에.

그 뒤로 제 손은 더욱 희고 깨끗해졌습니다.

보석 반지는 키스보다 천해 보여

감히 손가락에 낄 수가 없었습니다.

두 번째 키스는 첫 번째보다 한결 뜨거웠습니다.

이마를 더듬다가 제대로 맞추지 못해

그만 머리카락에 그대의 입술이 닿고 말았습니다.

아아, 보상을 바라지 않는 키스여!
키스는 사랑이 신성하고 감미로운 손길로
왕관을 씌워 주며 이마에 발라 주는
거룩한 향유였습니다.

세 번째 키스는 제 입술에
무척이나 정중하게 내려앉았습니다.
저는 긍지로 가득 차서 그 키스에 응답했습니다.

⁓

로버트는 나를 떠나기는커녕 오히려 나에게 청혼했다. 하지만
난 주저하고 망설였다. 일단 내 나이가 너무 많았다. 사실 20대는
여자가 연상이어도 그리 문제 되지 않았다. 아직 젊으니까. 종종
어린 남자와 결혼하는 여자들도 있었다. 하지만 마흔이 가까워 오
면 미인이라도 그 미모가 급격히 반감되기 시작하는 법이다.
　불행하게도 난 미인보다 추녀에 가까웠다. 아이를 낳기에는 많
은 나이도 걸림돌이었다. 어린 나이였어도 아이를 낳기에는 몸이
너무 약했지만. 하지만 로버트는 내 변명을 웃어넘겼다.

"외모가 사랑의 조건이 아니듯 아이도 결혼의 조건이 아닙니다."

그래도 난 망설였다. 나는 평범한 일상생활조차 버거워하는 장애인이었다. 내 한 몸 건사하기도 힘들었다. 누군가의 아내가 되어 내조를 하는 건 불가능했다. 하지만 로버트는 고집을 굽히지 않았다.

"나는 사랑하는 당신과 함께하고 싶어 결혼하려는 겁니다. 나를 위해 요리하고 빨래해 줄 여자를 구하려는 게 아닙니다. 당신의 말대로 살림을 잘할 수 있는 여자와 결혼해야 한다면 우리 집 늙은 하녀가 가장 좋은 선택이겠지요."

난 끝까지 주저했다. 시한부 인생이었다. 금세 절망으로 끝날 결혼은 무모하고 불공평해 보였다. 그래도 로버트는 시한부의 행복을 선택하겠다고 우겼다.

나에게서 도망치겠다고요?

절대 안 되지요.

사랑하는 이여!

내가 나이고

당신이 당신인 한,

사랑하는 나와 싫어하는 당신

우리 둘이 이 세상에 있는 한

하나가 도망가면 또 하나는 쫓아가기 마련입니다.

당장 목적을 달성하지 못하면 어떻습니까?

그건 그냥 긴장을 늦추지 말라는 뜻일 뿐

넘어져도 눈물을 닦으며 허허 웃고

좌절해도 일어나 다시 시작하겠습니다.

그래서 사랑을 좇아가다가 삶을 마치겠습니다.

제 삶은 그것뿐입니다.

로버트의 끈질긴 설득에 이젠 나도 헷갈리기 시작했다. 작품에서는 항상 사랑을 이야기하지만 사랑을 하기는 쉽지 않았다. 나이, 질병, 장애, 학벌, 집안, 외모… 그 모든 것이 극복할 수 없는 방해물이 될 수 있었다.

그 모든 것 때문에 사랑이 사라질 것만 같았다. 사람들은 그중 단 하나의 이유만으로도 이별을 선택했다. 나이가 들고 경험이 쌓이면서 그런 추측들은 확신으로 변했다. 그런 장애물들을 극복할 거라며 사랑을 선택한 주위 사람들의 실패는 확신의 증거로 자리매김했다. 로버트는 그런 나의 확신을 흔들기 시작했다.

참으로 그러할까요?
제가 이 자리에 누워 죽고 만다면
제가 없어서 그대가 생의 기쁨을 잃을까요?
무덤의 습기가 제 머리를 적신다고
당신에게 햇빛이 차가울까요?

그러하리란 그대의 글을 읽었을 때
그대여, 저는 놀랐습니다,

저는 그대의 것이오니
그렇다면 그대를 위해
죽음의 꿈을 버리고
삶의 낮은 경지를 다시 찾겠습니다.

사랑하는 그대여!
저를 바라보소서.
제 얼굴에 더운 숨결을 뿜어 주소서.

사랑을 위하여 재산도 계급도 버리는 일을

지혜로운 여인들이 이상히 여기지 않는 것같이
저는 사랑을 위하여 제 무덤을 버리겠습니다.

그리고 눈앞에 보이는 고운 하늘을
그대 계신 이 땅과 바꾸겠습니다.

결국 난 로버트의 청혼을 받아들였다. 아버지는 펄쩍 뛰며 결혼을 반대했다. 반대하는 이유도 다양했다. 로버트는 아버지가 은행 사무원인 평범한 집안 출신이었고, 정규 교육을 거의 받지 못했으며, 런던대학도 첫 학기 중에 그만두었다. 집에서 마련해 준 돈으로 인쇄되고 공연된 작품은 모두 실패했으며, 아직도 부모와 함께 살았다. 아버지는 로버트의 인생 전체가 실패라며 그를 비웃고 무시했다.

로버트의 부친은 책을 좋아하는 교양인이며, 그의 집 서재에 꽂힌 책만 6,000권이 넘었다. 로버트는 아버지에게 그리스어와 라틴어 기초를 배웠고, 대학이 아닌 세계 각지를 여행하며 인생을 익혔다. 하지만 난 그 말들을 삼켰다. 아버지는 로버트가 싫은 게 아니라 내가 결혼하는 게 싫은 거였다.

1846년 9월, 우린 비밀리에 결혼했다. 로버트의 친구와 내 하녀만이 증인으로 참석한 초라한 결혼식이었다. 시한부 인생, 시한부 행복이지만 그래도 내 생애 가장 행복한 순간이었다. 며칠 뒤 아버지가 방심한 틈을 타서 우린 이탈리아 피사로 도망쳤다. 내 나이 마흔이었다.

철저한 도시인이었던 로버트는 나를 위해 시골에 사는 것을 택했다. 이탈리아 피렌체의 카사 귀디에 신혼집을 꾸몄다. 난 가끔 외출하는 로버트의 주머니에 몰래 시를 넣어 두었다.

사랑하는 그대여!
그대는 황량한 대지에 쓰러진 저를 일으켜 주고
물결치는 머릿결 사이로 생명의 입김을 불어넣었습니다.
당신의 입맞춤으로 전 다시 구원받고 소망의 빛을 발합니다.

모든 천사가 지켜보고 있습니다.
그대여, 나만의 그대여,
세상이 사라졌을 때 제게 오신 그대,
오로지 하나님만 쫓던 제가 그대를 알았지요.

그대를 찾았기에

저는 강하고 안전하고 기쁠 수 있었습니다.

이슬 내리지 않는 천상의 꽃 사이에 서 있는 이가

천상의 지루한 시간을 되돌아보듯

저도 부푼 가슴으로

여기 선과 악 사이에 서서 맹세합니다.

사랑은 죽음처럼 강하나 생명을 불어넣기도 한다는 것을.

로버트는 내 시에 대한 답장으로 꽃다발을 안겨 주었다. 특별히 치료받지 않는데도 병은 점점 나아졌다. 네 번의 유산 끝에 아들 로버트까지 낳을 수 있었다. 로버트와의 삶은 그렇게 매 순간이 기적이었다.

난 로버트를 향한 내 사랑을 노래한 소네트를 묶어 시집 《포르투갈인을 위한 소네트(Sonnets from the Portuguese)》를 출판했다. 편집자는 제목에 있는 'Portuguese'에 고개를 갸웃했다. 난 너무 개인적인 톤을 감추기 위해서라고 변명했다. 로버트가 날 부르는 애칭이었다. 리틀 포르투기즈(little Portuguese, 작은 포르투갈인). 내 살갖은 포르투갈인처럼 검은 편이었다.

비평가들도 독자들도 반응이 좋았다. 로버트는 셰익스피어 이래의 대작이라고 칭찬했다. 상대방을 의식하면서 독백하는 형식인 극적독백기법을 확립한 시들은 나를 당대 최고의 작가로 만들어 주었다.

로버트를 사랑하는 나는, 로버트의 사랑을 받는 나는 하루하루의 삶이 시처럼 아름답고 풍요로웠다. 하지만 로버트는 결혼한 뒤로 시를 쓰지 않았다. 낮에는 스케치를 하거나 점토 모형을 만들고 밤에는 사교클럽에서 시간을 보냈다.

읽는 시간을 따로 떼어 두어라.
그것은 지혜의 샘이기 때문이다.

웃는 시간을 따로 떼어 두어라
그것은 영혼의 음악이기 때문이다.

사랑하는 시간을 따로 떼어 두어라.
그것은 인생이 너무 짧기 때문이다.

그렇게 읽고, 웃고, 사랑하면서도 로버트는 글쓰기를 주저했다.

가끔은 미안했다. 사람들은 로버트를 '브라우닝 여사의 남편'이라고 불렀다. 그 호칭에 내가 민망해하면 로버트는 당연하다며 활짝 웃었다.

"당신은 유명한 시인이고, 난 극히 소수의 사람도 잘 모르는, 비평가들에게 쥐어뜯기는 시만 쓰는 실험시인이니까."

하지만 난 로버트의 재능을 믿었다. 로버트는 나보다 훨씬 더 천재적인 작가였다. 언젠가는 내가 '로버트 브라우닝의 아내'로 불릴 날이 있을 거라 믿었다. 그런 천재가 나를 사랑한다는 사실이, 나만을 사랑한다는 사실이 믿을 수 없는 꿈처럼 느껴졌다.

내가 그대를 얼마나 사랑하느냐고요?
한번 헤아려 보겠습니다.

제가 그대를 사랑함에 있어
진실한 존재의 목적과 영원한 은총의 아름다움을 찾기 위해
제 영혼이 닿을 수 있는 마지막까지 도달했을 때
그 깊이와 그 넓이와 그 높이까지
그 보이지 않는 저 너머의 끝까지
당신을 사랑합니다.

제가 그대를 사랑함에 있어
태양 밑에서나 또는 촛불 아래서나
나날의 얇은 경계까지도
당신을 사랑합니다.
하루 중 가장 고요한 순간,
우리가 느끼지 못하지만 우리에게 없어서는 안 될
그 필연적인 순간까지도
당신을 사랑합니다.

제가 그대를 사랑함에 있어
권리를 위해 투쟁하는 사람처럼 거칠 것 없이 자유롭게
정의를 추구하는 사람처럼 순결하게
당신을 사랑합니다.

제가 그대를 사랑함에 있어
사람들이 자신을 향해 쏟아지는
찬사로부터 뒤돌아서는 겸손한 마음을 가지듯
경건하고 순수하게
당신을 사랑합니다.

제가 그대를 사랑함에 있어
어린 시절 제게 드리워진 오랜 슬픔 속에서도
굳게 지켜 낸 신앙처럼 뜨겁게
당신을 사랑합니다.

제가 그대를 사랑함에 있어
이미 저 너머로 가 버린 성자들과 함께 사라진,
잃어버린 줄로만 알았던 사랑의 감정으로
당신을 사랑합니다.

제가 그대를 사랑함에 있어
제 모든 숨결과
사랑스러운 웃음과
기뻐하고 힘들어하면서 흘린 눈물과
그리고 제 모든 삶을 다 바쳐서
당신을 사랑합니다.

그리고 만약
신께서 경건한 세계에 제가 들어가도록 허락하신다면
저는 죽음 뒤에도

당신을 더욱더 사랑할 것입니다.

아들이 태어난 뒤 사촌 존 케니언이 돈을 보내 주었고, 그가 죽은 뒤에 유산을 물려받긴 했지만 큰돈은 아니었다. 내가 아무리 유명한 시인이라고 해도 수입은 적었다. 우리는 항상 가난에 허덕였다. 그래도 행복했다. 그와 함께 책을 읽을 수 있었고, 그와 함께 글을 쓸 수 있었다. 그래서 행복했다. 그를 사랑할 수 있었고, 그의 사랑을 받을 수 있었다.

그와 보낸 행복한 15년 뒤 난 그의 품에서 마지막 숨을 몰아쉬며 말했다.

"아름다웠어요."

로버트는 나에게 꿈과 기적 사이의 어떤 것이었다. 난 그 꿈과 기적의 품 안에 안긴 채 행복한 미소를 지으며 눈을 감았다.

엘리자베스와 로버트의 사랑, 그 뒤의 이야기

엘리자베스가 죽은 해 가을, 로버트 브라우닝은 어린 아들을 데리고 런던으로 돌아왔다. 가장 먼저 한 일은 아내가 쓴 《최후의 시들(Last Poems)》 출판 준비였다. 로버트는 처음에는 사람들과 어울리는 걸 꺼려하다가 서서히 사교 모임에도 나가기 시작했다.

엘리자베스는 상대방을 의식하면서 독백하는 형식인 극적독백 기법을 확립한 시로 당대 최고의 작가임을 인정받았다. 반면 로버트 브라우닝은 작가로 데뷔했으나 혹평만 받았으며 경제 능력도 많이 부족했다.

하지만 아이러니하게도 엘리자베스 사후에 이들의 입장이 뒤바뀐다. 로버트는 《반지와 책(The Ring and the Book)》을 출판하면서 '엘리자베스 브라우닝의 남편'이라는 수식어를 떼고 문인으로 자리 잡았으며, 웨스트민스터사원에 묻힐 정도로 대단한 작가가 되었다. 반면 엘리자베스는 작품보다 로버트와의 사랑과 그에게 보낸 시로 기억되고 있다.

엘리자베스와 로버트 브라우닝의 사랑이 조명받기 시작한 건 1933년 버지니아 울프의 소설 《플러시 : 자서전(Flush : A Biography)》

이 출간되면서부터다. 플러시는 엘리자베스와 로버트 부부가 기르던 개 이름으로, 소설은 그 개의 관점에서 묘사된다. 버지니아 울프의 소설답게 개의 족보까지 언급하는 방대한 서술을 하기도 하지만, 버지니아 울프의 소설답지 않은 말랑말랑한 소재 덕분에 〈뉴욕타임스〉 베스트셀러에 오를 만큼 가장 대중적으로 성공한 작품이다.

문학계 최고의 사랑답게 그들의 사랑은 글로 시작되었다. 사랑은 편지와 비슷하다. 사랑은 다소 불편하고 느려도 상관없다. 사랑은 몇 번이고 지웠다 다시 쓰는 정성이나 답장을 기다리는 인내심도 필요하다. 그리고 보이지 않는 상대에 대한 절대적 믿음과 무조건성은 사랑의 기본 요소다. 볼 수 있는 상대라면 편견이 들어갈 수밖에 없다. 하지만 편지라면 편견 없이 그 사람의 내면과 사랑에 빠질 수 있다. 그런 사랑이 더 강할 수 있는 이유다.

엘리자베스와 로버트의 사랑도 그랬다. 그들은 나이 차이, 장애, 질병, 집안의 반대, 가난 등 수많은 방해물을 가볍게 뛰어넘었다.

누군가는 감성적인 시인이기에 가능한 사랑이라고 했다. 그건 사실과 조금 다르다. 우린 엘리자베스를 달콤한 사랑의 시로 접했지만 사실 그녀는 사회, 정치, 역사, 전통 등을 비판하는 작품을 더 많이 썼으며 사회운동가로도 유명했다.

《오로라 리(Aurora Leigh)》에서는 여성 교육의 문제점을 비판하며 남녀 평등을 부르짖고, 《아이들의 절규》에서는 아동 노동력 착취의 문제를 다뤘다. 노예제 폐지와 이탈리아 독립에 관한 글도 썼다. 로버트 브라우닝도 과거 역사이긴 하지만 사회 문제에 관한 글을 썼다. 어쨌든 두 사람 모두 논리적이고 진취적이며 저항적이고 혁명적인 작가였고, 두 사람이 주고받은 연서나 서로를 위해 쓴 시와는 정반대되는 작품이 많았다.

정말 사랑은 인간을 변하게 만드는 걸까? 사랑이라는 이유 외에 그 대조되는 작품을 설명할 길은 없는 것 같다.

"사랑의 힘은 위대합니다."

고 장영희 교수는 영문학 개론 시간에 브라우닝 부부의 시를 가르치면서 결론으로 이렇게 말했다고 한다.

맞다. 사랑의 힘은 인간을 바꾸고, 그 인간이 쓰는 작품마저도 뒤바꾸었으며, 그 인간의 삶까지 바꾸었다. 그렇게 변한 그들의 삶 덕분에 우리의 삶도 변한다. 사랑의 힘이 위대한 이유다.

우리는 모두 사랑을 이야기하지만 사랑을 하기는 쉽지 않다. 항상 주저하고 망설이다 사랑을 놓치고, 사소한 이유로 사랑을 버린다. 사실 주위에서 진정한 사랑을 만나기란 쉽지 않다. 모두가 '미운 정' 때문에, '자식' 때문에 함께하는 거지 '사랑'해서 함께하지는 않는다. 모두가 죽도록 사랑한 기억은 잊고 죽도록 이별하고 싶은 기억만 되새긴다.

하지만 우리 주위의 사랑은 99퍼센트에 불과하다. 어딘가에 있을 1퍼센트의 사랑은 장애물을 뛰어넘고 진정한 사랑을 얻는다. 그 1퍼센트의 사랑도 현실이다. 1퍼센트를 바라보며 꿈꾸는 삶은 허무하고 절망적이며 회의로 가득 찬 데다 좌절로 끝나기 마련이다. 그래도 1퍼센트의 사랑을 꿈꾸고 눈물을 흘리며 아파하는 사람이 되자. 그 1퍼센트의 기적을 기도하며 참고 견디자. 축복이 아닌 저주로 끝나는 희망일지라도….

엘리자베스와 로버트 브라우닝

1806년 3월 6일 엘리자베스, 영국 더럼에서 출생

1812년 5월 7일 로버트, 영국 캠버웰에서 출생

1846년 엘리자베스와 로버트, 결혼

1861년 6월 29일 엘리자베스, 이탈리아 피렌체에서 사망

1889년 12월 12일 로버트, 이탈리아 베네치아에서 사망

엘리자베스의 작품

1826년 《마음론 ; 시(Essay on Mind; with Other Poems)》

1833년 《사슬에 묶인 프로메테우스(Promestheus Bound)》

1838년 《천사들 그리고 시(The Seraphim and Other Poems)》

1844년 《시집(Poems)》

1850년 《포르투갈인을 위한 소네트(Sonnets from the Portuguese)》

1851년 《카사 귀디의 창(Casa Guidi Windows)》

1857년 《오로라 리(Aurora Leigh)》

1862년 유작 《최후의 시들(Last Poems)》

로버트의 작품

1833년 《폴린(Pauline: A Fragment of a Confession)》

1835년 《파라셀서스(Paracelsus)》

1840년 《소델로(Sordello)》

1841~1846년 《방울과 석류(Bells and Pomegranates)》 8권

1855년 《남자와 여자(Men and Women)》 《리포 리피 신부(Fra Lippo Lippi)》 《안드
레아 델 사르토(Andrea del Sarto)》

1864년 《등장인물(Dramatis Personae)》

1868~1869년 《반지와 책(The Ring and the Book)》

1871년 《Balaustion's Adventure》 《Prince Hohenstiel–Schwangau, Saviour
of Society》

1872년 《Fifine at the Fair》

1873년 《Red Cotton Night–Cap Country, or, Turf and Towers》

1875년 《Aristophanes' Apology》 《The Inn Album》

1876년 《Pacchiarotto, and How He Worked in Distemper》

1877년 《The Agamemnon of Aeschylus》

1878년 《La Saisiaz and The Two Poets of Croisic》

1879년 《Dramatic Idylls》

1880년 《Dramatic Idylls: Second Series》

1883년 《Jocoseria》

1884년 《Ferishtah's Fancies》

1887년 《Parleyings with Certain People of Importance In Their Day》

1889년 《Asolando》

〈엘리자베스 배럿 브라우닝〉

엘리자베스 배럿 브라우닝은 1806년 3월 6일 영
국 더럼에서 아버지 에드워드 몰턴 배럿(Edward
Moulton Barrett)과 어머니 메리 그레이엄 클라크
(Mary Graham Clark)의 8남4녀 중 장녀로 태어났다.
배럿 가문은 가문에 대한 자존감이 높아 상속할
때도 성을 사용한다는 조건을 내걸 정도였다. 엘
리자베스 브라우닝 역시 법률 문서에 'Elizabeth
Barrett Moulton Browning'을 사용했으며 결혼
한 뒤에도 종종 'EBB'라고 서명했다.

엘리자베스 배럿 브라우닝의 집은 부유했다. 배럿
가문은 자메이카 북부 시나몬힐의 사탕수수 농장
에서 부를 축적했으며 콘월, 케임브리지, 옥스퍼드
등에 많은 부동산을 지니고 있었다. 엘리자베스의
외할아버지도 자메이카에 설탕 농장과 제분소를
지닌 부유한 사업가였다. 전기작가 줄리아 마르쿠
스(Julia Markus)에 의하면 엘리자베스 브라우닝은
할아버지 찰스 몰튼(Charles Moulton)에게서 아프리카인의 피를 물려받았다고 믿었다.

〈벨뷰(Belle Vue)의 기념 현판〉

엘리자베스 배럿이 1833년부터 1835년까지 가족과 함께
산 집 외부에 있는 파란색 기념 현판이다. 벨뷰는 영국 데본
의 시드머스에 있다. 엘리자베스의 아버지는 아이들을 영국
에서 키우기 위해 자메이카에 사업체를 둔 채 영국으로 돌아
왔으며 엘리자베스도 영국에서 태어났다. 엘리자베스의 가
족은 아버지의 재정 상황과 엘리자베스의 건강 문제로 여러
번 거처를 옮겼다.

〈엘리자베스 배럿 브라우닝〉

"표현력이 강한 얼굴 양쪽에 짙은 곱슬
머리가 쏟아져 내려오는 섬세한 모습을
지녔다. 햇빛처럼."

— 작가 메리 러셀 미트포드(Mary Russell
Mitford)가 엘리자베스를 묘사하면서

1858년, 미첼 고르디지아니 작품

〈엘리자베스 브라우닝의 초상화〉

엘리자베스는 생전에 명성을 누린 운
좋은 시인이었다. 1850년, 영국의 계
관시인(桂冠詩人, Poet Laureate) 윌리
엄 워즈워스가 사망하자 두 명이 유
력 후보로 떠올랐다. 알프레드 테니
슨과 엘리자베스 브라우닝이었다. 남
녀 차별이 엄연히 존재하던 시대, 결
국 테니슨이 계관시인이 되었다. 하
지만 계관시인의 최초 여성 후보였다
는 것만으로도 영광인 시대였다.

〈엘리자베스 브라우닝〉

엘리자베스는 집에서 교육을 받았다. 대니얼 맥스위니(Daniel McSwiney)가 브라우닝가의 아이들을 함께 가르쳤다. 엘리자베스는 무척 영리하여 네 살 때부터 시구를 쓰기 시작했고, 여덟 살 때는 호메로스의 작품을 그리스어로 읽었다. 아버지는 엘리자베스의 열네 살 생일을 기념해 서사시 《마라톤 전쟁(The Battle of Marathon)》을 개인적으로 출판하기도 했다.

헝가리 예술가 카롤리 브로키 작품

〈자화상〉

1850년 엘리자베스 브라우닝이 그린 자화상이다.

어린 시절의 엘리자베스는 피크닉을 즐기고 가정 연극 제작에 참여하는 등 활발한 성격이었지만, 가능한 한 독서에 열중했다고 한다. 대가족이다 보니 엘리자베스는 많은 죽음을 접했다. 여덟 살 때 세 살짜리 여동생 메리가 갑작스럽게 죽었으며, 열두 살 때는 어머니도 죽었다. 엘리자베스의 이모인 사라 그레이엄 클라크(Sarah Graham-Clarke)가 육아를 도왔는데 엘리자베스는 이모, 아버지와 끊임없이 부딪쳤다. 특히 빅토리아시대 여성상을 강요하는 아버지와의 갈등은 심각했다.

서른네 살 때 남동생 새뮤얼이 자메이카에서 열병으로 사망했고, 그해 7월 엘리자베스가 가장 친하게 지낸 남동생 에드워드가 익사했다. 에드워드는 엘리자베스의 건강 때문에 찾은 휴양지에서 사망한 터라 충격이 더 컸다. 그 뒤 엘리자베스의 건강이 악화되고 조용한 성격으로 변했다.

〈젊은 시절의 엘리자베스 브라우닝〉

엘리자베스 브라우닝은 의학적으로 진단되지 않는 통증 때문에 평생을 시달렸다. 엘리자베스의 자매 세 명도 이유를 알 수 없는 통증에 괴로워했다. 엘리자베스는 말에서 낙상한 뒤 두통과 척추 통증이 더욱 심해졌다. 1837년에는 폐병까지 걸렸다. 심각한 통증 때문에 아편과 모르핀에 의존해야 했다. 전기작가 알리시아 헤이터(Alethea Hayter)는 나쁜 건강이 엘리자베스의 상상력을 더 풍부하게 만들었다고 말한다.

〈엘리자베스와 플러시〉

1843년 5월 동생 알프레드 몰튼 배럿(Alfred Moulton Barrett)이 그린 그림이다.

엘리자베스 브라우닝은 종교에도 관심이 많았다. 어린 시절 밀턴의 《낙원》과 단테의 《신곡》을 읽고 연구했으며, 신학 논쟁에도 관심이 많아 히브리어 성경을 읽기도 했다. 엘리자베스 브라우닝은 "그리스도의 종교는 본질적으로 시다. 시는 영광스럽다."라고 믿었다.

〈엘리자베스와 플러시〉

1845년 7월 남동생 알프레드 몰튼 배럿이 그린 엘리자베스 브라우닝. 엘리자베스는 건강이 악화되자 대부분의 시간을 위층 침실에서 보냈으며 직계 가족 외에는 거의 아무도 만나지 않았다. 엘리자베스는 메리 러셀 미트포드가 기르다 선물한 순종 코커스패니얼인 플러시와 함께하며 병을 극복하려고 노력했다. 버지니아 울프는 플러시의 삶을 소설화한 《플러시 : 자서전》을 발표하기

도 했다. 엘리자베스의 병은 정확한 진단이 내려지지 않았는데, 일부 현대 과학자들은 저칼륨 주기성 마비일 수 있다고 추측한다.

〈젊은 시절의 로버트 브라우닝〉

로버트 브라우닝(Robert Browning,
1812년 5월 7일~1889년 12월 12일)은 영
국 빅토리아시대의 대표 시인이다. 극
적독백기법(dramatic monologue)을 사
용한 시의 대가다. 그의 시는 아이러
니와 어두운 유머로 사회, 정치, 역사
에 관한 문제를 다루었다. 그의 유해
는 뛰어난 업적을 이룬 유명인들만
묻히는 웨스트민스터사원의 시인 구
역에 묻혀 있다.

〈로버트 브라우닝〉

1837년 안드레 빅토르 아메디(André Victor Amédée de Ripert-Monclar)가 그린 그림이다.

로버트 브라우닝은 런던 교외의 캠
버웰(Camberwell)에서 로버트 브라우
닝과 사라 안나 브라우닝의 장남으로
태어났다. 할아버지는 서인도제도 세
인트키츠의 부유한 노예상인이었지
만, 아버지는 노예제 폐지론자였으며
노예 폭동 이후 영국으로 돌아왔다.
로버트 브라우닝의 아버지가 서재에
6,000여 권을 소장할 정도였으니 가
난한 집안은 아니었다. 하지만 엘리자
베스의 아버지는 로버트 브라우닝의
경제력도 반대 이유로 꼽았다.

〈엘리자베스 배럿 브라우닝의 판화〉

건강이 좋지 않아 거의 집 안에만 있는 엘리자베스를 사회로 이끌어 내기 위해 노력한 건 사촌인 존 케니언(John Kenyon)이었다. 런던에 사는 존 케니언은 윌리엄 워즈워스(William Wordsworth), 메리 러셀 미트포드(Mary Russell Mitford), 새뮤얼 테일러 콜리지(Samuel Taylor Coleridge), 알프레드 테니슨(Alfred Tennyson), 토머스 칼라일(Thomas Carlyle) 등 문학가들과 교류할 수 있도록 돕고, 엘리자베스가 다양한 정기 간행물에 시를 기고할 수 있도록 격려했다. 존 케니언은 죽으면서도 유산을 남겨 엘리자베스가 작품 활동을 할 수 있도록 후원을 계속했다.

〈1846년 1월 17일 로버트가 엘리자베스에게 보낸 편지〉

1844년에 출판된 시집에 실린 〈시(Poems)〉에서 엘리자베스는 로버트 브라우닝의 작품 〈폴린(Pauline)〉을 칭찬했다. 로버트 브라우닝은 '신나는 이상한 음악, 풍성한 언어, 절묘한 길과 참신한 용감한 생각'이라고 엘리자베스의 시를 칭찬하며 "내 마음을 다해 당신의 시를 사랑합니다."라는 편지를 보냈다.

〈1845년 11월 24일 엘리자베스가 로버트에게 보낸 편지〉

편지를 주고받을 당시 엘리자베스 브라우닝은 몇 년 동안 침실 밖으로 나가지 않을 만큼 건강이 악화된 상태였다. 직계 가족 외에는 만나는 사람도 거의 없었다. 로버트가 만나자는 요청을 번번이 거절한 이유였다. 엘리자베스의 작품 활동 후원자인 사촌 케니언의 주선으로 로버트 브라우닝은 겨우 엘리자베스를 만날 수 있었다. 1845년 5월 20일, 두 사람은 그녀의 방에서 만났다. 그리고 문학 역사상 가장 유명한 사랑이 시작되었다.

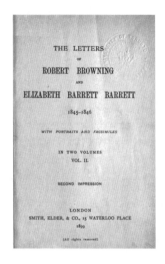

THE LETTERS
OF
ROBERT BROWNING
AND
ELIZABETH BARRETT BARRETT
1845-1846

WITH PORTRAITS AND FACSIMILES

IN TWO VOLUMES
VOL. II.

SECOND IMPRESSION

LONDON
SMITH, ELDER, & CO., 15 WATERLOO PLACE
1899

[All rights reserved]

〈엘리자베스와 로버트 브라우닝의 편지를 엮은 책〉

엘리자베스와 로버트 브라우닝 모두 시인이라 두 사람 사이에 오고 간 편지는 한 줄 한 줄이 시처럼 아름답다. 물론 시도 주고받았다. 아직까지 사랑받는 엘리자베스의 소네트가 출간된 것은 모두 로버트의 강력한 권유 때문이었다. 사실 엘리자베스 브라우닝은 아동 노동 비판 등 사회 문제에 대한 글을 더 많이 썼다.

〈엘리자베스가 로버트 브라우닝에게 건넨 반지〉
엘리자베스는 로버트에게 'Ba'라고 새긴 작은 금반지를 보냈다. 어린 시절 가족들이 엘리자베스를 부르는 이름이 'Ba'였다.
"처음에는 반지에 새긴 것을 보내려고 했습니다. 그 반지는 당신에게 맞지 않을 수도 있습니다. 하지만 당신에게 맞도록 쉽게 바꿀 수 있습니다." – 엘리자베스 배럿
대영박물관 소장. 1845년 11월 28일

〈로버트 브라우닝이 엘리자베스와 주고받은 편지를 보관한 상자〉
엘리자베스와 로버트 브라우닝이 결혼 직전까지 주고받은 편지는 573통이었다. 로버트와 편지를 나누며 엘리자베스의 건강이 놀랄 정도로 좋아졌다. 엘리자베스의 아버지는 보수적인 사람이라 편지 교환마저 반대할 수 있기에 편지는 비밀리에 주고받았다.

〈엘리자베스와 로버트〉

로버트 브라우닝과 엘리자베스의 가족들은 결혼을 반대했다. 로버트 브라우닝의 가족들은 엘리자베스의 나이와 건강을 문제 삼았다. 엘리자베스의 아버지는 로버트 브라우닝의 재정 상태와 직업을 문제 삼았다. 엘리자베스는 아버지가 반대할 건 예상했지만 형제자매들의 반대는 예상하지 못했다고 한다. 결국 엘리자베스는 비밀리에 결혼하기로 결심한다.

엘리자베스와 로버트는 비밀 결혼식을 올리고 얼마 뒤에 사랑의 도피를 결행했다. 엘리자베스의 가족들이 휴가 가는 날짜와 철도와 페리 시간표를 맞춰 도피 날짜를 정했는데, 로버트 브라우닝이 너무 떨려서인지 철도와 페리 시간표를 잘못 보는 바람에 도피가 한 번 미뤄졌다.

엘리자베스는 아버지에게 결혼 사실을 들킬까 봐 두려움에 떨었다. 사촌 케니언에게 보낸 편지에서 엘리자베스는 '죽음'까지 언급하며 결혼했다는 비밀을 지켜 달라고 부탁한다.

〈엘리자베스와 로버트의 흉상〉

"나의 희망과 목표는 이 사랑을 지키고 이 사랑에서 벗어나지 않는 것입니다. 의심할

여지 없이 이 사랑을 지켜
낼 수 있습니다. 내 사랑, 내
사랑, 바! 당신은 나에게 한
사람이 다른 사람에게 줄
수 있는 가장 높고 완전한
사랑의 증거를 주었습니다."
– 1846년 9월 12일, 비밀
결혼식을 올리고 각자의 집
으로 돌아간 뒤 로버트 브
라우닝이 보낸 편지 중에서

〈1800년대 초의 세인트메릴번교회〉

엘리자베스 배럿 브라우닝과 로버트 브라우닝은 1846년 9월 12일, 런던 세인트매릴
번교회(St Marylebone Parish Church)에서 비밀리에 결혼했다. 간호사이자 하녀인 윌슨

이 엘리자베스의 증인
이 되어 주었다. 윌슨
은 결혼 이후에도 엘
리자베스를 간호했다.
엘리자베스의 아버지
는 이 결혼을 무효로
만들려고 노력했으나
실패하자 맏딸의 유산
상속 자격을 박탈했으
며, 다시는 엘리자베스
와 말을 섞지 않았다.

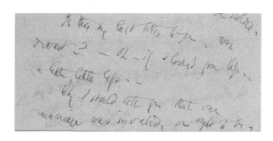

〈엘리자베스 브라우닝의 편지〉

1846년 9월 18일, 로버트 브라우닝과 도망치기 전에 보낸 마지막 편지다. "이게 당신에게 보내는 내 마지막 편지인가요? 아, 내가 당신을 덜 사랑한다면, 약간, 조금 덜 사랑한다면. (중략) 오늘 밤 나를 위해 기도해 주세요, 로버트. 내가 용기를 가질 수 있도록 기도해 주세요."

도피 계획이 한 번 미뤄져서일까, 편지에서 실패에 대한 두려움과 성공에 대한 기대가 한껏 묻어난다.

〈교회의 결혼등록부〉

엘리자베스와 로버트는 비밀 결혼식을 올리고 며칠 뒤 도망친다. 일단 파리로 가서 신혼여행을 즐겼으며, 1846년 9월, 이탈리아로 옮겨 갔다. 엘리자베스가 재산이 좀 있어서 정착은 그리 어렵지 않았다. 하지만 예전처럼 부유한 생활은 불가능했다.

〈카사 귀디 외관과 내부〉

피렌체 중심부에 위치한 카사 귀디는 엘리자베스와 로버트 브라우닝이 1847년부터 1861년까지 지낸 곳이다. 두 사람은 이 저택에서 최고의 작품을 썼다. 카사 귀디는 1995년에 복원되어 브라우닝 부부가 살 때의 모습 그대로 보존되어 있다. '엘리자베스 배럿 브라우닝의 남편'이라고 조롱받았지만, 로버트 브라우닝도 카사 귀디에서 행복하게 살았다. "우리는 구멍의 올빼미 두 마리, 나무 그루터기 아래 두꺼비 두 마리 또는 마음대로 살 수 있는 두 마리 검은 찌르레기처럼 행복하다." – 로버트 브라우닝

〈카사 귀디 기념 현판〉

"여기서 엘리자베스 배럿 브라우닝은 학자의 지식과 시인의 정신을 통합했다. 그녀는 시를 통해 이탈리아와 영국을 연결하는 금반지를 만들었다. 감사를 보내며, 피렌체, 1861년."

〈카사 귀디의 창〉

엘리자베스는 카사 귀디에서 행복한 결혼생활을 하며 왕성한 작품 활동을 했다. "말하고 숨쉴 때조차 이탈리아를 좋아한다. 피렌체를 사랑한다. 피렌체 굴뚝 구석구석을 사랑한다." – 엘리자베스 브라우닝

1853년, 해리엇 호스머 작품

〈로버트와 엘리자베스 배럿 브라우닝의 손〉

《포르투갈인을 위한 소네트》의 소네트 43번은 결혼식에서 가장 많이 인용되는 시로 알려져 있다. "내가 그대를 얼마나 사랑하느냐고요? 한번 헤아려 보겠습니다."

사진 _ 〈시어터매거진〉

〈《윔폴스트리트의 배럿 가문 사람들(The Barretts of Wimpole Street)》의 한 장면〉

브라우닝 부부의 사랑을 다룬 1931년 브로드웨이 연극의 한 장면이다.

〈펜 브라우닝〉

엘리자베스와 로버트 브라우닝의 유일한 자식인 로버트 와이드먼 배럿 브라우닝(Robert Wiedeman Barrett Browning)은 1849년 3월 9일, 이탈리아 피렌체의 카사 귀디에서 태어났다. 로버트는 아버지의 이름을 물려받았기에 애칭인 '펜'으로 더 많이 불렸다. 엘리자베스 브라우닝은 펜이 태어나기 전에 네 차례나 유산했다. 의학자들은 엘리자베스가 아편과 모르핀 복용을 중단해서 임신에 성공했다고 말한다. 이 대리석 석상은 펜이 열 살 때 알렉산더 문로(Alexander Munro)가 제작했다.

〈엘리자베스와 펜〉

엘리자베스 브라우닝은 아들 펜을 빅토리아식 복장으로 꾸미는 걸 좋아했다. 벨벳과 레이스로 만든 옷, 컬이 있는 긴 머리 등은 다섯 살 이상의 남자아이에게서 보기 힘든 차림이었다. 로버트는 펜의 옷차림을 두고 엘리자베스와 다투기도 했다. 펜이 열두 살 때 엘리자베스가 죽자, 로버트 브라우닝은 가장 먼저 아들의 머리카락을 잘라 버렸다.

1955년, 프란체스코 포데스티 작품

〈엘리자베스와 펜〉

펜 브라우닝은 조각가로 활동했지만 큰 주목을 받지는 못했다. 1887년 10월, 미국의
상속녀 패니 코딩턴과 결혼했으나 아이 없이 헤어졌다. 펜 브라우닝은 아버지가 죽자
이탈리아에서 대부분의 생을 보냈으며, 1912년 아솔로에서 사망하여 지역 묘지에 묻
혔다. 자식이 없어서 전처와 열여섯 명의 사촌이 그의 재산을 두고 소송을 벌였다.

〈로버트 브라우닝〉

로버트 브라우닝의 시는 난해하기 때문에 더 늦게 빛을 보았다. 로버트 브라우닝의 시 중에서 특히 〈소델로(Sordello)〉가 난해하기로 유명한데, 누군가 시에 대해 묻자 "시를 쓸 때는 나와 하느님 모두 그 뜻을 알았지만 지금은 하느님 말고는 아무도 모릅니다."라고 대답한 일화가 유명하다.

〈엘리자베스 브라우닝〉

1861년 5월에 촬영한 사진이다. 죽기 한 달 전 모습으로 많이 쇠약해졌음을 알 수 있다. 오랜 친구 G.B. 헌터와 아버지가 죽자 엘리자베스 브라우닝의 건강이 악화되기 시작했다. 엘리자베스와 로버트 브라우닝은 피렌체에서 시에나로 이사하여 빌라 알베르티에 거주하고 있었다. 생의 마지막 순간 엘리자베스 브라우닝은 이탈리아 정치에 몰두하여 관련된 글을 많이 발표했다.

〈엘리자베스와 로버트 브라우닝〉

1861년 6월 29일, 엘리자베스가 죽고 나서 그녀의 죽음이 알려지자 카사 귀디 주변의 지역 상점들이 7월 1일 월요일에 모두 문을 닫았으며, 사람들은 카사 귀디 앞에 모여 엘리자베스의 죽음을 슬퍼했다.

브라우닝 부부는 따뜻한 곳에 가면 엘리자베스의 폐 상태가 좋아졌기 때문에 대부분의 시간을 이탈리아에서 보냈다. 하지만 엘리자베스가 사망하자 로버트 브라우닝은 열두 살짜리 아들과 런던으로 돌아왔고, 다시는 피렌체나 로마를 찾지 않았다. 로버트 브라우닝은 수많은 여행을 하면서도 이탈리아는

찾지 않았다. 1878년, 엘리자베스가 세상을 떠난 지 17년 만에야 이탈리아를 방문했다. 그는 죽을 때까지 28년 동안 결혼하지 않았으며, 휴가차 찾아간 베니스 팔라초 레초니코의 아들 집에서 사망했다. 마지막 시는 1889년 12월 12일, 그가 사망한 날 출판되었다.

〈말년의 로버트 브라우닝〉

1888년 영국 사진작가 허버트 로즈 바로드가 찍은 사진이다. 로버트 브라우닝은 쉰 네 살이 된 1868년에 《반지와 책》을 출판하면서 명성을 얻기 시작했다. 로버트 브라 우닝은 1698년 로마에서 일어난 살인 사건의 재판에 관한 고문서를 1865년 피렌체 의 헌책방에서 발견한 시인의 이야기를 특유의 극적독백기법으로 펼쳐 나간다. 《반지 와 책》은 총 4권으로 이루어져 있는데 첫 책의 마지막 줄은 아내 엘리자베스에게 사랑 과 경의를 표하는 문장이다.

〈엘리자베스 브라우닝의 묘〉

이탈리아 피렌체의 영국인 묘지에 있는 엘리자베스 브라우닝의 무덤이다. 엘리자베스는 1861년 6월 29일, 남편의 품에서 세상을 떠났다. 부부는 꼭 껴안고 잠자리에 들었다. 새벽 3시에 깨어난 엘리자베스는 "나의 로버트, 나의 하늘, 나의 연인이여… 우리의 삶은 하느님이 쥐고 있어요(My Robert, my heaven, my beloved…. Our lives are held by God)."라고 말했다. 로버트 브라우닝이 "편안해요?"라고 묻자 엘리자베스는 "아름다워요(Beautiful)."라고 대답했다. 엘리자베스 브라우닝이 남긴 마지막 말이었다.

〈암스트롱브라우닝도서관〉

빅토리아시대의 대표 시인 로버트와 엘리자베스 브라우닝의 삶과 작품을 연구하는 연구도서관이다. 브라우닝 부부와 관련된 자료를 전 세계에서 가장 많이 보유하고 있다.

Alexandrina
Victoria Hanover

하얀 웨딩드레스

알렉산드리나 빅토리아 하노버

Alexandrina Victoria Hanover

1819년 5월 24일~1901년 1월 22일

빅토리아 여왕은 영국과 아일랜드의 여왕이며 인도의 황제였다.
빅토리아시대로 불리는 통치 기간에 영국은 산업, 문화, 정치, 과학, 군사 등
모든 면에서 발전과 번영을 이루었다.

내일이면
우리의 결혼은 21주년이 됩니다.

그동안 얼마나 많은 장애물이
우리의 결혼을 방해했는지
셀 수조차 없습니다.

그 장애물 틈에서도
우리의 결혼은
활기차게 뿌리를 뻗었으며
신선하고 청아하게 지속되었습니다.

– 앨버트가 세상을 떠나기 몇 개월 전
  어린 시절 가정교사인 스톡마르 남작에게 쓴 편지 중에서

할아버지 조지 3세는 열다섯 명의 자녀를 두었고, 아들만 일곱이었다. 아버지는 넷째 아들이며 왕위와는 거리가 멀었다.

할아버지의 맏아들인 큰아버지는 미쳐 버린 할아버지를 대신해 섭정하고 있었다. 그가 왕위를 물려받는 건 기정사실이었다. 큰아버지는 이미 조지 4세로 불리고 있었다. 그런데 조지 4세가 공식적으로 왕위에 오르기도 전에, 조지 4세의 유일한 적통인 샬럿 오거스타 공주가 사산한 뒤 죽어 버렸다.

조지 4세가 적자를 낳을 가능성은 없었다. 법적 아내인 큰어머니는 스캔들로 영국에서 쫓겨난 상태였다. 조지 4세는 이혼할 꼬투리를 잡기 위해 10년 이상 뒷조사만 할 정도로 아내를 싫어했다. 불행히도 큰어머니의 약점은 쉽사리 잡히지 않았다.

아버지의 형제들은 왕위 계승 경쟁에 돌입했다. 미혼인 왕자들은 결혼을 서둘렀다. 자녀가 있어야 왕위 계승에서 유리한 고지를 차지할 수 있었다. 의회는 결혼하면 부채를 탕감해 주겠다고 경쟁을 부추겼다.

나의 아버지, 켄트 스트라선 공작 에드워드도 경쟁에 빠질 수는 없었다. 쉰이 넘은 나이에도 자유 연애를 즐기는 아버지에게 시집오겠다는 왕족 처녀는 드물었다. 나의 어머니, 작센 코부르크 잘펠트 공녀 빅토리아는 다 자란 남매까지 있는 과부였지만 혼자 살기엔 너무 젊었다. 마침내 둘이 결혼했고, 내가 태어났다.

처음으로 가진 아이인 나를 많이 사랑했다는 아버지는 내가 첫돌이 되기도 전에 추운 날 해변을 산책하고 돌아온 뒤 폐렴으로 죽었다. 일주일 뒤 할아버지 조지 3세도 죽었다.

큰아버지 조지 4세는 즉위 후에도 부인이 왕비의 호칭을 못 받게 하려고, 부인이 영국에 들어오지도 못하게 하려고 갖은 애를 썼다. 조지 4세에게 적통이 없다 해도 왕위는 까마득해 보였다.

할아버지의 둘째 아들인 요크 알버니 공작 프레더릭 오거스트는 프로이센의 프레데리카 샬로트 공주와 결혼했지만 자녀 없이 사망해 버린 뒤였다. 하지만 아직 셋째 숙부도 있었고, 숙부가 낳을지도 모르는 나의 사촌들도 있었다. 내 나이 열한 살, 조지 4세가 결국 자녀 없이 사망했다.

할아버지의 셋째 아들인 클래런스 공작 윌리엄 헨리가 윌리엄

4세가 되었다. 윌리엄 4세는 정부인 도로시아 조단과 열 명의 자녀를 두었지만, 아델레이드 공주와 급하게 치른 정략결혼에서 얻은 두 딸은 모두 첫돌을 넘기지 못하고 죽었다. 윌리엄 4세보다 서른 살이나 어린 왕비는 그 뒤 10년간 임신 소식조차 없었다. 윌리엄 4세가 왕위에 오른 건 예순다섯, 아이를 갖기엔 늦은 나이였다. 그렇게 난 왕위 계승 서열 1위가 되었다.

어린 시절 모두가 날 'Drina'라고 불렀다. 작은 공주라는 뜻이었다. 하지만 어머니는 꼭 'Victoria'라고 불렀다. 이미 공주였던 내가 공주 신분에서 멈출까 봐 두려워서였다. 어머니는 날 여왕으로 만들기 위해서라면 어떤 일이든 할 수 있었다. 아니, 어떤 일이든 해냈다.

조지 4세가 아이를 갖기 위해 이부 언니인 페오도라 공녀와 재혼하려고 했을 때도 어머니는 재빨리 움직였다. 페오도라 공녀는 어머니가 전남편과의 사이에서 낳은 딸이었다. 하지만 어머니는 나의 왕위 계승을 바랐다. 어머니는 페오도라 언니가 내 경쟁자가 될지도 모르는 아기를 낳을까 봐 겁이 나서 언니를 재빨리 빼돌렸다. 결국 페오도라 언니는 오래전 죽은 친아버지가 다스리던 영지로 쫓겨나 강제로 약혼을 해야 했다. 어머니는 누구든 내 왕위 계승 서열을 위협하는 건 용납하지 못했다. 그게 친딸이나 손자라

할지라도.

어머니는 시댁인 영국 왕실과 사이가 좋지 않았고, 나도 친가 쪽 사람들과 어울리지 못하게 했다. 어머니는 일부러 내게 영어를 가르치지 않았다. 난 세 살 때까지 어머니의 모국어인 독일어만 사용했다.

다행히 윌리엄 4세가 조카인 나를 무척 귀여워해서 켄싱턴궁전에 사는 걸 허락해 주었다. 하지만 어머니는 윌리엄 4세를 '섹스에 미친 동물'이라 욕하며 윌리엄 4세의 사생아인 휘츠 클레렌스를 노골적으로 무시했다.

내가 윌리엄 4세와 만나는 걸 방해하는 것으로도 모자라 켄싱턴궁전의 윌리엄 4세 방을 자기 방으로 만들어 버렸다. 유력한 왕위계승자인 내가 삼촌들에게 납치되거나 암살될 위험이 있기 때문이었다. 특히 어머니는 컴벌랜드 공작을 무서워하고 경계했다. 할아버지의 다섯째 아들인 컴벌랜드 공작은 나만 죽으면 왕위 계승 서열 1위가 될 수 있었다. 그래서 난 한 번도 혼자 있어 본 적이 없었다. 그런데도 항상 외로웠다.

어머니의 정부인 존 콘로이는 아버지처럼 굴며 내 주위를 맴돌았다. 하지만 나의 아버지를 '여자와 술만 아는 형편없는 인간'이라고 욕하는 콘로이를 좋아할 수 없었다.

그나마 외삼촌이자 전(前) 사촌 형부인 레오폴트가 근처에 살며 자주 놀러 와 주는 게 유일한 즐거움이었다. 레오폴트는 나의 사촌 언니이자 조지 4세의 유일한 적통인 샬럿 오거스타 공주와 결혼했다. 그리고 당연히 왕위를 물려받을 거라 생각했다. 하지만 샬럿 공주는 조지 4세가 즉위하기도 전에 죽어 버렸다. 샬럿 공주의 죽음에 레오폴트 외삼촌은 영국 왕실에서 멀찌감치 떨어져 나갔고, 반대로 나는 왕위에 한 걸음 더 다가갈 수 있었다.

'그녀가 죽지 않았다면'이란 무겁고 침울한 가정을 마음에 품고 살아야 하는 우리였기에 가까울 수밖에 없었다. 하지만 내가 열두 살 되는 해 레오폴트 외삼촌은 벨기에 국왕으로 즉위하기 위해 나를 떠났다.

왕위 계승 문제로 골치가 아플 만큼 아팠던 의회는 내가 열 살을 넘기자마자 틈만 나면 결혼을 재촉했다. 배우자 후보 1순위는 외사촌이며 독일계 왕족인 작센 코부르크 고타의 앨버트 공작이었다. 앨버트는 큰외삼촌의 아들이며 나와는 사촌지간이었다. 어머니와 레오폴트 외삼촌은 앨버트와의 결혼을 강력히 원했다. 하지만 난 어머니가 싫어서 어머니가 원하는 앨버트도 싫었다.

윌리엄 4세도 어머니를 싫어했기에, 자신이 살아 있는 동안 나를 앨버트가 아닌 다른 누군가와 결혼시키고 싶어 했다. 윌리엄 4세가 원한 내 배우자는 네덜란드 윌리엄 2세의 차남 알렉산더였다.

알렉산더가 날 찾아왔다는 소식에 레오폴트 외삼촌은 재빨리 앨버트를 내게 보냈다. 앨버트는 엄청난 미남이었다. 평범하게 생긴 네덜란드의 알렉산더와는 수준이 달랐다.

난 앨버트를 보자마자 완전히 반해 버렸다. 동갑인데도 앨버트는 나보다 사려 깊고 어른스러웠다. 인물, 철학, 예술, 음악을 사랑했고 모르는 것이 없었다. 찰스 디킨스의 소설을 즐기고 서커스와 밀랍 전시회를 후원했으며 크리스마스트리 만드는 법도 알려 주었다.

앨버트와 난 운명이었다. 우린 머리카락 색깔도 같았다. 우리가 세상에 나올 때 도와준 산파도 같은 사람이었다. 그의 파란 눈, 그의 붉은 입술, 그의 하얀 치아….

앨버트와 함께한 일주일은 내 생애 가장 떨리는 순간이었다. 그의 눈길, 그의 상냥함…. 앨버트와 헤어질 때는 내 생애 가장 슬픈 눈물을 흘린 순간이었다.

난 레오폴트 외삼촌에게 앨버트를 보내 줘서 고맙다는 편지를 썼다. 앨버트에게도 편지를 보냈다. 훗날 내가 여왕으로 즉위하면 중요한 일을 맡길 테니 모든 면에서 열심히 공부하라고 당부하는 내용이었다.

윌리엄 4세의 건강이 악화되자 어머니의 과보호는 더 심각해졌다. 잠도 어머니 침실에서 어머니와 같이 자야 했다. 어머니가 만든 켄싱턴 시스템이라는 규칙은 날 보호하는 게 아니라 감시하기 위한 거였다.

난 바보가 아니었다. 어머니는 전남편이 죽고 나서 랑겐부르크 섭정으로 지낸 시절을 그리워했다. 내가 열여덟 살이 되기 전에 즉위하면 어머니가 섭정으로 나라를 다스릴 수 있었다. 어머니가 원하는 건 내가 여왕이 되는 게 아니라 어머니가 모후가 되는 것이었다.

난 매일 빌었다. 윌리엄 4세가 내가 열여덟 살이 될 때까지만 살아 있길. 윌리엄 4세도 매일 입버릇처럼 말했다. 우리 어머니가 섭정하는 게 싫어서라도 내 열여덟 생일까지는 살아남을 거라고.

드디어 열여덟 살 생일이 되었다. 윌리엄 4세는 사경을 헤맸지만 숨은 쉬고 있었다. 윌리엄 4세는 그 정도로 어머니를 싫어했다. 어머니와 콘로이는 생일 선물 대신 서약서를 내밀었다.

"나는 성인이 되었지만 아직 부족한 점이 많기 때문에 섭정이 필요하다. 따라서 즉위 후에는 콘로이를 개인비서로 삼겠다."

서명하라고 펜까지 쥐어 주는 그들을 피해 도망쳐야만 했다. 집착에 가까운 그들의 권력욕에 치를 떨며 궁궐 외진 곳에 혼자 숨어서 성년이 되는 날을 보냈다.

열여덟 살이 되고 26일이 지난 날, 아침 6시에 어머니가 날 깨웠다. 캔터베리 대주교와 코닝엄 경이 찾아왔다고 했다. 나는 침대에서 일어나 간단한 가운만 걸치고 거실로 갔다. 코닝엄 경은 윌리엄 4세가 새벽 2시 12분에 서거했다고 엄숙하게 보고했다. 그리고 '여왕폐하'라고 말하며 내 앞에 무릎을 꿇었다.

마침내 나는 여왕이 되었다. 난 그 자리에서 무릎을 꿇고 성서를 펼치고 기도했다.

"주여, 제가 영국의 여왕이 되면 당신의 말씀대로 통치하게 해주소서."

대관식 후 어머니를 버킹엄궁전 구석방으로 쫓아내고 존 콘로이도 연금을 주어 퇴직시킨 뒤 미국으로 유배했다. 외삼촌 레오폴트에게도 정치에 간섭하지 말라고 내각을 통해 정중한 경고를 보냈다.

마침내 혼자가 될 수 있었다. 난 모든 걸 할 수 있는 여왕이었다. 하지만 나라를 어떻게 다스려야 하는지도, 나라를 위해 무엇을 해야 하는지도 모르는 여왕이었다. 어머니는 섭정 욕심에 군주가 되는 법이 아닌 순종하는 법만 가르쳤다. 게다가 나라 사정이 그리 좋지 않았다. 프랑스와의 전쟁이 끝나고 불어 닥친 경제 공황, 심각한 빈부격차, 노동자들의 권익을 요구하는 차티스트 운동…. 관심도 없고 이해도 되지 않는 수많은 문제를 들고 수많은 사람이 찾아왔다.

다행히 수상인 멜버른 경이 날 도와주려고 애썼다. 난 내각의 보고서를 한 구절 한 글자까지 면밀하게 검토했다. 새벽부터 밤늦게까지 쉴 틈 없이 이어지는 일정이지만 힘들지 않았다. 나는 항상 '거대함'을 안고 모든 일을 수행했다. 그 '거대한' 일이 그렇게도 '좋을' 수가 없었다.

국정에 익숙해지며 난생처음 얻은 자유를 조금씩 즐길 여유도 생겼다. 하지만 의회는 날 가만히 두지 않았다. 의회는 틈만 나면 내 결혼을 재촉했다.

'결혼'이라는 단어만 들으면 '앨버트'라는 이름이 떠올랐다. 나의 첫사랑, 앨버트….

하지만 이미 몇 년 전의 일이었다. 그 떨림도 그 눈물도 기억나지 않았다. 당시의 일기장을 펼쳤다. 일기장은 '앨버트'라는 이름으로 가득했다. 미친 듯이 그은 밑줄이 우스웠다.

"내가 그토록 좋아하는 사촌 앨버트."

사춘기에 겪는 열병일 뿐이었다. 몇 년간은 결혼하고 싶지 않았다. 결혼해서 왕위계승자를 낳는 게 여왕의 의무라는 건 나도 알았다. 하지만 겨우 얻은 자유를 놓치고 싶지 않았다. 게다가 정략결혼 따위는 싫었다. 나도 동화처럼 예쁜 사랑을 하고 싶었다. 그러지 못할 바에야 엘리자베스 여왕처럼 독신으로 사는 게 나을 것 같았다.

하지만 헤이스팅스 사건*과 침실 위기**를 겪으며 조금씩 마음이 흔들렸다. 날 붙들어 줄 누군가가 절실하게 필요했다. 멜버른 경이 옆에 있었지만 무언가 허전하고 모자란 기분이 들었다.

내가 매일 멜버른 경과 승마를 하고 멜버른 경에게 윈저성에 있는 아파트 한 채를 주었다는 소식에 신문기자들은 나를 '미세스 멜버른'이라 불렀다. 레오폴트 외삼촌은 그 기사를 보고 놀라서 앨버트를 보내겠다고 통보했다. 외삼촌은 재혼해서 낳은 자식들한테는 관심도 없으면서, 나에게는 언제나 촉각을 곤두세웠다. 사실 나도 그 소문에 기분이 나쁘긴 했다. 아무리 멜버른 경이 좋은 사람이라고 해도 나보다 마흔 살이나 많은 홀아비와 연결되는 건 싫었다.

앨버트가 오는 날이 다가올수록 나의 첫사랑이, 이젠 희미해졌다고 생각한 감정들이 되살아나기 시작했다. 아직도 그는 예전처럼 멋있을까? 아니면 예전보다 더 멋있어졌을까? 하루가 앨버트

---

*빅토리아는 휘그당(자유당)을 지지했기 때문에 토리당(보수당)인 궁중 시녀 플로라 헤이스팅스를 쫓아내고 싶어 했다. 그러던 중 헤이스팅스가 임신했다는 소문을 듣고, 쫓아낼 좋은 기회라고 생각해 강제로 의사의 진단을 받게 했으나 사실이 아니었다. 그해 말 플로라가 원인 모를 질병으로 죽자 그 죽음이 빅토리아와 관련 있다는 유언비어가 퍼지기 시작했고, 여왕에 대한 여론이 악화되었다.

**1839년. 자메이카에 자치권을 주려는 안건이 부결되면서 멜버른 경이 물러나고 토리당 당수인 로버트 필이 수상이 되었다. 그는 여왕의 침실에 출입하는 시녀들이 모두 휘그당인 한 공평한 정치가 이루어질 수 없다며 이들을 쫓아내야 한다고 주장했다. 빅토리아는 이 요구를 거부했고, 필은 수상직을 포기했다. 결국 멜버른이 다시 그 자리에 임명되었다.

에 대한 의문으로 시작하고 앨버트에 대한 의문으로 끝났다. 그가 날 사랑할까? 난 이미 앨버트를 사랑하고 있었다.

하루가 앨버트로 가득 찰수록 자신감이 줄어들었다. 난 155센티미터밖에 안 되는 키에 그다지 예쁜 얼굴도 아니었다. 앨버트는 나를 '친한 친구 같은 사촌'이라고 했다는 말을 들었다. 게다가 레오폴트 외삼촌의 압력에도 앨버트는 여러 번 영국 방문을 미뤘다. 앨버트의 사랑을 얻지 못할까 봐 초조했다. 앨버트의 사랑을 얻어도 우리의 사랑이 해피엔딩이 아닐까 봐 불안했다.

난 여왕이었다. 나에게 '나'라는 1인칭은 없었다. 대신 '여왕'이라는 3인칭만이 존재했다. 난 한 번도 '나'라는 입장에서 판단하고 선택할 수 없었다.

의회, 내각, 국민은 앨버트를 좋아하지 않았다. 외국인이라는 것도 싫은 데다 하필이면 진저리치게 싫어하는 독일인이고, 대영제국과 달리 이름도 들어 본 적 없는 작은 공국 출신에 격이 맞지 않는 낮은 신분도 싫은데 가난하기까지 했다.

첫눈에 반한 사랑에 흔들리는 건 내가 아니라 영국이라는 나라였다.

앨버트를 마주하고도 흔들리지 않도록 마음의 준비를 하기엔 아무리 긴 시간도 부족했다. 하지만 앨버트와 결혼하기로 결정하는 데는 앨버트를 마주한 순간만으로도 충분했다. 그와의 결혼에 따르는 문제들과 맞서 싸우려 마음의 준비를 하기에 5일이란 시간은 오히려 길었다.

앨버트와 다시 만난 지 겨우 5일 뒤 월요일 아침, 수상에게 결혼을 통보했다. 그리고 화요일 아침, 앨버트에게 청혼했다. 영국 여왕에게 청혼할 정도로 건방진 남자는 없으니까.

"당신이 내 청혼을 받아 준다면 행복할 거예요."

앨버트의 승낙은 당연했다. 영국 여왕의 청혼을 거절할 정도로 멍청한 남자는 없으니까.

청혼을 받으며 기뻐할 수 있는 자유도, 청혼을 승낙하며 사랑을 믿을 수 있는 권리도 여왕인 내게는 허락되지 않았다.

"내가 사랑받을 수 있는 존재일까요?"

처음으로 평범한 여자이고 싶었던 순간, 앨버트는 내 앞에 무릎을 꿇었다.

"몸과 마음을 다 바쳐 영원히 당신의 노예가 되겠소."

처음으로 평범한 여자여서 행복했던 순간, 난 두 팔을 벌려 그를 껴안았다.

영국 의회법에 의하면 군주의 배우자는 영국 시민이어야 했다. 앨버트는 나와 결혼하기 위해 조국을 버리고 영국 시민으로 귀화했다. 그리고 100여 일 뒤, 나는 순수와 순결을 상징하는 하얀색 드레스를 입고 앨버트와 결혼했다.

하지만 결혼은 현실이었다. 스무 살 동갑인 우리는 매일 싸웠다. 나는 밤새도록 노래하고 춤추다 해 뜨는 걸 바라보며 잠드는 게 좋았다. 하지만 앨버트는 밤 10시면 반드시 잠자리에 들었다. 난 화가 치밀어 오르는 순간 고래고래 소리를 질렀지만 앨버트는 화를 삭이며 입을 닫아 버렸다. 앨버트의 침묵에 내 고함 소리가 커지면 앨버트는 자리를 피해 달아났고, 난 그런 앨버트를 끝까지 쫓아가며 싸워야 직성이 풀렸다.

예상한 문제들이 하나둘 터져 나오기 시작했다. 의회는 앨버트에게 귀족 작위를 주는 것도 반대하고, 앨버트를 상원의원으로 삼는 것도 거절했다. 앨버트의 호칭을 프린스 콘소트(prince consort, 여왕의 부군)로 하자는 내 제안도 부결되었다. 국왕 배우자에게 주는 연간 지원금도 5만 파운드에서 3만 파운드로 삭감해 버렸다.

결국 HRH* Prince Albert라는 호칭만이 허락되었는데도 앨버트는 의연했다.

"영국의 귀족 작위는 필요 없소. 난 이미 작손공국의 왕자라는 지위를 가졌소. 그건 요크 공작이나 켄트 공작보다 높은 지위라고 생각하오."

의회는 단순히 앨버트가 맘에 들지 않아서 그러는 게 아니었다.

---

* 전하라는 뜻으로 His(Her) Royal Highness의 약어.

앨버트의 정치 활동을 미리 막기 위해서였다. 그래서 나도 끝까지 의회와 맞서지 않았다.

난 앨버트에게 어떤 관직도 맡기지 않았다. 물론 그의 책상은 내 책상과 나란히 놓여 있었다. 하지만 앨버트가 하는 일은 내가 일어나기 전에 그날 결재할 서류의 내용을 요약하고, 내가 서류에 서명하면 압지를 눌러 잉크가 번지지 않도록 하는 게 전부였다. 그렇게 단순하고 보잘것없는 일을 하기에 앨버트의 능력은 너무 뛰어났다. 아무리 어려운 내용의 서류라도 쉽게 이해하고 내게 설명해 줄 정도였으니까.

앨버트는 자유진보적이고 계몽적이지만 정치적 판단은 신중했고 사회를 보는 안목도 높았다. 결국 나도 인정할 수밖에 없었다. 나보다 앨버트의 정치적 능력이 뛰어나다는 걸. 그래도 앨버트에게 공식적인 직함을 주지 않았다. 왕의 배우자는 왕실 재산을 관리하는 게 관례인데도 그것조차 허락하지 않았다. 아버지가 생전에 남긴 빚을 아직도 갚아야 하는 내 신세를 알리고 싶지 않았다. 앨버트가 아무런 힘도 없이 처가살이를 하는 불쌍한 신세라는 소문까지 나돌았지만, 난 모른 척했다.

어머니가 그랬듯 내가 사랑하는 이들이 나를 이용해 권력에 접근하려는 일은 다시 용납하고 싶지 않았다. 내 사랑이 배신으로 돌아와 내가 상처 입는 일은 다시 겪고 싶지 않았다.

그러던 어느 날, 앨버트는 갑갑한 자신의 처지 때문에 쌓였던 화가 폭발했는지 사소한 말다툼을 한 뒤 서재 문을 걸어 잠근 채 틀어박혀 버렸다. 하루 종일 식사도 거르고 아무도 들이지 않았다. 결국 내가 가서 문을 노크했다.

"누구시오?"

"영국 여왕입니다."

아무런 대답이 없어서 다시 노크했다.

"누구시오?"

"빅토리아입니다."

문은 열리지 않았고 난 다시 노크했다.

"누구시오?"

"당신 부인입니다."

그제야 문이 열렸다.

앨버트의 몇 가지 안 되는 단점 중 하나였다. 게르만 특유의 강한 고집. 언제나 나 때문에 꺾이긴 하지만, 당연히 나 때문에 꺾을 고집을 부리는 것도 그의 고집이었다. 그 고집이 우습다고 생각한 순간, 깨달았다. 그제야 깨달았다. 세상에서 유일하게 나와 맞서 싸울 수 있는 사람이 앨버트라는 것을.

평범한 사람들은 자신을 편들어 줄 사람을 원한다. 하지만 난 여왕이었다. 세상에서 내 편을 들어 줄 사람은 수없이 많았다. 내

의견에 반대하는 사람조차 내 앞에서는 무릎을 꿇었다.

내 눈치를 보지 않고 내 의견에 반대하는 주장을 할 수 있는 사람도, 내 잘못을 당당하게 지적해 줄 수 있는 사람도 앨버트밖에 없었다. 오로지 앨버트뿐이었다. 그렇게 난 앨버트를 조금씩 믿기 시작했다.

그리고 결혼한 이듬해 6월, 정신병자 에드워드 옥스퍼드는 마차를 타고 가는 우리를 향해 두 발의 권총을 쏘았다. 앨버트는 목숨을 걸고 임신한 날 보호했으며, 근위병을 지휘해 저격범을 체포했다. 그리고 난 그를 완전히 믿게 되었다.

임신과 출산이 반복되면서 난 점점 더 앨버트에게 의지했다. 앨버트는 날 대신하여 사절단을 맞이하기도 했고, 런던박람회를 기획하고 추진해 대성공을 거두었다. 멜버른 수상이 실각한 뒤에는 앨버트가 중요 사안의 초안을 쓰게 하고 내가 수정했다. 바빠서 수정할 시간이 없을 때는 앨버트가 쓴 초안을 그대로 베껴서 보내기도 했다. 결국 국무회의 때면 언제나 앨버트와 함께했다.

앨버트는 휘그당에 치우친 내 정치적 시각을 바로잡아 주었고, 의회의 당파싸움에 중립을 지킬 것을 권고했다. 덕분에 휘그당과 토리당의 양당제가 자리 잡을 수 있었다.

혁명은 유행병처럼 유럽 전역으로 퍼지고 있었다. 혁명 때문에 군주들이 쫓겨나는 일도 생겼다. 하지만 영국에서는 절대 그런 일이 없었다. 난 민중들이 더 이상 못 참고 봉기하기 전에 국민의 요구를 수용하고 개혁을 실천했다. 앨버트의 권유 덕분이었다. 그리고 마침내 앨버트는 정치 권력도 포기하라고 나를 설득하기 시작했다.

"군림하되 통치하지 않는다."

왕은 군주의 위엄과 권위, 카리스마만 가지면 된다고 했다. 정치 권력이 클수록 혁명으로 왕위에서 쫓겨날 확률도 컸다. 나도 알고 있었다. 하지만 그 권력을 이용해 국민을 위한 일을 할 수도 있었고, 국민의 사랑을 받을 수도 있었다.

난 기존의 왕이 누렸던 모든 걸 버렸다. 화려한 왕관을 벗고 평민처럼 입었다. 아이들은 소박한 음식에 반찬 투정을 하고, 인색한 난방에 감기가 들기도 했다. 그래도 난 평민처럼 절제하며 살았다. 하지만 권력에 대한 미련만은 버리기 힘들었다.

앨버트는 나를 정치와 떼어 놓으려고 스코틀랜드의 발모랄성으로 자주 여행을 갔다. 그와 함께 있고 싶어서 런던을 떠날 수밖에 없었고, 조금씩 정치와는 거리가 멀어져 입헌군주제가 발전할 수 있었다.

앨버트와 나는 21년이 넘는 결혼생활 동안 앨버트가 고향을 방문한 단 두 번을 빼고는 항상 같이 있었다. 그나마 한 번은 앨버트의 아버지 장례식 때문이었다.

국민들도 앨버트를 믿고 따르기 시작했다. 왕세자가 성인이 되기 전에 내가 사망하면 앨버트를 섭정으로 삼겠다는 법도 통과되었다.

하지만 그는 독일인이었다. 국민들은 그를 완전히 믿지 못하고 끊임없이 의심했다. 크림전쟁이 일어나자 앨버트는 국가 기밀 누설로 가장 먼저 조사를 받았다. 억울한 누명에, 국가반역죄로 런던탑에 감금되었다는 허위 신문기사에 끊임없이 상처 입어야 했다.

그래서였을까? 앨버트에게는 항상 가족이 먼저였다.

앨버트의 아버지는 난잡하고 방탕한 생활을 하면서도 아내를 무시하고 푸대접했다. 시어머니 루이제는 왕실 장교였던 알렉산더 폰 한슈타인 백작과의 스캔들로 이혼당하고 궁전에서 추방되었다. 시아버지는 조카와 곧바로 재혼했다. 뷔르템버그의 앙투아네트 마리 공주는 앨버트의 사촌에서 계모가 되었다. 하지만 새어머니는 당연히 친아버지보다 더 앨버트에게 무관심했다. 결국 한슈타인 백작과 결혼해 파리로 떠난 친어머니는 얼마 지나지 않아 암으로 죽었다. 앨버트가 네 살 때였다. 얼굴조차 기억나지 않는 어머니가 그에겐 상처였다. 사랑받지 못한 어린 시절이 그는 아직도 아팠다.

앨버트는 모든 집안일과 육아를 손수 챙겼다. 가사를 전담한 레젠 남작부인과 충돌하는 건 당연했다. 어린 시절 레젠 남작부인은 콘로이와 어머니를 향한 나의 비난을 하루 종일 들어 주고 맞장구 친 가정교사였다. 그 힘든 시절을 함께한 사람이기에 내 신뢰는 깊었고, 레젠 남작부인은 궁에서 수상과 맞먹는 권력을 지닐 수 있었다.

하지만 앨버트는 레젠 남작부인이 나와 어머니를 이간질했다며 그녀를 '못된 용'이라고 비난했다. 계속되는 둘의 싸움에 지치고 짜증이 났다. 결국 난 앨버트 마음대로 하라며 둘 사이에서 빠져 버렸다. 승자는 뻔했다. 앨버트는 맏딸의 첫돌이 지난 뒤 레젠 남작부인을 해고하고 이듬해에는 영국에서 영원히 추방했다.

앨버트는 거기서 더 나아가 어머니와 화해하라고 닦달했다. 결국 난 이번에도 앨버트에게 졌다. 솔직히 난 어머니와 화해한 게 아니라 앨버트의 고모와 화해한 거였다.

아이들에게 엄격한 나와 달리 앨버트는 언제나 자상한 아버지였다. 난 임신도 출산도 혐오스러웠다. 전쟁 발발 소식에도 눈썹 하나 꿈쩍하지 않는 나를 놀라게 하는 유일한 소식이 나의 '임신'이었다.

아기들은 다리를 쫙 벌린 못생긴 개구리같이 추했다. 게다가 출산의 고통은 끔찍했다. 다행히 마지막 두 번은 마취제를 처방받을 수 있어 견딜 만했다. 그래도 아이를 아홉이나 낳은 것은 임신과 출산도 여왕의 의무이기 때문이었다.

아이들은 성가시고 귀찮았다. 아이를 돌보는 하찮은 일은 하고 싶지도 않았다. 내가 낳은 아이라도 마찬가지였다. 보다 못한 어머니가 아이들을 잘 챙기라고 잔소리를 했다. 난 화가 나서 쏘아붙였다.

"어머니는 나 하나만 보살피면 됐잖아요."

그리고 속으로 덧붙였다. 어머니는 여왕이 아니었잖아요.

앨버트는 이미 포기한 지 오래였다. 맏딸 비키가 열이 펄펄 나는데도 내가 신경조차 쓰지 않은 그때부터. 앨버트는 내게 어머니 역할을 강요하는 대신 자신이 어머니 역할까지 맡았다. 그래서였는지 맏딸 비키가 결혼하여 프러시아로 떠날 때, 눈물을 흘린 건 친정어머니인 내가 아니라 앨버트였다.

아홉 명의 아이를 낳느라 81개월이나 임신 상태였다고 매일 투덜거렸지만, 그 아이들을 성년이 될 때까지 보살피고 키워서 결혼시키는 건 앨버트의 몫이라고 생각했다.

나이를 먹을수록 내가 반한 앨버트의 모습은 사라져 갔다. 숱이 풍성하던 머리카락은 거의 다 빠져서 대머리로 변했고, 점점 살이 쪄서 임산부처럼 배불뚝이가 되었으며, 이중턱은 탄력을 잃고 늘어졌다. 하지만 난 그런 앨버트를 예전보다 더 사랑했다.

결혼한 지 17년 만에 난 앨버트에게 프린스 콘소트라는 호칭을 수여할 수 있었다.

어머니를 조금씩 이해하고 어머니를 겨우 사랑하게 되었을 때, 어머니는 내 곁을 떠났다. 어머니의 유품을 정리하다 노트 몇 권을 발견했다. 내 어린 시절의 기록이었다. 내 작은 습관까지 자세하게 적어 놓은 노트를 보며 어머니를 버려 둔 나 자신이 미워서, 나에 대한 어머니의 집착과 사랑이 슬퍼서 많이도 울었다. 난 모든 공적 활동을 접고 드러누워 버렸다. 앨버트는 지병인 위장 장애에 마차 충돌 사고 후유증까지 겹쳐서 아픈데도 나를 대신해 대부분의 공무를 수행했다.

이런 상황에서도 장남인 에드워드는 여배우 넬리 클리프든과 스캔들을 일으켰다. 어릴 때도 공부는 안 하고 말썽만 피운 아들이었다. 에드워드를 여배우와 떼어 놓기 위해 케임브리지대학으로 보냈다.

불행은 멈추지 않았다. 앨버트는 친하게 지내던 사촌인 포르투갈의 페드로 5세가 장티푸스로 세상을 떠나자 크게 상심했다. 그래도 앨버트는 나를 대신해 육군사관학교를 시찰하러 갔다가 비에 젖어 돌아왔고, 그 바람에 감기에 걸려 쿨럭이면서도 공무를 수행했다.

하지만 우리의 장남 에드워드는 케임브리지대학으로 쫓겨나서도 내 명령을 어기고 넬리 클리프든과 여전히 만나는 것으로도 모자라 신문을 스캔들로 얼룩지게 했다. 난 왕세자의 자격이 부족하다고 야단치며 고함을 질렀다. 에드워드는 여왕이 아닌 어머니를 보고 싶다며 맞받아쳤다. 에드워드는 궁전에서 나가 케임브리지 별장으로 가 버렸다. 그 나이에 어머니와 싸우고 가출하다니 기가 막혔다.

결국 우리 둘을 화해시키기 위해 앨버트가 나설 수밖에 없었다. 에드워드를 설득하기 위해 케임브리지까지 먼 길을 여행하느라 감기가 심각할 정도로 악화되었다. 의사들은 이미 폐 기능까지 망가졌다고 말하며 브랜디를 마시라는 처방을 내릴 뿐이었다.

난 사경을 헤매는 앨버트 옆을 지켰다. 결국 앨버트는 마흔둘에 그렇듯 어이없이 나를 떠나갔다. 이제 나를 빅토리아라고 불러 줄 사람은 아무도 없었다!

나도 국민들도 울었다. 검은 상복을 입고 검은 테를 두른 종이에 앨버트의 회고록을 쓰기 시작했다. 앨버트의 사진을 넣은 목걸이를 하고 침대 머리맡에도 앨버트의 사진을 걸어 놓았다. 한 손은 앨버트의 손 모양을 본뜬 석고상을, 다른 한 손은 그의 셔츠를 붙잡은 채 잠이 들었다. 난 앨버트와 합장할 수 있도록 큰 석관을 만들라고 했다. 앨버트가 쓰던 방도 평상시처럼 그대로 보존했다.

앨버트는 사후에 자기를 기념하는 건축물이나 기념상을 세우지 말라고 당부했다. 하지만 난 영국 각지에 조각상을, 켄싱턴궁전 부근에는 앨버트기념관을 설립해 앨버트가 좋아한 미술품과 가구와 소품으로 채웠다. 그리고 에드워드를 더 많이 미워했다. 앨버트가 죽은 건 에드워드 때문이었다.

하지만 어떤 일을 해도 그리움을 떨칠 수는 없었다. 나를 위해 노래를 작곡하고 내가 노래할 때 피아노 반주를 해 준 앨버트와 함께 행복한 내 삶도 떠나갔다. 나와 카드놀이를 하다 이겼다며 좋아하고, 내가 내는 수수께끼를 맞히려고 기를 쓰던 앨버트와 함께 세상도 나에게서 멀어져 갔다.

처음에는 나의 슬픔과 좌절을 이해하던 국민들도 내가 칩거한 뒤 정치에 무관심해지자 지쳐 갔다. 내가 할아버지 조지 3세처럼 미쳐 버렸다는 소문도 퍼졌다. 디즈레일리 수상의 설득으로 공식 석상에 나서기 시작했지만 정치에서는 완전히 손을 뗐다. 앨버트의 뜻을 따르고 싶었다. 그렇게 영국은 입헌군주제 국가가 되었다.

너무 외롭고 쓸쓸해서 다른 미망인들이 하듯이 '종마'*를 만들기도 했다. 스코틀랜드 출신의 존 브라운은 내가 말을 탈 때 고삐

---

*남자 애인을 뜻하는 속어.

를 잡아 주고 내 부츠를 닦아 주는 시종이었다. 어느 날 내가 마차 사고를 당할 때 존이 날 구해 주면서 우린 급격히 가까워졌다. 난 존에게서 앨버트를 보았다. 마차를 타고 가다 암살자를 만났을 때 나를 구해 주려고 애쓴 앨버트를…. 난 존에게서 앨버트를 느꼈다. 나를 여왕이 아닌 여자로 보아 준 앨버트를….

난 어디를 가나 존을 데리고 다녔고, 존이 내 침실 옆방에서 지내게 했다. 킬트를 입고 리본 달린 모자를 쓴 존은 어디를 가나 눈에 띄었다. 언론은 나를 '미세스 브라운'이라고 꼬집었다. 아이들마저 그를 '어머니의 연인'이라고 불렀다. 우리가 비밀리에 결혼했다는 소문도 돌았다.

하지만 그들의 착각이었다. 나는 누구보다 여왕이라는 신분에 대한 자부심이 강했고, 보수적 성 문화를 포함하여 엄격한 도덕주의로 유명했다. 나는 그저 그들과 연애 감정을 '즐기는' 것뿐이었다.

하지만 존마저 파상풍으로 세상을 떠났다. 내가 의지한 팔과 머리를 잃은 기분이었다. 남은 건 충격과 공허뿐이었다. 다행히 인도인 시종 압둘 카림(Abdul Karim)이 존의 자리를 대신했다. 그러나 그 누구도 앨버트의 빈자리를 채울 수 없었다.

둘째 딸 앨리스는 절망에 빠져 허우적거리는 날 돌봐 주려고 애썼다. 하지만 앨리스는 헤센에 시집간 뒤 디프테리아로 죽어 버렸다. 다시 셋째 딸 헬레나를 개인비서로 삼아 어디든 데리고 다녔다. 하지만 헬레나는 친척인 크리스티안과 사랑에 빠져 나를 떠났다. 이번엔 막내딸 베아트리스에게 기댔다. 딸은 어머니의 가장 좋은 친구였다. 베아트리스마저 다른 나라 왕자와 결혼해 내 곁을 떠나는 건 싫었다. 하지만 언제까지나 베아트리스의 결혼을 미룰 수는 없었다. 난 6개월 동안이나 베아트리스와 말을 하지 않을 정도로 베아트리스의 결혼을 반대했지만 결국 조건부 승낙을 하고 말았다.

그렇게 하나둘 자식들도 결혼해서 내 곁을 떠났다. 하지만 손자들은 늘어 갔다. 옛날에는 그렇게 싫었던 아이들이 이젠 귀여웠다. 손자들의 응석을 받아 주는 게 그나마 웃을 수 있는 유일한 순간이었다. 손자들이 자랄수록 나는 늙어 갔다.

그리고 손자들이 하나둘 혈우병을 앓기 시작했다. 내가 아는 가장 끔찍한 병이었다. 우리는 저주받은 불쌍한 가족이었다. 그 저주가 내게서 시작되었다는 것을 아는 순간, 세상을 떠날 날이 머지않았음을 깨달았다.

내 장례식은 군인장으로 치르라고 미리 못 박아 두었다. 아버지는 태어난 지 얼마 되지도 않은 나를 군대 훈련과 사열에 데리고 다닐 정도로 철저한 군인이었다. 그리고 육군 원수로 생을 마감했다. 난 군주의 딸이 아니라 군인의 딸이었다.

어느 날부터 점차 기억을 잃어 가기 시작했다. 앨버트와의 행복한 순간들도, 자식 셋을 먼저 보낸 상처의 시간들도 점점 흐려졌다. 결국 말하는 법도 잊어버렸다. 그래도 행복했다. 기억을 잃을수록 앨버트에게 갈 날이 다가왔으니까.

그리고 1901년 1월 22일, 난 하노버 왕가의 마지막 군주로 잠들었다.*

---

*빅토리아가 앨버트와 결혼하면서 하노버 왕가는 막을 내리고, 에드워드 7세 때부터 아버지의 성을 따라 작센 코부르크 고타라는 독일 성을 쓰는 작센 코부르크 고타 왕가가 시작되었다. 빅토리아의 어머니도 독일인이고 남편도 독일인이라 왕실 내에서는 거의 독일어만 썼다고 한다. 하지만 제1차 세계대전 때 반독일 감정이 치솟자 조지 5세가 독일 내 모든 직함을 버리고 윈저로 개명했다. 따라서 현재는 윈저 왕가다.

빅토리아와 앨버트의 사랑, 그 뒤의 이야기

영국이 지구 육지의 4분의 1을 지배하는 가장 넓은 식민지를 가져서 '해가 지지 않는 나라'라는 별칭이 붙은 시대, 'United Kingdom of Great Britain and Northern Ireland'라는 정식 국명에서 'Great'라는 단어가 가장 잘 어울린 시대, 끊임없는 식민지 전쟁을 치르면서도 '벨 에포크(Belle Époque, 평화로운 시대)'라 불린 번영의 시대… 그 시대를 우린 빅토리아시대라고 부른다.

한 시대에 자신의 이름을 가져다 쓰게 만든 그녀, 빅토리아 여왕은 64년을 집권하며 장수를 누렸다. 그리고 국민들이 가장 사랑하는 군주였다. 아홉 자녀의 사랑을 받은 어머니였다. 그리고 한 남자에게 사랑받는 한 여자였다.

부럽다. 뭐 하나 빠진 게 없다. 이름처럼 '승리'만 가득한 인생처럼 보인다. 그녀는 모든 걸 이미 가지고 있었다. 부, 권력, 명예…. 그녀는 신데렐라를 꿈꿀 필요가 없었다. 그녀는 타인이 꿈꾸는 대상이었다.

하지만 그녀도 꿈을 가지고 싶었을 것이다. 아름다운 사랑을 하고 설레는 청혼을 받는 모든 여자가 간직한 꿈…. 하지만 그녀는 다른 모든 것을 가진 대신 꿈을 포기해야만 했다. 더 많이 가졌다는 이유만으로 어쩌면 더 많이 불행할 수도 있는 인생이었다. 그녀가 사랑해서 선택한 앨버트 대공…. 하지만 그녀는 그의 사랑을 확신할 수 없었을 것이다. 그의 사랑을 얻기 위해 여왕의 자존심을 굽힐 수도 없었다. 그의 자존심을 짓밟아서 그의 사랑을 얻을 기회를 잃을 수도 없었다. 현명하게도 그녀는 타협하는 방법을 배웠다. 그리고 다행스럽게도 그녀는 앨버트 대공을 믿는 방법을 깨달았다.

여왕인 그녀의 인생에도 불행은 있었다. 가장 넓은 식민지를 가졌다는 것은 가장 많은 식민지 전쟁을 치렀다는 뜻이기도 했다. 승리한다고 해도 전쟁의 상처는 남았다. 게다가 전 유럽이 혁명의 소용돌이로 휘말려 들어가는 상황이었다. 여왕으로 살아온 시간을 송두리째 짓밟힐 수도 있다는 불안감과 여왕임을 포기할 수 없다는 고집으로 매일매일이 초조했을 것이다.

행복한 순간에는 누구와 함께해도 행복할 수 있다. 하지만 어렵고 힘든 시기, 불행하다고 느끼는 순간에는 누구와 함께해도 불행하다. 자신이 느끼는 시련과 역경이 전달되어 상대방까지 불행하게 만들어 버리니까. 그래서 사랑이란 어렵고 힘든 시기를 헤쳐 나가야 진정하다.

자신이 선택하고 결정한 결혼이라면, 그 선택에 대한 책임과 의무 때문에라도 결혼생활 중에 맞닥뜨린 시련을 헤쳐 나갈 수 있다. 하지만 타인의 기준에 의해 선택된 결혼은 다르다. 선택에 따른 책임과 의무에서 다소 자유롭다. 결혼생활에서 역경을 마주했을 때, 강요된 선택이었다는 변명을 하며 빠져나올 수도 있다. 그래서 연애결혼이 아닌 정략결혼은 더 많은 인내와 끈기가 필요하다.

죽도록 사랑해서 결혼하는 건 흔한 일인 데다 그리 힘들 것도 없다. 하지만 죽도록 사랑하면서 결혼생활을 하는 건 어렵고 힘들다. 그래서 빅토리아 여왕과 앨버트 대공의 사랑이 위대할 수 있었다. 그녀의 삶은 이름처럼 승리뿐인 인생이었다.

빅토리아 여왕과 앨버트 대공의 사랑으로 태어난 자녀들은 전 유럽의 왕족과 혼인했고, 세월이 흐를수록 그들의 후손도 늘어났다. 영국이 두 차례의 세계대전과 그 뒤의 냉전을 그나마 쉽게 극복한 건 전 유럽 왕실과 친인척 관계였기 때문이라는 분석도 있다. 하지만 세계대전 직전 유럽이 최악의 분열을 겪을 때, 친인척 국가 간 싸움에 질려 버린 에드워드 7세가 이제 영국 왕실은 다른 왕실과 결혼하지 못한다고 선언했다.

빅토리아의 자녀 아홉은 유럽의 각 왕실과 혼인해 마흔두 명의 손자를 낳아서 여왕에게 유럽의 할머니라는 별명을 붙여 주었다. 세대가 늘어날 때마다 후손도 늘어났다. 현재 유럽에서 빅토리아의 후손인 군주는 영국 여왕 엘리자베스 2세, 스페인 국왕 후안 펠리페 6세, 스웨덴 국왕 칼 16세, 노르웨이 국왕 하랄 5세가 있다. 영국도 아닌 다른 나라의 국왕이 빅토리아의 후손이 된 건 큰딸을 비롯해 손녀들이 왕비가 되었기 때문이다. 맏딸 빅토리아가 독일 황제 프리드리히 빌헬름의 왕비가 된 것을 시작으로 빅토리아의 손녀들은 그리스, 러시아, 스페인, 핀란드, 루마니아, 스웨덴 등의 왕비가 되어 그 나라의 왕을 낳았다. 손녀 소피는 그리스 왕 콘스탄티노스 1세의 왕비였고, 증손녀 엘리사베타는 그리스 왕 게오르기오스 2세의 왕비였다. 손녀 알릭스는 러시아 황제 니콜라이 2세의 왕비, 에나는 스페인 알폰소 13세의 왕비, 모시는 핀란드 왕 카를레 1세의 왕비, 루이즈는 스웨덴 구스타프 6세 아돌프의 왕비였다. 손녀 미시는 루마니아 왕 페르디난드 1세의 왕비였고, 증손녀 헬렌은 루마니아 카롤 2세의 왕비였다.

그렇게 빅토리아는 아직도 이 지구를 지배하고 있다.

최근 일종의 정략결혼을 주선하는 결혼 정보 회사가 엄청난 성황을 누리고 있다. 하지만 그 회사를 통해 결혼했다는 사람도, 회원으로 가입했다는 사람도 보기 힘들다. 정략결혼에 대한 이미지가 부정적이고 비판적이기 때문이다. 하지만 정략결혼이라고 해서 사랑이 없는 건조한 관계라고 생각하는 건 오산이다. 사랑은 시작하는 것보다 끝까지 지켜 나가는 게 더 어렵다. 어떤 과정으로 결혼했든 서로에 대한 신뢰와 이해가 없다면 결혼은 유지하기 힘들다.

우리가 맞선이라 부르는 것도 정략결혼의 범주에 들어갈 수 있다. 맞선 한 번 보고, 심지어는 얼굴 한 번 못 보고 결혼한 옛날 부부들은 죽을 때까지 잘 살았는데, 몇 년이나 연애하고 결혼한 요즘 부부들은 얼마 되지도 않아 이혼한다. 이혼의 이유도 가지각색이다. 그래도 공식적인 이유는 하나로 귀결된다. 성격 차이. 성격은 환경의 지배를 받으며 형성된다. 곧 성격 차이는 환경 차이가 되는 것이다.

과거의 결혼은 환경 차이의 우려가 없었다. 지위나 신분에 따라 만남 자체가 엄격하게 통제되어 다른 환경에서 자란 사람과의 결혼은 거의 불가능했다. 교통수단이 발달하지 않아 먼 거리에 있는 사람과 결혼하기도 힘들었다.

하지만 지금은 다르다. 경제적 사회적 문화적 환경이 다른 사람들이 만나고 사랑할 수 있다. 불행하게도 결혼 전에는 신선한 매력으로 느껴진 환경의 차이가 결혼 후에는 이해할 수 없는 사고의 차이가 되어 버린다. 결국 첫눈에 반해서, 죽도록 사랑해서 시작한 결혼생활도 현실이 되는 순간 깨지는 경우가 많다. 반면 환경이 비슷한 사람들끼리의 결혼은 현실적 괴리감이 적어 유지하기가 쉽다. '끼리끼리'가 꼭 나쁜 건 아니다.

그러니 당신이 맞선, 소개팅, 결혼 정보 회사 등을 통해 의도적으로 지금의 배우자를 만났다고 해도 거리낄 게 없다. 빅토리아와 앨버트가 그랬듯이 서로를 이해하고 신뢰하며 사랑을 만들어 가면 되니까. 비록 사랑해서 시작한 결혼은 아니더라도 신뢰와 이해는 오랜 시간을 거치면서 사랑으로 변해 간다. 사랑이란 서로 노력해서 만들어 가는 것이다. 그런 사랑은 더 견고하고 강하다. 빅토리아와 앨버트의 사랑처럼….

빅토리아와 앨버트

1819년 5월 24일 빅토리아, 런던 켄싱턴궁전에서 출생

1819년 8월 26일 앨버트, 작센 코부르크 고타에서 출생

1837년 6월 20일 빅토리아, 영국 여왕 즉위

1840년 2월 10일 빅토리아와 앨버트, 결혼

1861년 12월 14일 앨버트, 영국 버크셔 윈저성에서 사망

1901년 1월 22일 빅토리아, 와이트섬 오스번 하우스에서 사망

로저 펜톤 작품. 1854년 5월 11일, 버킹엄궁전

〈빅토리아와 앨버트〉

빅토리아 여왕이 순결하고 순수한 처녀를 상징하는 하얀 웨딩드레스를 입으면서 결혼식 때 신부가 하얀 웨딩드레스를 입기 시작했다. 오래전부터 웨딩드레스는 부와 권력, 신분의 상징이었다. 신부들은 가장 화려하고 비싼 드레스를 입었다. 드레스 색깔은 유행에 따라 달라졌다. 로마시대는 노란색이, 중세는 금색이나 은색이, 빅토리아시대는 빨간색이 유행했다.

의원과 왕족은 빅토리아 여왕이 하얀색 웨딩드레스를 입는 걸 반대했다. 너무 검소하고 절제되어 보인다는 이유였다. 게다가 흰색은 '애도'를 의미해 상복에 쓰이는 색이었다. 하지만 빅토리아 여왕은 똑같은 이유로 하얀색 웨딩드레스를 입었다. 왕족의 사치와 부도덕성에 대한 비난이 쏟아지는 때였다. 왕실의 이미지 전환을 위해 빅토리아 여왕은 영국산 하얀 웨딩드레스를 입고 왕관 대신 오렌지꽃 화환을 썼다. 56년 후에 열린 다이아몬드 주빌리에서도 웨딩드레스의 레이스를 손질해 다시 입을 정도로 빅토리아는 검소함을 몸소 실천했다.

조지 3세는 1760년 10월 25일 즉위하여 60여 년 동안 영국 국왕으로 지냈다. 재위 말기 조지 3세가 정신질환을 앓자 장남인 조지 4세가 정사를 맡았다. 조지 3세가 죽고 조지 4세가 즉위했으나 조지 4세의 유일한 적통인 샬럿 공주는 조지 4세가 즉위하기도 전에 사망했다. 유력한 왕위계승자인 조지 3세의 둘째 아들도 1827년에 사망했다. 영국 왕위는 조지 3세의 셋째 아들 윌리엄 4세에게 넘어간다. 윌리엄 4세는 적자를 갖기 위해 갖은 수를 썼으나 결국 실패한다. 조지 3세의 넷째 아들은 이미 죽고 없었으나 적통인 빅토리아를 남겼다. 그렇게 왕위 계승 서열 5위로 태어난 빅토리아는 영국 여왕이 될 수 있었다.

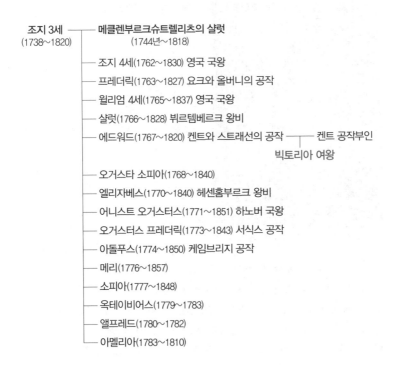

조지 3세 ——— 메클렌부르크슈트렐리츠의 샬럿
(1738~1820)   (1744년~1818)

— 조지 4세(1762~1830) 영국 국왕
— 프레더릭(1763~1827) 요크와 올버니의 공작
— 윌리엄 4세(1765~1837) 영국 국왕
— 샬럿(1766~1828) 뷔르템베르크 왕비
— 에드워드(1767~1820) 켄트와 스트래선의 공작 ——— 켄트 공작부인
                                              빅토리아 여왕
— 오거스타 소피아(1768~1840)
— 엘리자베스(1770~1840) 헤센홈부르크 왕비
— 어니스트 오거스터스(1771~1851) 하노버 국왕
— 오거스터스 프레더릭(1773~1843) 서식스 공작
— 아돌푸스(1774~1850) 케임브리지 공작
— 메리(1776~1857)
— 소피아(1777~1848)
— 옥테이비어스(1779~1783)
— 앨프레드(1780~1782)
— 아멜리아(1783~1810)

빅토리아 여왕의 자녀들과 배우자

빅토리아 여왕은 4남5녀를 낳았지만 육아에는 관심이 없었다. 갓난아기가 개구리처럼 못생겼다고 비하할 정도였다. 빅토리아의 어머니는 어린 시절 빅토리아를 강하게 통제하고 억압한 것과 달리 손주들을 예뻐했으며, 빅토리아에게 아이들을 돌보라고 여러 번 충고했다. 하지만 빅토리아는 남편 앨버트 대공에게 육아를 맡겨 두고 관심을 갖지 않았다. 하지만 빅토리아도 손주들은 아주 예뻐했다고 한다. 4남5녀 중 앨리스, 알프레드, 레오폴트는 요절해서 빅토리아 여왕에게 슬픔을 안겼다.

구분	자녀	자녀의 배우자
장녀	프린세스 로열 빅토리아 (1840년 11월 21일~1901년 8월 5일)	독일 황제 프리드리히 3세
장남	에드워드 7세 (1841년 11월 9일~1910년 5월 6일)	덴마크 공주 알렉산드라
차녀	헤센 대공비 앨리스 (1843년 4월 25일~1878년 12월 14일)	루트비히 4세 폰 헤센 대공
차남	에든버러 공작 알프레드 (1844년 8월 6일~1900년 7월 31일)	러시아 공주 마리야 알렉산드로브나
3녀	헬레나 (1846년 5월 25일~1923년 6월 9일)	크리스티안 폰 슐레스비히홀슈타인
4녀	아가일 공작부인 루이즈 (1848년 3월 18일~1939년 12월 3일)	제9대 아가일 공작 존 캠벨
3남	코넛스트래선 공작 아서 (1850년 5월 1일~1942년 1월 16일)	프로이센 공주 루이제 마르가레타
4남	올버니 공작 레오폴트 (1853년 4월 7일~1884년 3월 28일)	올버니 공작부인 헬레나
5녀	바텐베르크 공자빈 베아트리스 (1857년 4월 14일~1944년 10월 26일)	하인리히 폰 바텐베르크

〈빅토리아의 아버지〉

빅토리아의 아버지, 켄트와 스트래선의 공작 에드워드(Edward, Duke of Kent and Strathearn, 1767년 11월 2일~1820년 1월 23일)는 조지 3세와 그의 왕비 메클렌부르크슈트렐리츠의 샬럿 사이에서 넷째 아들로 태어났다. 조지 4세의 유일한 딸인 조카 샬럿 오거스타가 요절하여 왕실 후계자의 대가 끊기자 에드워드는 쉰한 살의 나이로 라이닝겐 후작 미망인과 늦은 결혼을 했다. 의회가 왕위 계승 서열이 높은 사람에게는 특별한 혜택을 준다고 하자 많은 빚을 갚기 위해 결혼한 것이다. 적자가 있는 경우 왕위 계승에 유리했다. 1819년, 외동딸 빅토리아가 태어났지만 에드워드는 이듬해 사망하여 왕위를 계승하지 못했다.

〈빅토리아의 어머니〉

빅토리아 여왕의 어머니는 마리 루이제 빅토리아 폰 작센 코부르크 잘펠트 공녀(Marie Luise Victoria of Saxe–Coburg–Saalfeld, 1786년 8월 17일 ~1861년 3월 16일)다. 어머니 이름도 빅토리아이고 빅토리아 여왕의 첫째 딸 이름도 빅토리아다. 빅토리아의 어머니는 프란츠 폰 작센 코부르크 잘펠트 공작과 아우구스타 로이스 에버스도르프 백작부인의 3남4녀 중 넷째였다. 그녀는 열입곱 살인 1803년, 라이닝겐공국의 칼 왕자와 결혼해 라이닝겐 후작부인이 되었으나 남편이 남매를 남겨 두고 사망한다. 과부가 된 빅토리아의 어머니는 서른두 살 때 쉰한 살의 에드워드와 결혼해 켄트 공작부인이 되었다. 당시 에드워드는 영국 왕위 계승 서열 4위였다.

1835년, 조지 헤이스터 작품

빅토리아 여왕의 큰 외삼촌 에른스트 1세가 앨버트 대공의 아버지다. 즉 빅토리아의 어머니는 앨버트 대공의 고모다. 빅토리아의 어머니는 영어가 서툴러 말도 통하지 않는 영국 왕실에 적응하지 못하고 딸에게 더 집착했다. 또한 빅토리아의 왕위 계승 서열이 그리 높지 않을 때는 남동생 레오폴트 1세가 받는 의회연금으로 함께 생활할 만큼 화려함과는 거리가 먼 삶을 살았기에 모국에 대한 그리움이 컸다고 한다.

〈어린 시절의 빅토리아〉

빅토리아 여왕(알렉산드리나 빅토리아 하노버, HRH Alexandrina Victoria Hanover)에 관한 최초 기록이다. 빅토리아 여왕은 1819년 5월 24일, 런던 외곽의 켄싱턴궁전에서 태어났다. 빅토리아는 어머니의 이름에서 따왔고, 러시아 황제 알렉산더 황제가 대부가 되어 알

렉산드리나라는 이름을 붙여 주었다. 가족들은 이름이 같은 어머니와 구별하기 위해 빅토리아 여왕을 Drina(작은 공주)라고 불렀다. 하지만 빅토리아의 어머니는 반드시 '빅토리아'라고 불렀다고 한다. 빅토리아는 왕가에서 태어났지만, 아버지가 유산을 거의 남기지 않았기에 어린 시절은 다소 검소한 환경에서 보냈다.

1819년, 조한 조지 폴 피셔 작품

1823년, 스티븐 포인츠 데닝 작품

빅토리아가 왕위 계승 서열 1위가 되자 윌리엄 4세는 켄싱턴궁전에 빅토리아의 방을 만들어 주었으며 빅토리아의 연금도 인상했다. 빅토리아는 학교에 다니지 않고 역사, 지리, 수학, 종교의 기본 교리, 피아노와 그림 등을 집에서 공부했다. 빅토리아의 어머니는 하노버에서 루이즈 레젠 남작부인을 초빙해 빅토리아에게 읽고 쓰는 법을 가르쳤다. 기독교의 역사는 체스터 부주교에게 배웠다. 하지만 빅토리아는 세 살 때까지 어머니의 모국어인 독일어만 사용했으며, 그 뒤에야 영어를 배웠다.

〈빅토리아와 어머니〉

빅토리아 여왕의 어머니는 빅토리아를 엄격하게 통제했다. 존 콘로이의 딸을 빅토리아의 소꿉친구로 붙여 주고, 혹시라도 미끄러져 넘어졌다가 죽으면 안 된다는 이유로 빅토리아 혼자서는 계단도 오르내리지 못하게 했다. 다른 영국 왕족들이 빅토리아와 친하게 지내는 걸 막으려고 윌리엄 4세와 아델레이드 왕비가 빅토리아와 만나는 것도 방해했다. 또한 존 콘로이와 함께 빅토리아가 지켜야 할 세세한 규칙들을 만들어 켄싱턴 시스템이라 불렀다. 하지만 가정교사인 레젠 남작부인은 빅토리아가 타인에게 휘둘리거나 주눅 드는 것을 막기 위해 자기주장을 할 수 있도록 도왔으며, 레젠 남작부인의 바람대로 빅토리아는 자기주장이 강하고 고집 센 아이로 자랐다.

〈레오폴트 1세〉

레오폴트 게오르크 크리스티안 프리드리히(Leopold Georg Christian Friedrich, 1790년 12월 16일~1865년 12월 10일)는 빅토리아 여왕의 외삼촌이자 정신적 지주였다. 레오폴트 1세는 1816년, 조지 4세의 외동딸로 차기 영국 왕위계승자인 웨일스의 공녀 샬럿 공주와 결혼했으나 이듬해 샬럿 공주가 아들을 사산하고 사망한다. 레오폴트는 아내가 죽은 뒤에도 영국에 남아 빅토리아를 자주 찾아왔다. 1831년, 독립한 벨기에의 왕으로 즉위하면서 영국을 떠났으나 빅토리아와는 자주 편지를 주고받았다. 1832년, 프랑스 왕 루이 필리프 1세의 딸 오를레앙의 루이즈 공주와 결혼했지만, 첫 아내의 이름을 따서 딸 이름을 지을 정도로 샬럿 공주에 대한 사랑이 지극했다.

레오폴트 1세는 빅토리아 여왕의 어머니 마리 루이제 빅토리아와 앨버트 대공의 아버지 에른스트 1세의 동생이었다. 즉 빅토리아 여왕에게는 외삼촌이고 앨버트 대공에게는 삼촌이었다. 레오폴트 1세는 빅토리아 여왕과 앨버트 대공의 결혼을 강력하게 원했다. 빅토리아의 어머니와 에드워드 왕자의 결혼도 레오폴트 1세가 주선한 것으로 알려져 있다.

〈존 콘로이〉

빅토리아 여왕의 어머니는 남편 에드워드가 죽은 뒤 그의 비서였던 존 콘로이와 연인 관계가 된다. 존 콘로이는 정치적 야망이 큰 인물이었다. 빅토리아가 미성년으로 즉위하면 어머니가 섭정하게 되어 있었다. 존 콘로이와 빅토리아의 어머니는 섭정을 강력하게 원했고, 빅토리아를 고립시키기 위해 영국 왕실의 친척들과 만나지 못하게 했다. 물론 왕과 왕비도 만나지 못하게 했다.

윌리엄 4세는 빅토리아의 어머니와 콘로이가 그들의 야심을 채우기 위해 어린 빅토리아를 괴롭힌다고 생각하여 두 사람을 극도로 싫어했다. 결국 윌리엄 4세는 1836년, 생일 만찬에서 자신은 빅토리아가 섭정이 필요 없는 열여덟 살이 되는 1837년 5월 24일까지는 반드시 살아남아 빅토리아의 어머니가 섭정하지 못하게 막을 거라고 선언했다. 실제로 윌리엄 4세는 빅토리아가 열여덟 번째 생일을 맞아 성인이 되고 26일 뒤에 죽었다.

〈빅토리아 여왕의 대관식〉

빅토리아 여왕의 정식 칭호는 다음과 같다. 하느님의 은총으로 그레이트브리튼아일랜드연합왕국의 여왕, 신앙의 수호자, 하노버의 대공녀이자 브라운슈바이크뤼네부르크의 공녀, 작센 코부르크 고타의 공비이자 작센의 공비, 인도의 여황제, 조지 4세 왕립 기사단장, 가터 기사단장, 시슬 기사단장, 성패트릭 기사단장, 바스 기사단장, 세인트 마이클 앤드 세인트 조지 기사단장, 영국령 인도 기사단장, 인도 메리트 기사단장, 인

도성 기사단장, 로열 빅토리아 · 앨버트 기사단장, 인도제국 기사단장, 인도 왕좌 기사단장, 무공 기사단장, 빅토리아 왕립 기사단장이신 빅토리아 여왕폐하. 너무 길어서 공식 문서에서도 줄여 썼다고 한다.

1838년 6월 28일, 조지 헤이스터 작품

〈1837년 즉위 당시의 빅토리아 여왕〉
빅토리아 여왕은 수많은 업적을 남겼다. 노예 제도 철폐, 교육 개혁, 공중위생과 노동 조건 개선, 선거법 개정, 아프가니스탄 전쟁 승리, 크림 전쟁 승리, 남아프리카 전쟁 승리, 중국전쟁 승리, 대전시회 개최 등이 빅토리아가 이룩한 업적이다. '빅토리아시대(Victorian Era)'라는 단어를 만들어 낼 정도로 당시 영국은 모든 방면에서 최전성기를 누렸다. 빅토리아 여왕이 허영과 위선을 싫어한 만큼 엄격한 도덕주의와 절제된 검소함이 요구되는 시대이기도 했다.

〈빅토리아와 앨버트의 결혼식〉

1840년 2월 10일, 제임스궁의 왕실예배당에서 열린 결혼식 풍경이다. 빅토리아 여왕은 왕위에 오르고 3년 뒤인 1840년, 사촌인 작센 코부르크 고타 가문의 앨버트 대공과 결혼한다. 빅토리아는 결혼 생각이 없었는데, 어머니와 콘로이 경의 지나친 간섭에서 벗어나려면 결혼도 좋은 방법이라는 멜버른 경의 조언에 결혼을 결심했다고 한다.

1840년, 조지 헤이스터 작품

〈빅토리아 여왕의 티아라〉

에메랄드와 다이아몬드로 세팅한 이 티아라는 앨버트 대공이 직접 디자인하고 장인 조세프 키칭(Joseph Kitching)이 제작했다. 빅토리아 여왕의 손녀인 헤세의 빅토리아 공주도 이 티아라를 썼으며, 지금은 알 수 없는 경로를 통해 개인 컬렉터의 소장품이 되었다.

1842년, 프란츠 자버 빈터할터 작품

〈앨버트 대공〉

빅토리아 여왕과 앨버트 대공은 사촌 간이다. 빅토리아 여왕의 큰 외삼촌 에른스트 1세
가 앨버트 공의 아버지다. 당시 유럽에서는 왕실 권력이 분산되는 것을 막기 위해 근친
혼이 흔했다.

빅토리아 여왕은 처음에는 앨버트 대공에게 아무런 일도 맡기지 않았다. 하지만 앨버
트 공은 시간이 흐르면서 빅토리아 여왕의 신임을 얻어 왕실 일가와 재산, 관청을 관리
하는 일을 도맡았다. 특히 빅토리아를 설득하여 교육 제도 개선, 노예 제도 폐지 등에
지대한 기여를 했다. 1851년 런던 하이드 파크에서 열린 대박람회(Great Exhibition)도 그
가 실무를 주관했다.

〈빅토리아 여왕과 가족들〉

버킹엄궁전에서 찍은 사진이다. 빅토리아와 앨버트의 이름은 수많은 곳에 남겨져 빅토리아와 앨버트를 추억하게 한다. 런던 빅토리아앨버트미술관, 로열앨버트홀, 프린스콘소트도서관, 호주의 빅토리아주, 짐바브웨와 잠비아 사이의 빅토리아폭포, 아프리카의 앨버트호수, 캐나다 서스캐처원주의 프린스앨버트시, 왕립예술가협회가 수여하는 앨버트 메달, 영국 육군의 네 개 연대 부대명(프린스앨버트 직속 제11경기병 연대, 프린스앨버트경 보병 연대, 프린스앨버트 근위기병 연대, 프린스콘소트 소총여단), 캐나다의 빅토리아데이 등이다.

1857년 5월 26일, 오스본. 칼데시 & 몬테치 작품

〈빅토리아 여왕과 가족들〉

혈우병은 혈액 응고 인자가 부족하여 피가 잘 멈추지 않는 병이며 유전성 질환에 속한다. 빅토리아 이전에는 왕가에 혈우병 환자가 없었다. 그래서 빅토리아가 어머니의 정부 존 코로이의 사생아라는 소문이 돌기도 했다. 하지만 존 코로이가 혈우병 환자였다는 기록은 없다. 빅토리아의 혈우병 유전자는 돌연변이로 발생했다는 설이 유력하다. 비슷한 신분끼리 결혼해야 하는 왕족들의 혼인은 근친혼일 수밖에 없었다.

신분제의 특성상 높은 신분일수록 숫자가 적었다. 사촌, 삼촌, 조카와의 결혼은 일반적이었고, 이복남매 간의 결혼도 있었다. 현재 영국 여왕 엘리자베스 2세와 남편도 친척 간이다. 거듭된 근친혼은 열성 유전자를 발현시켜 유전병과 기형을 만들어 낸다. 연구에 따르면 혈우병은 30퍼센트가 돌연변이로 발생한다. 아버지의 나이가 많을 때 태어난 딸은 돌연변이로 혈우병 인자가 생길 가능성이 높다는 학설도 있다. 빅토리아 여왕은 아버지가 쉰세 살 때 태어난 늦둥이다.

〈빅토리아 여왕과 앨버트 대공〉

빅토리아 여왕은 앨버트 대공이 죽은 뒤 그와 함께 하기 위해 큰 관을 만들라고 지시했다. 앨버트 대공의 시신은 임시로 윈저성의 성조지교회에 안치했다가 1년 뒤 왕실 가족 묘지인 프로그모어(Frogmore)로 이전했다. 화강암 한 덩어리를 깎아 만든 석관은 훗날 빅토리아 여왕과 합장할 수 있도록 영국에서 가장 큰 규모로 제작했다. 또한 빅토리아 여왕은 윈저성, 버킹엄궁, 와이트섬의 오스본 하우스에서 앨버트가 사용하던 방에 매일 아침 세안용 더운물을 갖다 놓고 침대 시트를 갈라고 명령했다. 앨버트가 입을 옷도 준비시켰다. 빅토리아 여왕이 세상을 떠날 때까지 그렇게 했다고 한다.

〈앨버트 대공〉

앨버트 대공은 마흔둘에 세상을 떠났다. 1861년 11월, 장남인 에드워드 7세가 또다시 여배우 넬리 클리프든과 스캔들을 일으키자, 앨버트 대공은 아픈 몸으로 에드워드 7세를 타이르기 위해 케임브리지 별장까지 갔다 오는 바람에 병세가 악화되었다. 12월 9일 장티푸스 판정을 받았고, 12월 14일 윈저성에서 빅토리아 여왕과 다섯 자녀가 곁을 지키는 가운데 사망했다. 주치의는 장티푸스로 진단했으나 암이 사망 원인일 거라고 보는 견해도 많다.

사인은 장티푸스라는 게 가장 유력하나 지속적인 위경련과 통증 등이 나타난 사실로 보아 위암을 비롯한 크론병, 신부전증 등이라고 주장하는 학자도 있다. 빅토리아 여왕은 장남 에드워드 7세 때문에 앨버트 대공의 병세가 악화되었다고 생각해 죽을 때까지 에드워드 7세를 미워했다.

1860년 5월 15일. J.J.E. 메이얼 작품

〈빅토리아 여왕의 딸들〉
앨버트 대공이 죽자 빅토리아 여왕은 딸들에게 차례로 집착했다. 딸들이 결혼하지 못하게 방해할 정도였다. 다행히 첫째 딸 빅토리아는 앨버트 대공이 죽기 전에 결혼했지만 다른 딸들은 결혼할 때마다 빅토리아와 심각한 갈등을 빚었다. 다행히 딸들 모두 무사히 결혼할 수 있었다.

〈빅토리아 여왕과 맏딸 빅토리아 공주〉
빅토리아 아델레이드 메리 루이즈(Victoria Adelaide Mary Louise, 1840년 11월 21일~1901년 8월 5일)는 빅토리아 여왕과 앨버트 대공의 첫아이였다. 또한 프로이센의 왕비이자 독일제국의 2대 황후였다. 빅토리아와 앨버트는 똑똑하고 책임감 있는 비키(빅토리아 공주의 애칭)가 남자로 태어나지 않은 걸 내내 아쉬워했다고 한다. 게다가 비키는 젊은 나이에 과부가 된 불쌍하고 안타까운 딸이었다. 이래저래 빅토리아와 앨버트는 비키를 각별히 사랑했다.

1845년, 은판 사진

〈앨버트 대공 흉상 앞에 앉은 빅토리아 여왕과 앨리스 공주〉

알리체 마우트 마리 폰 그로스브리타니 엔 운트 이를란트(Alice Maud Marie von Großbritannien und Irland, 1843년 4월 25일 ~1878년 12월 14일)는 빅토리아 여왕과 앨버트 대공의 차녀다. 헤센의 대공인 루드비히 4세와 결혼하여 헤센 대공비가 되었다. 현재 영국 국왕인 엘리자베스 2세 여왕의 남편 필립 공의 외외증조모다. 앨리스의 맏딸인 빅토리아가 낳은 딸, 즉 첫 손녀딸인 앨리스가 그리스 안드레아스 왕자와 결혼해 필립 공을 낳은 것이다. 둘째 딸 루이즈는 스웨덴 구스타프 6세 아돌프의 왕비가 되었다.

1862년 3월

〈상복을 입은 앨리스 공주〉

앨리스는 앨버트 대공이 죽고 빅토리아 여왕이 칩거하자 여왕과 내각의 메신저 역할을 자처했다. 빅토리아 여왕은 앨리스의 결혼을 원하지 않았으나 독일 왕족과 앨리스를 결혼시켜 영국과 독일의 관계를 개선하고자 한 앨버트 대공의 유지를 따라 앨리스를 헤센 다름슈타트의 후계자인 루드비히와 맺어 주었다. 앨리스는 아버지 앨버트 대공의 기일인 12월 14일, 디프테리아로 사망하여 빅토리아 여왕에게 큰 슬픔을 안겼다.

1862년

헬레나 아우구스타 빅토리아(Helena
Augusta Victoria, 1846년 5월 25일~1923년
6월 9일)는 빅토리아 여왕과 앨버트 대
공의 셋째 딸로 태어났다. 헬레나 공주
는 친척인 슐레스비히 홀슈타인 존더
부르크 아우구스텐부르크의 크리스티
안과 사랑에 빠졌다. 빅토리아 여왕은
복잡한 슐레스비히 홀슈타인 문제에
영국 왕실이 관련될까 봐 결혼을 반대
했다. 하지만 순종적이었던 헬레나가
돌변해 크리스티안과의 결혼을 고집했
다. 결국 빅토리아 여왕은 결혼 후에도

영국에 산다는 조건으로 결혼을 허락했다. 제1차 세계대전으로 반독일 감정이 형성되
자 헬레나 공주는 남편과 함께 슐레스비히 홀슈타인에서의 모든 권리를 포기했다.

〈루이즈 공주〉

루이즈 캐롤라인 앨버타(Louise Caroline Alberta,
Duchess of Argyll, 1848년 3월 18일~1939년 12월 3일)
는 빅토리아 여왕과 앨버트 대공의 넷째 딸이다.
1871년 3월 21일, 윈저성에서 아가일 공작의 아
들 론 후작 존과 결혼했다. 1900년, 시아버지 아
가일 공작이 죽고 남편이 공작위를 계승하여 아
가일 공작부인이 되었다. 남편과의 사이에 자식
은 없었다.

〈베아트리스 공주〉

빅토리아 여왕은 딸들이 하나둘 시집가자 혼자 남은 막내딸에게 집착했다. 막내딸을 결혼시키지 않으려고 들어오는 중매를 모두 거절할 정도였다. 하지만 베아트리스는 바텐베르크의 하인리히를 만나 바텐베르크 공작부인이 되었다. 당시 빅토리아 여왕은 베아트리스 공주의 결혼을 반대하며 6개월간 베아트리스와 말하지 않았다고 한다. 둘은 편지로만 의견을 주고받았다. 결국 빅토리아는 베아트리스가 결혼 후 영국에서 살며 자신의 비서 일을 계속한다는 조건으로 결혼을 승낙했다. 하인리히는 결혼 후에도 베아트리스가 빅토리아 여왕의 비서 일을 할 수 있도록 육아를 맡았기에 빅토리아가 가장 사랑하는 사위가 될 수 있었다.

〈에드워드 7세의 결혼식〉

빅토리아의 장남 에드워드 7세의 부인은 덴마크 크리스티앙 9세의 딸인 알렉산드라 공주로 당시 유럽 최고의 미녀로 알려졌다. 하지만 에드워드 7세는 아름다운 부인이 있음에도 불구하고 정부를 두는 등 결혼 기간 내내 바람을 피웠다. 이 결혼은 앨버트 대공이 죽기 전에 제안한 것으로 알려져 있다. 에드워드 7세의 차남이 조지 5세이고, 조지 5세의 차남이 조지 6세다. 조지 6세는 빅토리아 여왕이 재위할 때 태어났으며 현재 영국 여왕 엘리자베스 2세의 아버지다.

〈빅토리아와 가족들〉

빅토리아 여왕의 손녀딸 알렉산드리아 왕후와 러시아 차르 니콜라이 2세가 첫아이를 데리고 방문했을 때의 사진이다. 빅토리아 여왕은 증손주를 보자마자 '머리가 큰 아이'라고 했다. 빅토리아 여왕은 손주들의 생일 때마다 선물로 진주 두 알을 주었다고 한다.

〈빅토리아 여왕과 존 브라운〉

존 브라운은 빅토리아 여왕의 연인으로 잘 알려져 있다. 얼마 전 빅토리아가 브라운에게 보낸 연애편지가 발견되기도 했다. 편지는 "밸런타인데이를 맞아 나의 가장 소중한 친구 'JB'에게 당신의 가장 소중한 친구 'VR'이…."라고 시작된다. 하지만 자세한 내용은 현재 영국 국왕인 엘리자베스 여왕과 후손들이 사망할 때까지 공개하지 않을 것이라고 한다.

빅토리아 여왕은 관 속에 존 브라운의 머리카락과 반지 그리고 사진을 넣어 달라고 유언했다. 빅토리아와 브라운의 이야기는 영화 《브라운 부인(Mrs. Brown)》으로 제작되기도 했다.

〈빅토리아 여왕과 압둘 카림〉

빅토리아 여왕은 존 브라운이 죽고 난 뒤 즉위 50주년을 기념하는 골든 주빌리 행사에서 인도인 시종 압둘 카림을 만났다. 압둘 카림에게 매료된 빅토리아 여왕은 그를 집사로 삼고 공식 행사에 대동하는 한편 그를 통해 인도 문화를 배워 나갔다. 빅토리아 여왕은 압둘 카림을 '선생님'이라 부르며 우르두어(파키스탄어)까지 배웠다. 빅토리아

여왕이 식민지에서 온 시종과 가까이 지낸다는 소문이 퍼지자 빅토리아의 아들인 에드워드 7세와 영국 총리 로버트 게스코인 세실이 그를 여왕에게서 떼어 내기 위해 갖은 노력을 기울였다. 하지만 압둘 카림은 여왕의 임종까지 옆에서 지킨 뒤 인도로 돌아갔다.

〈빅토리아 여왕의 대녀 사라〉

서아프리카 소왕국의 공주로 태어난 사라는 다호메이와의 전쟁에서 부모를 잃고 다섯 살에 고아가 되었다. 다호메이의 왕은 사라를 노예로 전락시켜 빅토리아 여왕에게 선물로 주었는데 빅토리아 여왕은 사라를 대녀로 삼았으며, 레이디 사라 혹은 샐리라고 불렀다. 사라는 결혼하여 딸 둘과 아들 하나를 낳았는데, 빅토리아 여왕은 사라의 첫째 딸 빅토리아 데이비스를 특별히 아꼈다.

1893년 7월, W&D 다우니 작품

〈빅토리아 여왕 : 다이아몬드 주빌리〉

'주빌리'란 특정한 해의 기념 행사를 지칭하는 용어로, 다이아몬드 주빌리(Diamond Jubilee)는 왕의 즉위 60주년 경축 행사. 25주년을 실버 주빌리, 50주년을 골든 주빌리, 70주년을 플래티넘 주빌리라고 한다.

빅토리아 여왕은 1897년 6월 20일, 일흔여덟에 즉위 60주년을 맞았다. 이날 아침 빅토리아 여왕은 가족들과 함께 윈저에 있는 성조지성당에서 감사예배를 드렸다. 가족들은 웨이크필드 주교가 작사한 주빌리 찬송가를 불렀다. 계관시인인 알프레드 오스틴이 시 〈빅토리아〉를 낭송하기도 했다. 다음 날 런던 버킹엄궁전에서 기념 연회가 열렸고, 그다음 날인 6월 22일은 다이아몬드 주빌리 기념 공휴일로 지정되었으며, 세인트폴성당에서 기념식이 열렸다.

빅토리아 여왕은 영국 역사상 가장 오래 재위한 군주이자 세계 역사상 가장 오래 재위한 여왕이었다가, 2015년 9월 9일 오후 5시 30분부터 엘리자베스 2세가 기록을 경신해 빅토리아는 두 번째로 오래 재위한 군주가 되었다.

〈빅토리아 여왕 장례 행렬〉

빅토리아 여왕의 아들 에드워드 7세와 외손자인 독일 황제 빌헬름 2세가 관 바로 뒤에서 여왕을 따르고 있다. 빌헬름 2세는 제1차 세계대전 뒤 퇴위하고 네덜란드로 망명했다. 빅토리아 여왕은 건강한 편이었으나 나이가 들어 관절염, 백내장, 탈장, 자궁탈출증 등을 앓으며 쇠약해졌다.

빅토리아 여왕은 매일 일기를 썼는데 서거 당시의 일기는 "약하고 좋지 않은 느낌" "어리둥절하고 혼란스러운 느낌" 등 부정적인 표현이 많았다. 1901년 1월 22일 화요일 저녁 6시 30분, 빅토리아 여왕은 여든한 살의 나이로 와이트섬 오스본 하우스에서 세상을 떠났다. 서거하기 4년 전인 1897년, 빅토리아 여왕은 자신의 장례식에 대해 세세한 지침을 작성했다. 빅토리아는 자신이 원한 대로 하얀 드레스를 입고 결혼식 베일을 쓴 채 관에 누웠다. 앨버트 대공의 옷과 손석고, 존 브라운의 반지와 머리카락과 사진이 꽃과 함께 관에 놓였다.

2월 2일 토요일, 윈저성 세인트조지예배당에서 장례식이 치러졌다. 빅토리아 여왕은 군인의 딸이라는 것을 자랑스러워했기에 운구 행렬에 군인들이 함께했고, 쇼팽의 장송곡과 드럼 소리가 울려 퍼졌다. 윈저대공원(Windsor Great Park)의 프로그모어 영묘(Frogmore Mausoleum)로 운구된 여왕의 유해는 40년 전 먼저 세상을 떠난 앨버트 대공 옆에 안장되었다. 빅토리아의 죽음으로 하노버 왕조가 끝나고 앨버트 대공의 가문인 독일의 작센 코부르크 고타 왕조가 시작되었다.

마지막 편지

애덜린 버지니아 울프

Adeline Virginia Woolf

1882년 1월 25일~1941년 3월 28일

애덜린 버지니아 울프는 20세기 영국 모더니즘 작가이며,
의식의 흐름 장르를 탄생시키고 완성했다.

사랑보다 아름다운 것

고독한 나는
내가 믿는 것처럼 믿지 못하고
그대가 생각하는 것처럼
생각하지를 못합니다.

고독한 나는
남들이 사랑하는 것처럼
사랑하지를 못합니다.

그러나 그대처럼
언젠가는 나도 죽을 것이며,
그 전에 더 이상은 망설이지 않고
그대를 사랑할 것입니다.

그대와 내게
사랑보다 더 아름다운 것이란 없습니다.
그대의 사랑은 그대가 내 우주를
채울 때만 피어납니다.

그대의 흔들리는 마음도
나의 사랑을 위해서만 삽니다.

– 버지니아 울프

내 상처를 이해해 준 그대에게

흐르는 저 강물을 바라보며 당신의 이름을 목 놓아 불러 봅니다. 레너드 울프. 결혼 전 이름 버지니아 스티븐이 당신과 결혼하면서 버지니아 울프가 된 것을 저는 한 번도 후회해 본 적이 없습니다.

제 나이 예순, 인생의 황혼기지만 아직 더 많은 일을 할 수 있는 나이에 스스로 생을 마감할 생각입니다. 제 자살이 성공한다면 세상 사람들은 우리 부부 사이에 무슨 문제가 있었을 거라고 입방아를 찧을지도 모르겠어요. 아이도 없는 터에 남편의 이해 부족, 애정결핍… 이런저런 이야기가 나올까 솔직히 두렵습니다. 말도 안 되는 세상의 추측으로 당신이 상처받을까 걱정됩니다.

이 유서는 당신이 엉뚱한 구설수에 휩싸이지 않기를 바라는 마음에서 쓰는 것이랍니다. 1912년 결혼한 이래 30년 동안 제가 진정으로 사랑하고, 저를 진정으로 아껴 준 레너드. 30년이라는 오랜 세월이 지나도록 차마 당신에게 말하지 못한 제 생애의 비밀을 이 유서에 털어놓으려 합니다.

우리 아버지 레슬리 스티븐은 윌리엄 메이크피스 새커리의 맏딸과 첫 결혼을 했지요. 우리 어머니 줄리아는 변호사 허버트 덕워스와 첫 결혼을 했고요. 아버지는 첫 번째 아내가 정신질환에 시달리다 죽자 이웃에 사는 미망인인 어머니와 재혼합니다. 속된 말로 홀아비와 과부의 결혼이었죠.

아버지는 딸이 하나 있었고, 어머니는 아이가 넷이나 되었습니다. 재혼한 두 사람 사이에서 오빠 토비, 언니 바네사, 저 그리고 동생 애드리언이 줄줄이 태어났지요. 그리 넓지도 않은 집은 언제나 북적였습니다. 아홉 명의 아이와 어른 둘, 하인 일곱, 그리고 끊임없이 들락거리는 아버지 친구들….

다른 이들은 제가 운이 좋다고 할지도 모릅니다. 빅토리아시대 최고의 지적인 분위기에서 성장했으니까요. 아버지는 작가, 문학평론가, 철학자로 명성을 떨쳤고 어머니는 화가, 사진작가의 모델이나 자선사업가로 유명했죠. 저의 대부는 시인 제임스 러셀 로웰(James Russell Lowell)*이고 사진작가 줄리아 마거릿 캐머런(Julia Margaret Cameron)**은 어머니의 숙모였죠. 게다가 아버지 덕분에 당대 최고의 지성인들이 손님으로 드나들었습니다. 헨리 제임스(Henry James)***, 조지 엘리엇(George Eliot)**** ….

아버지는 전기물을 비롯한 책을 골라 주었고, 책을 읽고 난 뒤에는 꼭 토론하는 시간을 가졌습니다. 저명한 철학자에게 질문하고, 최고의 문학가와 대화할 수 있었습니다. 여자는 공립학교에 다닐 수 없는 때였지만, 아버지가 가정교사를 붙여 주었지요.

자유주의와 지성이 적절하게 혼합된 환경에서 자극받아 어릴 때부터 작가가 되겠다고 결심한 건 사실입니다. 제가 언제나 작품에서 말하려고 했던 윤리, 양심에 관한 의문도 어린 시절 아버지가 심어 준 것이었습니다.

하지만 아버지는 빅토리아시대 가부장적 가족 제도에서 독재자로 군림하며 제게 '길들여지기를 강요'하기도 했습니다. 예민한 저로서는 억압적이고 우울하기만 했습니다. 우리 집에서는 빅토

---

* 미국의 시인, 비평가, 정치가. 영국 주재 미국 대사였다.

** 영국의 사진작가. 마흔여덟 살에 딸에게 선물 받은 카메라로 작품을 찍기 시작했으며, 초점을 흐리거나 주변을 뿌옇게 만드는 회화 기법으로 유명하다.

*** 미국계 영국 소설가. 뉴욕에서 태어나 1915년, 영국으로 귀화했으며 근대 사실주의 문학의 선구자로 알려져 있다.

**** 영국의 소설가, 시인, 언론인, 번역자이자 빅토리아시대의 가장 중요한 작가. 본명은 메리 앤 에번스(Mary Anne Evans)다.

리아시대와 에드워드시대가 항상 대치했습니다.*

오전 10시에서 오후 1시까지는 플라톤의 《공화국》을 읽으며 에드워드시대를 즐겼습니다. 모든 인간이 평등하고 자유로울 수 있는 시간이었습니다. 여성은 혼자 출입할 수 없다며 입구에서 가로막는 대학 도서관 직원에게 당당하게 항의할 수도 있었습니다. 열두 살 때 찾은 로댕의 전시회에서는 천으로 덮어 놓은 건 절대 만지지 말라는 로댕의 말이 끝나기도 전에 천을 들어 올렸다가 로댕에게 따귀를 얻어맞을 정도로, 저는 당돌하고 자유로운 아이였습니다.

그러나 오후 4시가 넘어서면 이브닝드레스로 갈아입고 빅토리아시대를 맞을 준비를 해야 했습니다. 옷차림마저도 이복오빠인 조지 덕워스의 검열을 받아야 했지요.

그 역겨운 눈초리에 소름이 돋는 걸 참아야 했습니다. 조지 오빠의 맘에 들지 않으면 언제든 옷을 갈아입어야 했으니까요.

처음에는 남자들의 대화에 끼어들기도 했습니다. 아버지는 눈살을 찌푸렸고 어머니는 조용한 목소리로 제 말을 막았지요. 다행히 전 빅토리아 사교계의 규칙을 금세 철저히 익힐 수 있었습니다. 벙어리처럼 입을 다물고 남자들의 의견에 맞장구치며 박수를

---

*빅토리아 여왕 시대는 가부장적인 사회 제도를 바탕으로 여성을 억압하는 게 당연했다. 빅토리아 여왕의 뒤를 이은 에드워드 7세 시대는 노동자, 여성 등 과거 권력에서 소외된 집단이 사회 전면에 나서기 시작했다.

치고 부탁으로 가장한 남자들의 명령에 복종했습니다.

가끔 제가 쓴 글에서 그 시절에 익힌 유순함이나 공손함을 발견할 정도로 전 길들어져 있었습니다. 하지만 끊임없이 반항하고 저항했습니다. 제 입학을 거부했던 케임브리지대학의 강연 요청을 거절한 것도, 맨체스터대학과 리버풀대학의 명예박사 학위를 거절한 것도 제 자유를 지키기 위한 것이었습니다.

가끔은 노출이 심한 옷차림으로 파티에 참석해 명망 있는 귀부인들을 기절시키기도 했지요. 제 도전적인 행동이 사회에 불러일으킨 파장이 마냥 즐겁기만 했습니다.

빅토리아시대의 여성상이던 어머니. 소문난 미인으로 문학계의 안주인이던 어머니. 가난한 사람들을 돌보고 그들이 병이라도 나면 밤새 간호하던 봉사 정신이 강한 어머니. 그런데 우습게도 어머니는 자신의 아이들에게 소홀했습니다. 전 어머니보다 큰언니 바네사의 보살핌을 받았으니까요.

제 생애의 불행은 여섯 살 때부터 시작됩니다. 큰 의붓 오빠인 제럴드 덕워스가 어머니가 없는 틈을 타서 저한테 못된 짓을 하기 시작했습니다. 자기와는 신체 구조가 다른 저를 세밀히 관찰하고 여기저기를 만졌습니다. 그 시절부터 저는 몸에 대해 혐오감과 수

치심이 생겼습니다. 나아가 성에 관련된 것이라면 무조건 배격하는 마음도 있었지요. 사교계의 아름다운 안주인이자 가난한 이들을 돌보는 착한 귀부인이던 어머니는 제 고통을 신경 쓰기에는 너무 바빴습니다.

불행은 설상가상으로 몰아닥쳤죠. 그나마 마지막에는 제 보호막이 되어 주리라 기대한 어머니가 이웃 사람을 간병하다 전염이 되어 제가 열세 살 때 돌아가셨습니다. 전 처음으로 신경쇠약을 앓았습니다. 실질적인 가장이었던 어머니의 죽음으로 살림은 엉망진창이 되었습니다. 그리고 아버지는 아내를 잃은 상심에 젖어 집안 분위기를 암울하게 만들었습니다.

열세 살 위의 의붓 언니 스텔라가 살림을 맡았지요. 저를 잘 이해해 주는 언니 덕분에 신경쇠약이 가라앉는 것 같았습니다. 하지만 스텔라 언니는 결혼해서 집을 떠났습니다. 게다가 2년 뒤에는 임신합병증으로 세상을 떠나 버렸죠.

두 번째 죽음의 충격이 저를 거칠게 쳐서 쓰러뜨렸습니다. 제 날개는 부서져 버렸고, 전 번데기 안에서 움쭉도 못 하고 잔뜩 구겨져 덜덜 떨기만 했습니다.

겨우 열여덟 살인 친언니 바네사가 살림을 맡았습니다. 그리고 아버지마저 암에 걸려 몸져눕고 말았습니다. 아버지는 죽은 가족들과의 아름답고 즐거운 추억까지도 혐오와 슬픔으로 바꿔 버렸습니다. 이해할 수 없는 아버지의 이기심 때문에 우린 아버지를 증오하기 시작했습니다.

신경질이 나날이 심해지는 아버지의 병간호는 힘들어도 감당할 수 있었습니다. 그런데 이번에는 사춘기를 막 넘긴 작은 의붓 오빠 조지 덕워스가 저한테 못된 짓을 하기 시작했습니다. 안 그래도 의지할 데 없어 심리적으로 불안한데 무방비 상태에서 그런 일을 수시로 당하다 보니 거의 미칠 지경이 되었습니다.

아버지는 점점 더 완고하게 자기중심적이 되어 갔고, 두 의붓 오빠는 번갈아 저를 괴롭혔습니다. 어항 속에서 고래와 갇혀 있어야 하는 피라미 신세였습니다. 집에 책이 없었다면 전 어떻게 되었을까요? 아버지의 전처처럼 미쳐 죽지 않았을까요? 다행히 대영전기사전의 책임 집필자였던 아버지 덕분에 우리 집 서재는 방대했습니다. 저는 불행한 현실에서 도피하기 위해 책에 파묻혀 지냈습니다.

야수와 함께 우리 안에 갇혀 있는 것만 같은 시절이었습니다. 그 불행한 시절이 아버지의 죽음과 함께 끝났는데도 제 정신 상태는 나아지지 않았습니다. 그 끔찍한 고통에 창문에서 몸을 던져 죽으려 했습니다. 물론 실패하고 말았지요.

아버지가 죽은 뒤 아버지 혹은 어머니가 다른 형제자매들은 뿔뿔이 흩어졌습니다. 아버지와 어머니가 같은 우리 남매 넷은 블룸즈버리 지역으로 이사했습니다. 대영박물관이 가까이 있는 가난한 지식인과 예술가가 많이 사는 허름하고 조용한 동네였지요. 바네사 언니는 나를 위해 비좁고 침침한 옛집과 달리 집 안을 환하게 꾸며 주었습니다.

케임브리지대학에 다니는 토비 오빠는 대학에서 문학을 같이 공부하는 친구들을 목요일마다 집으로 초대했습니다. 바네사 언니는 금요일마다 미술가들을 초대했고요. '목요일 저녁 모임'과 '프라이데이 클럽'. '블룸즈버리 그룹'의 시작이었지요.

소설가 E.M. 포스터, 경제학자 존 메이너드 케인스, 미술비평가 클라이브 벨, 화가 도라 캐링턴과 덩컨 그랜트, 전기작가이자 수필가 리튼 스트레이치, 화가이자 비평가 로저 프라이… 그리고 당신 레너드 울프. 당신은 실론에서 공무원으로 일할 당시 캘거타 스위프를 통해 번 돈으로 우리 모임을 뒷받침해 주었지요.

인생, 정치, 경제, 예술, 철학, 문학… 세상의 모든 문제에 대해 자유롭게 대화하는 젊은 영혼들. 우린 기존의 권위를 조롱하고 파격적인 행동으로 악명에 가까운 명성을 얻었지요. 당신도 기억하나요? 붕가붕가 사건(Bunga-Bunga Affair).

윌리엄 콜이 꾸민 최고의 사기극이었죠. 우리는 대충 얼굴에 검은 칠을 하고 수염을 붙이는 등 아프리카인으로 분장하고는 군함을 찾아갔죠. 영국 해군의 주요 인사들은 우리가 아비시니아* 왕과 수행원이라는 말에 감쪽같이 속아 VIP 대접을 해 주었습니다. 우리는 서투른 라틴어로 급조해 낸 대화를 하는 척하다 말문이 막히면 "붕가붕가!"를 내뱉었죠. 직업도 없는 백수들이 영국 왕정제를 한방 먹인 사건이었습니다.

저는 친구에게 소개받아 《가디언》에 정기적으로 기고하여 원고료를 벌기 시작했고, T.S. 엘리엇(Thomas Stearns Eliot)**과 사귀기도 했습니다. 모두가 부러워하는 '블룸즈버리 그룹' 멤버였지만 늘 외로웠습니다. 그들 속에 있으면서도 내 자리가 아닌 듯 불안했습니다.

당신과 결혼하기 전까지만 해도 사람들 앞에 나서는 걸 너무나 무서워했습니다. 게다가 전 사춘기 시절부터 정신과 치료까지 받아야 했죠. 동생 애드리언이 정신분석학자가 된 것도 제 병과 연관이 있을 거예요. 그래도 가족이 있어 견딜 수 있었습니다.

하지만 토비 오빠는 그리스 여행 중에 장티푸스에 걸려 갑자기 죽어 버리고, 바네사 언니는 그 상실감에 몇 번이나 거절했던 클라이브 벨의 청혼을 받아들였습니다.

---

*지금의 에티오피아.

**미국계 영국 시인이자 극작가, 문학비평가. 미국에서 태어났으나 뒤에 영국으로 귀화했다.

서른 살, 전 결혼도 하지 않았고 아이도 없는 실패한 인생이었습니다. 미치기도 했고 작가도 아니었습니다. 그해 봄, 세 번째 발작을 일으켜 요양소에 입원까지 했지요. 살아갈 이유가 절실히 필요한 때 오빠의 친구라고만 생각한 당신이 청혼했습니다. 사실 당신은 저보다 바네사 언니에게 더 관심이 있었죠. 저와 달리 바네사 언니는 강하고 활기 넘쳤으니까요. 언니가 클라이브 벨과 결혼하지 않았다면, 남동생 애드리언이 우리 둘을 연결하기 위해 그토록 적극적이지 않았다면 당신은 제게 청혼하지 않았을 거예요.

당신이 청혼했을 때 저는 두 가지를 요구했습니다. 첫째, 보통 부부들이 하듯 성적인 관계는 할 수 없다. 둘째, 작가의 길을 가려는 나를 위해 공무원 생활을 포기해 달라.

당신이 동의할 거라고 기대하지 않았습니다. 그런 요구를 하는 여자에게 자신의 모든 것을 거는 남자는 없을 테니까요. 하지만 그 이상한 조건을 내건 결혼생활에 당신은 아무런 질문 없이 동의해 주었지요.

인간의 기본 욕구인 성욕을 버리고, 남들이 우러러보는 사회적 지위를 팽개치고 결혼하겠다는 사람은 레너드, 당신 말곤 없을 거예요. 그래서 유대인을 싫어하는 제가 유대인과, 성관계를 혐오하는 제가 남자와, 레너드 당신과 결혼하게 되었지요.

결혼 전 이름 버지니아 스티븐이 당신과 결혼하면서 버지니아 울프가 된 것을 저는 한 번도 후회해 본 적이 없습니다. 당신은 가족이고 친구이며 동료였습니다. 제 매니저면서 주치의였습니다. 매일 제 생리 주기와 몸무게까지 기록했으니까요.

"섹스하지 않는 게 결혼 조건이라고? 그건 사랑이 아냐."

사람들은 그렇게 우리의 사랑을 간단히 부정해 버렸습니다. 그리고 덧붙여 충고했지요.

"사랑도 결혼도 평범한 게 좋은 거야."

과연 '평범'이라는 말의 정의가 무엇인지 그 사람들은 알고 있었을까요? '뛰어나거나 색다른 점 없이 보통이다.' 그게 '평범하다'의 정의입니다. 하지만 어떤 사랑도 '평범'할 수는 없는 법입니다. '사랑' 자체가 평범할 수 없는 단어니까요. 모든 이에게 자신의 사랑은 타인의 사랑보다 강렬하고, 타인의 사랑과 달리 독특하게 다가옵니다. 영화에서 본 유치한 사랑의 대화가 내 것이 되면 절실한 속삭임이 되고, 친구가 받은 조잡한 연애편지도 내가 받으면 최고의 문학 작품이 되어 버리는 게 사랑이니까요.

"사람들은 왜 그렇게 섹스에 대해 야단법석일까?"

사람들의 편견에 화가 나서 신혼여행 중에도 친구에게 편지로 불평을 늘어놓았습니다. 섹스하지 않는다는 이유만으로 사랑이 아니라고 단정 짓는 사람들이 생각하는 사랑이 무엇인지 도무지 모르겠어요. 그 사람들에게는 성관계가 사랑의 잣대인 모양입니다. 하지만 전 그 사람들에게 되묻고 싶어요.

'당신은 섹스하지 않았기 때문에 어린 시절의 첫사랑이 아련하지 않겠군요?'

세상에 똑같은 사람은 존재하지 않습니다. 외모와 재능은 다양하고, 취향과 가치관은 주관적이지요. 사랑하는 방식도 마찬가지입니다. 사랑하는 방식은 개개인에 따라 다르며, 개개인에 따라 달라지는 게 당연합니다. 하지만 사람들은 자기 방식만 옳다고 생각하며, 자기 방식과 다른 사랑은 틀린 거라고 규정지어 버리지요. 자신만 옳다는 편견을 가진 그 사람들이 과연 자신과 다른 누군가를 사랑할 수는 있는지 의문스럽습니다. 자기와 다를 수밖에 없는, 그래서 자기 기준으로는 틀릴 수밖에 없는 사람을 어떻게 사랑할 수 있겠어요? 그들의 판단 기준이라면 그들이 누군가를 사랑하는 건 불가능하겠지요. 사람들은 왜 다른 사람의 사랑에 자기 잣대를 갖다 대며 판단하려 드는지 이해할 수 없어요.

다행히 우리 주위 사람들은 우리의 사랑을 받아들였지요. 블룸즈버리 그룹은 사상이 자유로운 사람들의 모임이고, 어떤 규범이나 구속에도 얽매이지 않는다는 것이 우리의 유일한 규칙이니까요. 사랑의 관습마저도 우리의 파괴 대상이었지요.

리튼 스트레이치, 포스터의 동성애도 우리에겐 사랑이었습니다. 사랑의 대상을 제한하고 규정짓는 건 사랑을 모독하는 일이었습니다. 바네사 언니는 클라이브와 결혼했지만, 서로의 연애를 적극적으로 지원해 주는 철저한 자유 결혼(open marriage)이었지요. 심지어 바네사는 양성애자인 덩컨 그랜트와 외도하여 안젤리카를 낳았는데, 클라이브는 안젤리카가 상속권을 갖도록 자신의 성을 붙일 정도였습니다. 게다가 안젤리카는 친아버지 덩컨 그랜트의 동성 연인이었던 작가 데이비드 가넷과 사귀지요. 안젤리카와 데이비드는 내년에 결혼하기로 약속했다고 합니다. 또다시 사람들은 그들의 사랑과 결혼에 대해 입방아를 찧겠지요.

평생 글을 써 왔는데도 사랑은 한마디로 정의하기 힘들어요. 세상의 모든 언어로, 수많은 사람에 의해, 셀 수 없을 정도로 많이 사랑이 정의되었습니다. 하지만 그 모든 정의에는 '두 사람의 행복'이라는 감정이 포함되어 있습니다. 일반 기준에서 어긋난다고 해도 그 사람의 존재만으로 행복할 수 있다면 그건 사랑입니다. 평범한 방식과 다르다고 해도 그 사람을 행복하게 만들 수 있다면 그건 사랑입니다.

타인의 사랑을 가볍게 판단해 버리는 사람들에게 말해 주고 싶어요. 굳이 사랑을 저울질하고 싶다면 '평범'이라는 잣대는 내려놔도 괜찮다고. 우리의 사랑을 부정해 버리는 사람들에게 말해 주고 싶어요. '평범'이라는 굴레에 자신을 가두고, '보통'이라는 기준

안에서 불행한 것보다는 그 밖에서 행복한 게 낫다고.

결혼 직후 첫 생일이 생각납니다. 저를 위해 당신이 선물한 행복한 하루였죠. 제가 잠에서 깨자 당신은 침대까지 식사와 신문을 가져다주었습니다. 《대수도원장(The Abbot)》 초판본과 초록색 핸드백 선물도 함께였죠. 우린 열차를 타고 시내 극장에 갔습니다. 비록 영화는 못 봤지만 차를 마시며 결혼생활을 계획한 그 순간처럼 저는 당신을, 당신은 저를 여전히 사랑하고 있습니다.

그 사랑이 있기에 《플러시 : 자서전》을를 쓸 수 있었습니다. 사실 전 엘리자베스 브라우닝의 사랑이 아니라 당신이 제게 준 사랑을 기억하고 싶었으니까요. 너무 많이 팔리는 바람에 할 일 없이 쓸데없는 수다를 떠는 귀부인 꼴이 되긴 했지만요.

진정제 베로날을 잔뜩 집어삼키고 자살을 시도했을 때, 모두가 저를 손가락질했습니다. 하지만 당신은 오히려 저를 따뜻이 감싸 안아 주었지요. 다들 이젠 모든 것이 끝났는데 왜 아직도 고통스러워하냐고 물었습니다. 아뇨. 저에게 고통은 언제나 현재형이었습니다. 상처를, 고통을, 절망을 끊임없이 반추하며 작품을 써야 했으니까요. 거리의 보도블록이 깨져 깊게 파인 것처럼 인생은 항상 슬펐습니다.

《델러웨이 부인》의 셉티머스는 저 자신의 분신이었습니다. 《등대로》의 까다로운 젊은 학자 램지는 아버지였고, 남편에게 헌신하는 램지 부인은 어머니였습니다. 그들의 자녀는 제 남매들이었고요. 《밤과 낮》은 당신의 소설 《현명한 처녀》에 대한 답신이었습니다. 《로저 프라이》는 로저와의 우정을 잃은 절망이었고, 《올란도》는 비타 색빌 웨스트와의 사랑을 잃은 슬픔이었고요.

비평가들은 제 작품이 죽음을 다루는 경우가 많아 우울하고 슬프다고 하지요. 하지만 전 죽음만큼 그와 대비되는 삶을 찬양하기도 했습니다. 과거가 어떻게 현재를 만들었건 주어진 삶은 예찬받을 만한 것이니까요. 전 그저 항상 개인의 의식 속에서 지나가는 시간의 느낌과 경험에 대해 전하려고 노력했습니다.

인생은 심연 위에 걸쳐 놓은 한 가닥 다리와 같이 비극적이었습니다. 아래를 내려다보면 너무 까마득해 어지러웠습니다. 끝까지 걸어갈 자신이 없었습니다. 언제나 축 처진 느낌이었습니다. 좁은 방 끝까지 걸어 나가기도 힘들었습니다.

하지만 글을 쓰면 슬픔이 사라졌습니다. 글을 쓰지 않으면 더 우울했습니다. 글을 쓸 때면 제가 살아 있는 것 같았습니다. 더 이상 한 줄도 쓸 수 없을 때까지 글을 써 나갈 작정이었습니다. 저는 사람들을 즐겁게 하기 위해, 또 타인의 생각을 바꾸기 위해 글을 쓰지 않았습니다. 그저 살아가기 위해, 저 자신의 주인이 되기 위해 글을 썼습니다.

당신은 과거의 고통, 상처, 절망에서 빠져나오지 못하는 저를 이해하려 노력했지요. 우리가 살던 집의 이름을 딴 출판사 '호가스 프레스'는 제게 삶의 이유를 만들어 주고 싶었던 당신의 가장 큰 선물입니다.

우울증과 죽음. 제가 그 어두운 그림자를 떨칠 수 있을까요? 당신과 함께한 여행들이 떠오릅니다. 이탈리아, 그리스, 아일랜드, 영국, 스코틀랜드…. 그 머나먼 곳까지 어두운 그림자는 저를 따라왔습니다.

제가 사랑하는 모든 이가 떠나갔습니다. 로저 프라이, D.H. 로렌스, 아놀드 베네트, 존 골즈워지, 조지 무어, 스텔라 벤슨, 리튼 스트레이치, 시빌 케링튼, 데이비드 가넷…. 자유로운 영혼으로 나와 교감했던 그들의 죽음을 대할 때마다 미칠 것 같았습니다. 대기는 장례식으로 꽉 차 버리고, 저는 비극 속에 파묻혀 버렸지요.

제2차 세계대전 때문에 우린 피난길에 나섰지요. 당신이 유대인이라는 이유도 있었지만 전쟁이 제 신경을 자극했기 때문입니다.

서식스주 로드멜의 우즈강 근처 시골집. 조용한 전원생활처럼 제 불안 증세가 가라앉기를 바랐습니다. 하지만 제 증세는 심해지기만 했습니다.

유럽이 세계대전의 회오리 속으로 빨려들 때 모든 남성이 전쟁을 옹호했고, 당신마저도 참전론자가 되었죠. 앞길이 창창한 시인이었던 조카 줄리앙은 스페인 내전에서 앰뷸런스 운전사로 일하다 죽어 버렸지요.

전쟁은 제게 익숙한 것이었습니다. 항상 전투 태세로 살아왔으니까요. 지난 30년 동안 저는 남성 중심의 이 사회에서 여성의 존재를 제대로 인정받기 위해 부단히 싸웠습니다. 오로지 글로써.

《자기만의 방(A Room of One's Own)》에서는 여성이 작가가 되려면 혼자만의 공간과 연 500파운드의 고정 수입이 있어야 하며 경제력은 참정권보다도 중요하다고 했다가 이런저런 말을 많이 들어야 했지요.

어느 신문기자는 제가 페미니즘 문학의 대모라고 하더군요. 제가 '페미니즘'이란 단어 자체를 혐오한다는 걸 몰랐나 봅니다.

평생을 세상과 전쟁하며 살아왔지만, 저는 지금 이 전쟁에 반대합니다. 생명을 잉태해 본 적은 없지만 모성의 부드러움으로 이 전쟁에 반대합니다. 광적인 폭력이 폭발하는 모습은 더 이상 보고 싶지 않았습니다.

저는 광적인 애국심 바닥에 깔려 있는 억압 구조를 해석하려고 무던히 노력해 왔습니다. 《3기니》와 《세월》에서 폭력과 전쟁의 원인을 밝혔지요. 전쟁은 기득권 유지를 위한 또 다른 수단에 불과했습니다. 불평등을 위한 전쟁은 이제 멈춰야 합니다. 인간 모두가 평등하게 해방돼야 비로소 여성도 해방될 수 있으니까요.

사람들이 '인류' 공동체가 더 중요한 가치임을 깨닫기 바랐습니다. 하지만 지금 온 세계는 전쟁을 하고 있습니다. 여전히 미래에도 전쟁은 계속될 것입니다. 작가로서 저의 역할은 여기서 멈춰야 할 것입니다. 추행과 폭력이 없는 세상, 성차별이 없는 세상에 대한 꿈을 간직한 채 지금 저 강물을 바라보고 있습니다.

여보, 제가 다시 미쳐 간다는 것을 느낍니다. 여러 해를 끌어 오던 소설 《막간》을 고치고 또 고치면서 극단적인 만족과 절망 사이를 오가야 했습니다. 다시 환청이 들려 일에 집중할 수가 없었으니까요. 새가 라틴어로 말을 걸기도 하고, 돌아가신 어머니가 저를 야단치기도 했습니다.

우울증에서 벗어나기 위해 글을 썼습니다. 하지만 이젠 더 이상 글도 쓸 수 없습니다. 단어는 머릿속에서 맴돌기만 하고 문장은 점점 더 짧아지고 있습니다. 한 달 전 완성한 《막간》이 제 유작이 될 것입니다. 두통이 점점 심해지고 있습니다. 하루에 30분도 제대로 못 자고, 지난 몇 주일은 침대에 누워 있기만 했죠. 며칠간 제대로 잠들지 못했습니다.

저도 알고 있습니다. 하루는 울면서 종일 한마디도 안 하다가 다른 하루는 수다쟁이가 되어 혼자서도 횡설수설하고, 어떤 하루는 당신에게 욕을 퍼붓고 당신을 할퀴고 때리기까지 했죠. 그런 저 때문에 결국 당신까지 우울증에 걸려 버렸네요.

언제나 제 곁에 머무는 단어, 자살. 이젠 그 단어가 당신까지 감싸 버렸지요. 전쟁이 시작되면서 당신은 나보다 더 비관적으로 변했습니다. 치명적인 양의 모르핀을 모으고, 언제라도 자동차 배기관에서 나온 연기를 들이마시고 자살할 수 있도록 차고에 여분의 휘발유를 비축해 두었죠.

유대인인 당신에게 일어날 수 있는 일들을 예로 들면서, 전쟁 중에 일어날 수 있는 만약의 사태에 대비해서라고 당신은 변명했습니다. 하지만 당신의 우울증이 심해진다는 걸 숨길 수는 없었습니다. 누구보다도 제가 그 병의 증상을 가장 잘 알고 있으니까요.

국제연맹헌장의 초안을 쓸 정도로 국제 정세에 밝고, 끊임없이 책을 써낼 정도로 정열적인 당신을 그렇게 만든 건 나였습니다.

어제 당신은 절 억지로 병원에 데려갔죠. 며칠 전 제가 흠뻑 젖어서 돌아온 게 마음에 걸렸다는 거 압니다. 전 빗길에 미끄러졌다고 변명했지만 당신은 믿지 않았지요. 예전에도 강물에 투신한 일이 있으니까요. 예전처럼 의사와 상담하면 좀 나아질 거라 생각했나 봅니다. 하지만 저는 우리가 또다시 그 지독한 시간을 극복할 수는 없다고 생각합니다. 이번에는 다시 건강해지지 않을 것입니다.

"나는 당신에게 적으나마 내가 줘야 하는 모든 것을 주었습니다."
내게 보낸 편지에 당신은 그렇게 썼죠. 아뇨, 당신은 나에게 당신의 전부를, 줄 수 있는 모든 걸 다 주었습니다. 당신은 놀라울 정도로 저를 참아 냈고, 저에게 너무나 잘해 주었습니다. 이 병이 오기 전까지 우리는 완벽하게 행복했습니다. 처음 그날부터 지금까지…. 저는 어떤 두 사람도 우리보다 더 행복하리라고 상상할 수 없습니다. 모두 당신 덕분입니다. 그건 누구나 다 아는 사실이지요.
누군가 저를 구할 수 있었다면, 그것은 당신이었을 겁니다. 당신의 호의에 대한 확신 외에 다른 모든 것이 저를 떠났습니다.
사랑하는 당신, 당신께 말하고 싶습니다. 당신은 너무나 착한 남편이었습니다. 그 누구도 당신보다 더, 아니 당신만큼 잘해 줄 수는 없을 겁니다. 믿어 주세요.
하지만 저는 이걸 결코 이길 수 없다는 사실을 알고 있습니다. 저는 당신의 삶을 소모하고 있어요. 이 광기가 당신의 삶을 갉아먹고 있습니다. 저는 이렇게 살면서 당신의 남은 인생마저 망치고 싶지 않습니다. 더 이상은 싫습니다.

드디어 편지를 완성했습니다. 일어서서 글을 쓰는 버릇 때문인지 다리가 아파 왔습니다. 잠시 의자에 앉아 휴식을 취했습니다. V.라는 제 이름 이니셜을 적고 파란색 봉투에 넣은 다음 바네사 언니에게 보내는 또 다른 편지와 함께 거실 테이블에 나란히 올려놓았습니다.

1941년 3월 28일 오전 11시

　마지막으로 당신의 모습을 보고 싶었습니다. 언제나 그랬듯 당신은 서재에서 글을 쓰고 있더군요. 하녀는 한창 집안일을 하고 있었고요.

　전 모피 코트 차림에 지팡이를 들고 집을 나섰습니다. 정원을 가로지르고 교회를 지나서 강으로 내려간 다음 강변을 따라 근처의 큰 다리가 있는 곳까지 걸었습니다. 몇몇 이웃 주민이 인사를 해 왔습니다. 그들은 제가 산책한다고 생각했겠지요. 맞아요, 제 마지막 산책이니까요. 저도 간단한 인사를 했습니다.

　제가 죽으면 저 사람들은 무슨 말들을 할까요? 명성에 대해 생각하는 건 부질없는 짓입니다. 인생은 아주 견실한 것일까, 아니면 매우 덧없는 것일까? 이 두 가지 모순은 곧 날아가 버릴 것처럼 투명한 적도 있었고, 제 깊은 곳에 다다라서 박혀 있기도 했습니다. 저는 파도 위의 구름처럼 지나가 버릴 겁니다. 인간은 계속 변하고, 차례로 잇달아 그처럼 빠르게 날아가기 때문에 스스로 빛을 발하는 것인지도 모릅니다. 그래서 저는 삶을 회피하지 않고 과감하게 싸우면서 삶의 의미를 찾기 위해 노력했습니다.

하지만 언제나 제 안에서는 실패의 파도가 일렁입니다. 불합리한 고통의 파도가 밀려듭니다. 파도가 부서질 때면 죽고 싶었습니다. 제 삶이 아직도 남아 있다는 게 공포스러웠습니다. 더 이상 제 삶을 고통으로 낭비하고 싶지 않습니다.

이제 완연한 봄입니다. 봄날 특유의 노곤함이 몰려오고 있습니다. 발끝에 스치는 풀잎이 촉촉합니다. 강물은 많이 불어났습니다. 저 강은 흘러서 바다로 향하겠죠. 어릴 적 여름 휴가를 보낸 세인트에이브스의 별장 앞바다로 절 실어다 줄 수 있겠죠.

강둑에서 큼직한 돌멩이를 주웠습니다. 코트 주머니는 금세 불룩해졌습니다. 돌의 무게에 미끄러져 넘어졌습니다. 드레스가 진흙범벅이 되었지만 괜찮았습니다. 강물로 향했습니다. 돌의 무게 때문에 발걸음이 느렸지만 마침내 강가에 닿을 수 있었습니다.

천천히 스며드는 강물은 아직 차가웠습니다. 그래도 걸었습니다. 물에 젖은 신발이 무거워 벗어던졌습니다. 그나마 걷기 편해졌습니다. 거센 물살에 치마가 다리에 휘감겼습니다. 여전히 걸어야만 했습니다. 더 이상 필요 없는 지팡이도 던져 버렸습니다. 계속 걸을 수 있었습니다.

마침내 제 시계는 11시 45분을 가리키며 멈추었습니다.

레너드와 버지니아의 사랑, 그 뒤의 이야기

1941년 3월 28일, 그녀가 강물 속으로 걸어 들어갈 때 레너드는 멍크스 하우스 정원에서 일하고 있었다. 그리고 언제나처럼 점심을 먹기 위해 집에 들렀다가 벽난로 위에서 버지니아의 편지를 발견했다. 오후 1시경이었다.

레너드는 하녀더러 경찰에 신고하라고 말한 뒤 아내를 찾아 밖으로 뛰어나갔다. 강물에 떠 있는 지팡이를 단서로 경찰과 주민들이 강바닥을 수색했지만 시체는 발견되지 않았다.

20일 뒤인 4월 18일, 자전거 여행 중인 다섯 명의 10대가 우즈 강에 떠내려가는 시체를 발견했다. 경찰이 시체를 수습해 가까운 안치소로 옮겼고, 레너드가 아내임을 확인했다. 검시관은 사망확인서에 그녀의 이름을 적었다.

'출판업자 레너드 시드니 울프의 아내인 작가 애덜린 버지니아 울프.'

레너드는 멍크스 하우스 정원의 느릅나무 밑에 버지니아의 재를 뿌렸다. 그녀가 가장 좋아한 나무였다. 나무 밑 비석에는 《파도》의 마지막 구절을 새겨 넣었다.

"너에 대항해 굽히지 않고 단호히 나 자신을 던지리라. 죽음이여!"

레너드는 버지니아가 자살한 뒤 공예가인 트레키 파슨스(Trekkie Ritchie Parsons)와 연인으로 지냈으며 버지니아의 일기를 편집해 출판하기도 했다.

버지니아 울프의 이름을 모르는 사람은 드물다. 하지만 그녀의 소설을 읽어 본 사람은 더 드물다. 우습게도 버지니아 울프는 자신의 작품이 아닌 다른 이의 작품으로 그 이름을 더 많이 알렸다.

에드워드 올비의 희곡《누가 버지니아 울프를 두려워하랴?(Who's Afraid of Virginia Woolf?)》는 리처드 버튼과 엘리자베스 테일러 주연의 영화로도 만들어졌다. 앨런 베넷은《나요, 내가 버지니아 울프를 두려워합니다》라는 희곡을 발표하기도 했다. 마이클 커닝햄이《댈러웨이 부인》과《세월(The Years)》을 모티프로 재창조한 소설《세월(The Hours)》은 퓰리처상과 펜포크너상을 수상하며 니콜 키드먼 주연의 영화로도 만들어졌다. 박인환의 시 〈목마와 숙녀〉에도, 피천득의 수필 〈인연〉에도 버지니아의 이름은 빠지지 않는다.

하지만 호기심에 버지니아의 소설을 펼친 사람들은 금세 책을 덮고 만다. 버지니아 울프가 시도한 '의식의 흐름' 기법은 말 그대로 인간 내면의 심리를 따라 이야기가 전개된다. 버지니아의 소설은 첫 부분에서 앞으로 벌어질 이야기의 등장인물이나 배경, 사건 등을 친절하게 설명해 주지 않는다. 그냥 느닷없이 어느 시점, 어느 장소의 인물 속으로 들어가 버린다. 화자가 시도 때도 없이 바뀌고, 배경은 시공을 넘나든다. 무시당한다는 느낌이 들 정도로 버지니아의 소설은 독자에게 불친절하다. 인물, 시간, 줄거리가 완전히 해체되어 너덜너덜해진 이야기는 집중을 방해한다. 최선을 다해 집중해도 '인간의 의식'처럼 복잡하고 광활하며 이해하기 어렵다.

소설의 주제는 무거운 데다 흥미롭지도 않다. '버지니아는 정치와 무관하게 산 정치적 동물'이라는 레너드 울프의 말처럼 버지니아는 사회운동에 적극적이진 않았지만 글을 통해 정치와 사회 문제에 개입했다. 버지니아 울프는 글에서 권력, 계급, 폭력, 억압 등 다양한 주제를 다루며 사회 구조와 제도를 분석하고 그 이면에 깔린 상징들을 끊임없이 폭로했다.

버지니아 울프는 글에서 이분법적 가치관이 지배하는 세상에 대해 끊임없이 경고했다. 우리는 그녀의 글을 연구하고 재해석하며 대안을 모색한다. 몇 백 년이 지난 지금도 그녀의 소설은 충분히 새롭고, 놀라울 정도로 실험적이며, 아직도 혁명적이라 칭찬받는다.

그러면서도 우리는 그녀의 사랑을 우리만의 가치관으로 저울질하고 판단해 사랑이 아니라며 짓밟아 버렸다. 단지 우리의 '평범한 기준'과 다르다는 이유만으로, 우리의 평범한 기준을 버거워한

버지니아를 또다시 강물 속에 밀어 넣는다.

버지니아 울프가 내건 결혼 조건은 단 두 가지였다. 많지도 않고 불가능한 것도 아니었다. 그런데도 사람들은 그녀의 사랑을 의심한다. 레너드의 일방적인 희생을 요구했다며 비난한다. 그리고 레너드의 사랑은 그 두 가지 결혼 조건만으로도 증명되었다며 칭송한다.

어이없고 황당한 조건일 수 있다. 그녀도 알고 있었다. 그 조건 때문에 레너드가 떠날 수도 있다고 생각했다. 그래도 그녀는 말했다. 말해야 했다.

인간이 타인에게 자신의 모습을 온전히 드러내기는 쉽지 않다. 특히 연인 관계에서는 사소한 거짓말로 자신을 꾸미며 대기 일쑤다. 하지만 버지니아는 약점이 될 만한 것까지 모두 드러내 보였다. 정말 사랑했기에 솔직할 수 있었다. 그녀의 상처로 그들의 사랑을 망치고 싶지 않았기에 진실했다.

레너드는 아무것도 묻지 않고 그 모든 걸 받아들였다. 아무런 설명도 없는 그녀를 온전히 받아들인 레너드였기에 그녀는 그를 더 사랑할 수 있었다. 타인인 우리는 그 사랑을 판단할 자격이 없다.

세상에 틀린 사랑은 존재하지 않는다. 다른 사랑이 존재할 뿐이다.

세상 누구와도 다른 그녀, 그 세상에 자신을 끼워 맞추느니 차라리 자신을 부서뜨리는 걸 선택한 그녀…. 그녀를 차갑고 깊은 강물로 밀어 넣은 건 자기 기준과 판단만 옳다고 고집하는 우리 모두였다.

강으로 걸어 들어가면서도 그녀가 걱정한 건 단 하나였다. 세상과 다른 그녀를, 아무런 설명조차 하지 않는 그녀를 이해하고 받아들인 단 한 사람, 레너드…. 강물에 떠내려가면서도 그녀가 염려한 건 단 하나였다. 그녀가 없는 세상, 우리의 편견 속에 홀로 남겨져 고통받아야 하는 레너드….

이제 우리의 어리석은 편견은 내려놓자. 죽음의 순간에도 레너드를 지켜 주고 싶어 한 그녀의 사랑까지 어두운 강물로 밀어 버리지 말자. 그녀는 강물 속으로 사라졌지만 그녀의 사랑은 아직도 그 강물과 함께 흐르고 있으니까….

자신을 완전히 드러내는 사랑은 시작부터 쉽지 않다. 하지만 그 어려운 시작 덕분에 나머지는 오히려 순탄한 법이다. 그러니 우리 모두 사랑할 때는 솔직하게 모든 걸 드러내자. 벌거벗은 진실에 상대가 도망가 버린다 해도, 어이없는 사실에 사랑이 깨진다 해도. 속고 속이며 사랑이라 믿다가 배반당하고 상처 입고 아픈 것보다는 진실 때문에 산산조각 난 사랑에 미리 아파하는 게 낫다.

버지니아와 레너드 울프

1880년 11월 25일 레너드, 영국 켄싱턴에서 출생

1882년 1월 25일 버지니아, 영국 켄싱턴에서 출생

1895년 버지니아, 어머니의 죽음으로 첫 정신이상 증세 보임

1907년 블룸즈버리 그룹 결성

1912년 버지니아와 레너드, 결혼

1917년 호가스 프레스 설립

1941년 3월 28일 버지니아, 영국 서식스에서 실종된 뒤 시체로 발견

　　　　　유작 《막간(Between the Acts)》 출간

1969년 8월 14일 레너드, 영국 서식스에서 사망

버지니아의 작품

1905년 버지니아, 〈타임〉지 문예 비평 기고

1915년 처녀작 《출항(The Voyage Out)》

1919년 《밤과 낮(Night and Day)》, 평론 《현대소설론》

1922년 《제이콥의 방(Jacob's Room)》

1923년 톨스토이의 《사랑의 편지》 번역

1924년 《베넷 씨와 브라운 부인》

1925년 《댈러웨이 부인(Mrs. Dalloway)》 《일반 독자(The Common Reader)》

1927년 《등대로(To the Lighthouse)》

1928년 《올란도(Orlando)》

1929년 《자기만의 방(A Room of One's Own)》

1931년 《파도(The Waves)》

1932년 문예 평론집 《일반 독자 : 제2편(The Common Reader: Second Series)》

1933년 엘리자베스 브라우닝의 전기 《플러시 : 자서전(Flush : A Biography)》

1937년 《세월(The Years)》

1938년 《3기니(Three Guineas)》

1942년 《나방의 죽음(The Death of the Moth)》

1958년 《화강암과 무지개(Granite and Rainbow)》

레너드의 작품

1913년 《정글에서(The Village in the Jungle)》

1914년 《현명한 처녀(The Wise Virgins)》

1916년 《국제 정치(International Government)》

1917년 《콘스탄티노플의 미래(The Future of Constantinople)》

1918년 《협력과 산업의 미래(Cooperation and the Future of Industry)》

1920년 《경제제국주의(Economic Imperialism)》

《제국과 아프리카의 상업(Empire and Commerce in Africa)》

1921년 《사회주의와 협력(Socialism and Co-operation)》

1925년 《두려움과 정치(Fear and Politics)》

1927년 《정치, 문학, 역사에 대한 에세이(Essays on Literature, History, Politics)》

《Hunting the Highbrow》

1928년 《제국주의와 문명(Imperialism and Civilization)》

1935년 《Quack! Quack!》

1939년 《게이트에서 채찍질(Barbarians At The Gate)》

1940년 《평화를 위한 전쟁(The War for Peace)》

1967년 《레너드 울프가 선택한 위안의 캘린더(A Calendar of Consolation-selected by Leonard Woolf)》

〈레슬리 스티븐〉

레슬리 스티븐 경(Sir Leslie Stephen, 1832년 11월 28일~1904년 2월 22일)은 《18세기의 문학과 사회》 등을 쓴 영국의 작가이며, 버지니아 울프의 아버지다. 많은 작가와의 교류, 방대한 서재 등 버지니아 울프에게 문학적으로 많은 영향을 미쳤다. 하지만 보수적인 빅토리아시대의 여성상을 강요해 버지니아 울프와 갈등을 빚기도 했다.

〈줄리아 스티븐〉

줄리아 스티븐(Julia Prinsep Stephen, 1846년 2월 7일~1895년 5월 5일)은 버지니아 울프의 어머니다. 1867년, 변호사 허버트 덕워스와 결혼해 네 아이를 낳았지만, 넷째가 태어나기도 전에 미망인이 되었다.

〈레슬리 스티븐〉

레슬리 스티븐의 첫 아내는 윌리엄 메이크피스 새커리의 맏딸로 정신질환을 앓다 죽었다. 그 뒤 레슬리 스티븐은 이웃에 사는 미망인이자 유명한 모델이며 자선사업가인 줄리아 스티븐에게 구애하기 시작한다. 줄리아 스티븐과 레슬리 스티븐은 1878년 1월 5일 약혼하고, 3월 26일 켄싱턴교회에서 결혼했다. 줄리아는 서른두 살, 레슬리는 마흔여섯 살이었다.

〈버지니아 울프가 어린 시절을 보낸 집〉

22 하이드 파크 게이트에 있는 이 타운하우스는 버지니아 울프가 어린 시절을 보낸 곳이다. 방이 몇 개 없어다락방과 욕실을 더 만들었지만 대가족이 살기에는 좁은 편이었다. 하지만 저녁이면 수많은 예술가와 지식인이 모여 만찬을 하는 사교계의 중심이기도 했다.

1900년, 하이드 파크 게이트 22의 어느 하루를 묘사하며 버지니아는 저녁 만찬에서 강요된 빅토리아시대의 여성상이 자신도 모르는 사이 스며들어 글에서 공손함

이나 유순함이 발견될 때의 아쉬움을 토로했다. "이 집에서는 빅토리아와 에드워드시대라는 두 세대가 대치했다. 오전 10시에서 오후 1시까지 나는 플라톤의 《공화국》을 읽거나 고대 희랍의 코러스를 읽었다. 그러나 오후 4시 30분쯤 빅토리아 사회가 압력을 가해 왔다. 단정한 옷으로 갈아입고 저녁 파티의 손님들을 위해 이야깃거리를 준비해 두어야 했다. 8시, 목이 드러난 이브닝드레스를 입고 거실로 가면 조지 오빠가 야회복을 입고 의자에 앉아서 내 옷을 검열했다. 빅토리아 사교계가 시작됐고 만찬은 고문이었다. 나와 언니는 박수를 치고 복종할 뿐이었다. 테이블 둘레에서는 조지와 제럴드와 잭이 우정성과 출판부와 법정에 대해 이야기했다. 남자 친척들은 모두 빅토리아시대의 풍습 게임에 능통했다. 나 역시 그 규칙을 너무도 철저히 익혔고, 나중에 내가 쓴글에서 그것을 발견하기도 했다. 어떤 유순함이나 공손함과 엇비슷한 접근이었다."

〈버지니아와 가족들〉

버지니아 울프는 어린 시절 부모님에게 교육을 받았다. 왼쪽에서 세 번째가 버지니아울프다. 어머니 줄리아는 아이들에게 라틴어와 프랑스어, 역사를 가르치고 아버지 레슬리는 수학을 가르쳤다. 《등대로》에 등장하는 램지 부인의 모델도 줄리아 스티븐이다. 소설에서는 램지 부인이 아름답다는 찬사가 여러 번 반복된다. 하지만 어머니 줄리아 스티븐은 사교 활동이 많은 편인 데다친자식만 여덟이라 아이들에게 많은 관심을 기울이지 못했다.

1884년

〈줄리아 스티븐과 버지니아〉

줄리아 스티븐은 1895년 마흔아홉에 류머티스 열병으로 사망한다. 어머니가 세상을 떠나자 열세 살의 버지니아 울프는 처음으로 정신질환 증세를 나타내기 시작했다. 버지니아는 분노, 흥분, 공포의 감정들이 뒤엉켜 혼란스러운 정신상태에 괴로워했으며 심장이 심각하게 두근거리는 증세에도 시달렸다. 버지니아의 '정신병'에 대한 연구는 수없이 이루어졌다. 우울증, 조울증, 강요된 빅토리아 여성상에 의한 압박, 의붓 오빠들의 성적 학대와 트라우마 등 그 원인도 다양하다. 하지만 스티븐 가문에서 조울증을 비롯한 신경증이 다수 발견되었다는 사실에는 모두 동의하고 있다.

〈버지니아 울프와 바네사 벨의 어린 시절〉

바네사 벨(Vanessa Bell, 1879년 5월 30일 ~1961년 4월 7일)은 영국 화가이자 인테리어 디자이너이고 블룸즈버리 그룹의 일원이며 버지니아 울프의 동복 언니다. 바네사 벨은 어머니와 의붓 언니가 죽자 버니지아를 돌봐 주었다. 하지만 바네사 벨은 오빠 토비의 죽음에 상실감을 느껴 예술 비평가인 클라이브 벨과 결혼했다. 오빠 토비의 죽음 이후 정신적으로 불안정하던 버지니아는 언니의 결혼으로 한층 더 우울해졌다. 바로 그때 레너드 울프가 버지니아에게 청혼했다.

〈버지니아 울프와 남동생〉

애드리언 스티븐(Adrian Stephen, 1883 10월 27일~1948년 3월)은 버지니아 울프의 남동생이다. 애드리언 스티븐은 블룸즈버리 그룹에도 참여했으며 프로이트에게 관심이 많아 영국 최초의 정신분석학자가 되었다. 애드리언이 정신분석에 관심을 보인 계기는 버지니아 울프의 심각한

우울증이었다. 그의 아내 카린 스티븐도 프로이트의 작품에 관심이 많아 정신분석학자가 되었다. 애드리언 스티븐은 영국정신분석학회의 개혁을 추진하는 데 적극적이었으며,《국제 정신분석 저널》편집장을 맡기도 했다.

〈탈랜드 하우스와 거드레비 등대〉

세인트에이브스에 있는 탈랜드 하우스는 버지니아 울프가 1882년부터 1895년까지 휴가를 보낸 집이다. 이 커다란 직사각형 집은 계단식 정원이 있고 울타리를 쳐 놓았으며 바다를 향해 경사져 있다.《등대로》에 등장하는 집이 탈랜드 하우스이며 근처에는 거드레비(Godrevy) 등대가 있다.

〈바네사 벨이 그린 버지니아 울프〉

버지니아 울프는 어린 시절 의붓 오빠인 제럴드 덕워스와 조지 덕워스에게 성추행을 당하면서도 아무에게도 말하지 못했다. 버지니아 울프의 언니인 바네사 벨도 제럴드 덕워스와 조지 덕워스에게 성추행을 당했다고 고백했다. 어머니와 아버지가 차례로 죽으면서 남매들도 뿔뿔이 흩어진다.

바네사는 블룸즈버리로 이사했고 수많은 예술가, 작가, 지식인과 사귀며 블룸즈버리 그룹을 만드는 데 주도적인 역할을 했다. 빅토리아시대의 순종적인 여성상을 강요하는 아버지를 미워하는 동시에 아버지의 뛰어난 지식과 사고력을 존중하면서 아버지에게 이중적인 감정을 품은 버지니아 울프와 달리 바네사 벨은 빅토리아시대의 여성상을 완벽하게 거부했다. 어머니가 죽자 의붓 언니와 자신에게 차례로 유아적인 집착을 보이는 아버지도 싫어했다.

바네사 벨은 버지니아 울프와 함께 가정에서 교육을 받았으며, 수채화 화가인 쿡 (Ebenezer Cook)에게 개인 지도를 받았다. 1896년 아서 코프 경의 미술학교에 다녔으며, 1901년 로열아카데미에서 회화를 공부했다. 1916년 오메가 워크숍에서 첫 전시회를 열었고, 밝은 색상과 대담한 형태로 주목받았다. 바네사 벨은 호가스 프레스가 출판한 버지니아의 책 표지를 디자인했다.

〈덕워스와 스티븐 가족들〉

뒷줄은 제럴드 덕워스(Gerald Duckworth), 버지니아(Virginia), 토비(Thoby), 바네사 스티븐 (Vanessa Stephen), 조지 덕워스(George Duckworth)이고 앞줄은 애드리언(Adrian), 줄리아 (Julia), 레슬리 스티븐(Leslie Stephen)이다. 스텔라 덕워스(Stella Duckworth)와 로라 스티 븐(Laura Stephen)만 빠졌다.

〈버지니아와 아버지 레슬리 스티븐〉

버지니아 울프는 레슬리 스티븐의 빅토리아식 사고방식을 거부하면서도 아버지의 문 학과 철학 지식은 존경했다. 1904년 2월 22일, 아버지의 사망에 충격을 받아 우울증 증세를 보이다 5월 10일 창밖으로 몸을 던졌다. 다행히 아버지의 친구이자 저명한 정 신과 의사인 조지 세비지(George Savage)의 도움으로 우울증이 나아졌다.

〈버지니아 울프〉

버지니아의 아버지 레슬리 스티븐은 순종적인 빅토리아시대 여성상을 강요했기에 아들은 공립학교에 보냈지만 딸은 가정교육을 시켰다. 집의 드로잉 룸 뒤쪽으로 조용한 교실이 있었고, 어머니 줄리아와 아버지 레슬리가 번갈아 가르쳤다. 제도권 교육을 받지는 않았지만 버지니아는 아버지의 방대한 서재 덕분에 많은 지식을 쌓을 수 있었다. 레슬리 스티븐은 때때로 책을 권해 주기도 했지만 기본적으로 버지니아 울프가 좋아하는 것을 읽도록 배려했다. 또한 책을 완독한 후에는 반드시 철학 토론을 하며 버지니아 울프의 사고 확장을 도왔다.

아버지가 주도하는 모임에는 작가, 변호사, 예술가 등이 참여했으며 남자 형제들은 케임브리지에 다니면서 친구들을 데려왔다. 버지니아 울프는 여러 사람과의 만남을 통해 직간접적으로 교육받았다고 할 수 있다.

1897년에서 1901년까지 버지니아 울프는 킹스칼리지 런던 여성부(Lady's Department of King's College London)에서 역사학과 그리스어를 공부했다. 저명한 학자인 조지 찰스 윈터 워(George Charles Winter Warr), 그리스어 학자 클라라 파터(Clara Pater), 여권신장 운동가인 재넛 케이스(Janet Case) 등에게 배웠다.

<블룸즈버리 그룹>

블룸즈버리 그룹(Bloomsbury Group 또는 Bloomsbury Set)은 20세기 전반에 버지니아 울프, 존 메이너드 케인스, E.M. 포스터, 리튼 스트레이치, 비타 색빌 웨스트 등으로 구성된 영국의 작가, 지식인, 철학자, 예술가 모임이다.

그들은 인생, 정치, 경제, 예술, 철학, 문학 등 세상의 모든 문제에 대해 자유롭게 대화했다.

<붕가붕가 사건>

가장 오른쪽이 사건의 주동자인 윌리엄 콜이고 가장 왼쪽이 스물여덟 살의 버지니아 울프다. 블룸즈버리 그룹은 아비시니아 왕과 수행원이라면서 영국 군함을 찾아갔고, 해군 장교들은 감쪽같이 속아 블룸즈버리 그룹을 VIP로 대접했다. 블룸즈버리 그룹은 서투른 라틴어로 대충 대화하는 척하다 말문이 막히면 "붕가붕가!"라고 외치며 위기를 모면했다.

〈줄리언 토비 스티븐〉

버지니아 울프의 오빠인 줄리안 토비 스티븐
(Julian Thoby Stephen, 1880년 9월 9일~1906년
11월 20일)은 블룸즈버리 그룹의 전신인 '목
요일 저녁 모임'을 처음 만든 인물이다. 그리
스에서 휴가를 보내는 중에 장티푸스에 걸
려 영국으로 돌아온 직후 스물여섯의 나이에
사망했다. 오빠의 사망에 충격을 받은 버지
니아는 세 번째 정신발작을 일으켜 요양소에
입원한다.

〈버지니아 울프와 T.S. 엘리엇〉

버지니아 울프와 T.S. 엘리엇은 한
때 사귄 적이 있었다. 버지니아 울프
는 친구의 소개를 받아 〈가디언〉에
정기적으로 기고하며 원고료를 벌
기 시작했다. 시 〈황무지〉로 유명한
T.S. 엘리엇은 1948년 노벨문학상
을 받았다.

〈바네사 벨〉

1916년, 로저 프라이(Roger Fry)가 그린 바네사 벨의 초상화다. 바네사 벨은 1907년 예술비평가인 클라이브 벨과 결혼했으며, 줄리언 벨과 쿠엔틴 벨 형제를 낳았다. 버지니아 울프는 아이가 없어서 조카들을 매우 예뻐했는데, 줄리언 벨은 1937년 스물아홉의 나이로 스페인 내전 중에 사망해 충격을 주었다. 바네사 벨은 자유 결혼을 했기에 결혼한 후에도 꽤 많은 연인을 두었다. 그중 덩컨 그랜트와의 사이에서 1918년, 딸 안젤리카를 낳았다. 클라이브 벨은 안젤리카가 유산을 물려받을 수 있도록 자신의 성을 물려주었다. 블룸즈버리 그룹은 편견에 대항했기에 관습에서 벗어난 사랑도 인정해 주는 분위기였다.

〈버지니아 울프와 조카 안젤리카 가넷〉

안젤리카 가넷은 버지니아 울프의 언니 바네사 벨이 외도로 낳은 딸이다. 친아버지인 덩컨 그랜트는 양성애자였는데 안젤리카는 그의 동성 연인이던 작가 데이비드 가넷과 결혼했다.

〈버지니아와 레너드 울프〉

레너드 시드니 울프(Leonard Sidney Woolf, 1880년 11월 25일~1969년 8월 14일)는 영국의 정치이론가이자 작가이며 블룸즈버리 그룹의 일원이었다. 버지니아 울프를 위해 공무원 일을 그만두었고, 버지니아 울프를 위해 호가스 프레스를 차리기도 했다. 레너드 울프는 결혼 후 《정글의 마을(The Village in the Jungle)》(1913년) 등을 저술하고 〈현대 평론(International Review)〉의 편집자로 일했다. 또한 노동당 자문위원회 비서관으로 국제 문제와 식민지 문제에 관한 업무를 맡았다.

〈버지니아 울프〉

1909년, 리튼 스트레이치는 레너드 울프에게 버지니아와 결혼하라고 권했다. 하지만 버지니아는 레너드의 청혼을 거절했다. 1912년 1월 11일, 레너드는 다시 청혼했고 5월 29일, 버지니아는 레너드에게 그와 결혼하고 싶다고 말했다. 버지니아 울프는 레너드의 청혼에 두 가지를 요구했다. 성관계를 갖지 않겠다. 공무원을 그만두고 자신의 작가 생활을 뒷바라지하라. 어이없는 요구였지만 레너드 울프는 둘 다 지키겠다고 약속했다. 1912년 8월 10일, 레너드와 버지니아는 세인트 판크라스 등록사무소에서 결혼했다.

〈빨간 모자를 쓴 비타 색빌 웨스트〉

비타 색빌 웨스트(Vita Sackville-West)는 《낮은 바다의 용》이 베스트셀러 1위에 오르며 작가로 명성을 떨쳤다. 하지만 지금은 정원 예술가나 버지니아 울프와의 동성애 관계로 더 유명하다. 버지니아 울프는 양성애자였으며, 1926년 비타 색빌 웨스트의 남편이 받은 편지에 의하면 둘은 두 차례 성관계를 가졌다고 한다. 비타 색빌 웨스트는 여자에게 상속을 금지하는 켄트법 때문에 놀 성을 상속받지 못한 걸 아쉬워했고, 버지니아 울프는 비타 색빌 웨스트를 모델로 쓴 《올란도》에서 남성이 여성으로 변하는 주인공을 보여 주며 비타 색빌 웨스트의 아쉬움을 달래 주었다.

1918년, 윌리엄 스트랭 작품

〈비타 색빌 웨스트〉

1922년 12월 14일, 클라이브 맨스필드의 소개로 만난 버지니아 울프와 비타 색빌 웨스트는 오랜 시간 연인으로 지냈다. 활발하고 사교적인 비타 색빌 웨스트는 버지니아 울프를 파티나 모임에 자주 데려갔고, 그래서 조용한 삶이 버지니아 울프의 정신 건강에 좋다고 생각한 레너드 울프와 갈등을 빚었다. 1935년 3월 10일 일기에서 버지니아 울프는 비타 색빌 웨스트와의 사랑이 끝났다고 적었다. 이별의 이유는 없었다. 버지니아 울프는 무르익은 과일이 떨어지듯 자연스러운 이별이었다고 묘사한다.

"남편 레너드와 바네사 언니를 제외하고 내가 진정으로 사랑한 유일한 사람은 비타였다." – 버지니아 울프가 죽기 몇 달 전 친구에서 보낸 편지에서

〈로저 프라이 자화상〉

로저 프라이(Roger Eliot Fry, 1866년 12월 14일~1934년 9월 9일)는 영국의 화가이자 예술비평가였으며 블룸즈버리 그룹의 일원이었다. 1910년 런던의 그래프턴 갤러리에서 열린 프랑스 현대미술 작가전을 기획했다. 세잔, 반 고흐, 고갱, 피카소 등의 작품을 소개하는 전시였다. 하지만 영국인들은 '포르노' 혹은 '미친 사람들의 작품'이라며 기획 자체를 경멸하는 태도를 보였다. 로저 프라이가 죽자 버지니아 울프는 평전《로저 프라이》를 쓰며 그와의 우정을 되새겼다.

〈셰익스피어의 선반〉

버지니아 울프는 우울증을 극복하기 위해 책을 제본하고 꾸미는 걸 좋아했다. 셰익스피어의 선반은 버지니아 울프가 직접 그린 그림으로 꾸민 책들이며 침실에 놓여 있었다. 레너드 울프는 버지니아 울프를 위해 소형 수동 인쇄기를 구입하여 호가스 프레스라는 출판사를 직접 운영했다.

〈버지니아와 레너드〉

1914년. 레너드 울프는 버지니아 울프의 건강을 염려해 생리 주기까지 신경 썼다. 레너드 울프의 적극적인 지원과 격려 속에서 버지니아는 마음껏 창작의 자유를 누릴 수 있었다.

"나는 영국에서 쓰고 싶은 걸 쓰는 자유를 누리는 유일한 여자다."
— 버지니아 울프

1926년, 멍크스 하우스에서

〈버지니아와 레너드〉

레너드 울프가 유대인임에도 불구하고 버지니아 울프는 반유대주의자였다. 하지만 버지니아 울프는 그 문학적 명성 덕분에 반유대주의자라는 비난을 모면할 수 있었다. 제1차 세계대전이 시작되면서 유대인인 레너드 울프도 우울증을 앓기 시작한다. 혹시 모를 만약의 경우를 대비해 자살 준비를 시작한 것이다. 레너드는 치명적인 양의 모르핀을 모으고, 언제라도 자동차 배기관에서 나온 연기를 들이마시고 자살할 수 있도록 차고에 여분의 휘발유를 비축해 두었다.

〈버지니아 울프〉

1920년, 버지니아 울프의 숙모인 메리 비턴이 인도 뭄바이에서 낙마 사고로 숨졌다. 숙모는 버지니아에게 매년 500파운드를 지급하라는 유언을 남겼다. 생계 걱정 없이 글을 쓰게 된 것이 너무나 기뻤던 버지니아 울프는 에세이 《자기만의 방》에서 여성이 작가가 되려면 혼자만의 공간과 연 500파운드의 고정 수입이 있어야 하며 경제력은 참정권보다도 중요하다고 주장해 논란을 불러일으켰다.

영화 〈누가 버지니아 울프를 두려워하랴〉

〈누가 버지니아 울프를 두려워하랴〉는 에드워드 올비의 동명 연극을 마이클 니콜스 감독이 1966년 영화화한 것이다. 이 영화로 엘리자베스 테일러는 두 번째 아카데미 여우주연상을 받았다. 제목에 버지니아 울프가 나오지만 버지니아 울프에 관한 이야기는 전혀 나오지 않는 영화다.

영화 〈디 아워스〉의 한 장면

〈디 아워스(The Hours)〉는 스티븐 달드리 감독의 2002년 영화다. 니콜 키드먼이 버지니아 울프 역으로 출연했다. 그녀는 이 영화로 2003년 아카데미 여우주연상을 받았다.

〈버지니아와 레너드〉

1925년 사진으로 버지니아의 건강은 최악의
상황이었다. 1913년 9월, 버지니아 울프는
바르비투르산염 100알을 집어삼키고 자살을
시도했으며, 1914년 4월에도 베로날을 잔뜩
집어삼키고 자살을 시도했다. 버지니아 울프
가 자살 시도를 할 때마다 레너드는 비난하
기보다 이해해 주었다. 그나마 레너드의 사랑
이 있었기에 버지니아 울프는 우울증에도 불
구하고 60년이라는 시간을 버틸 수 있었다.
"레너드는 나에게 거대한 기쁨이며 우리의
결혼생활은 완벽하다."
– 1937년, 버지니아 울프의 일기 중에서

〈말년의 버지니아〉

"나를 드러내자. 자신에 대해 솔직하
게 이야기하지 않으면 다른 사람에 대
해서도 솔직히 이야기할 수 없다."
– 버지니아 울프

"그녀는 다른 모든 사람과 달랐고, 이
세상이 그녀에게는 맞지 않았다. 그녀
가 사랑한 모든 것이 산산조각 나기
전에 그녀 자신을 해방해 버려서 얼마
나 기쁜지 모르겠다."
– 크리스토퍼 이셔우드

〈버지니아의 유서〉

1941년 3월 28일, 버지니아 울프는 유서를 남기고 자취를 감췄다. 그리고 20일이 지난 4월 18일, 그녀의 시신이 발견되었다. 일부 의학자들은 버지니아 울프의 병은 양극성 장애일 수 있으며 효과적인 치료 방법이 없다고 말하기도 했다.

"나의 첫 번째 소원은 죽는 것이다. 죽음만이 이 고통을 없애 줄 것이다."
– 열다섯 살, 버지니아 울프의 일기 중에서

〈레너드 울프의 흉상〉

버지니아가 죽고 레너드는 트레키 파슨스(Trekkie Ritchie Parsons)와 동거했으나 결혼은 하지 않았다. 석판화가인 트레키 파슨스는 〈채토&윈더스〉의 편집장인 이안 파슨스와 이미 결혼한 상태였다. 그녀는 남편 이안 파슨스와 함께 레너드를 찾아와 주말이나 휴일을 보내기도 했고, 레너드와 해외여행도 자주 했다.

트레키 파슨스가 레너드에게 보낸 편지가 《사랑의 편지》라는 책으로 출판되기도 했다. 하지만 두 사람은 연인 관계를 끝까지 부정했다. 레너드 울프는 1969년 8월 14일, 뇌졸중으로 사망했으며 그의 유골은 정원의 느릅나무에 뿌려졌다. 그 뒤 느릅나무가 쓰러진 자리에 청동 흉상을 세워 놓았다.

Bessie Wallis
Warfield Spencer
Simpson
Duchess of Windso

심프슨 블루

베시 월리스 워필드 스펜서 심프슨 윈저 공작부인

Bessie Wallis Warfield Spencer Simpson

Duchess of Windsor

1896년 6월 19일~1986년 4월 24일

베시 월리스 워필드 스펜서 심프슨 윈저 공작부인은
에드워드 8세가 왕위를 버리면서까지 결혼한 것으로 유명해졌다.
화려한 보석과 옷을 좋아해 시대의 유행을 이끌기도 했다.

나는 당신을 차지하기 위해 하찮은 이득을 포기했소.
앞으로 남자들은
"나도 널 위해서라면 왕위까지 버릴 수 있다."라고
말하며 신붓감을 설득하겠지요.

– 에드워드 8세가 사랑하는 월리스를 위해 왕위를 포기하며
그녀에게 들려준 이야기

난 1896년 6월 19일, 펜실베이니아 블루릿지서미트에서 태어났다. 하지만 정확하지는 않다. 내 생일이 언제인지는 아무도 모른다. 하루 벌어 하루 먹고 사는 집에서 태어난 다른 아이들처럼 부모는 내 생일도 기억하지 못했다.

아버지 티클 월리스 워필드는 명망 있는 가문 출신이지만 가난했다. 온전한 직업도 없이 부유한 친척들에게 빌붙어서 먹고살았다고 한다. 그나마 내가 태어나고 며칠 뒤 폐결핵으로 죽었다.

어머니 앨리스 몬태규 워필드는 이모의 이름 베시와 아버지의 이름 월리스를 따서 나에게 베시 월리스라는 이름을 지어 주었다. 그게 어머니가 내게 해 준 전부였다. 경제 능력이 전혀 없는 어머니는 날 데리고 보수적인 할머니에게 빌붙어 살 수밖에 없었다.

사춘기가 되면서 난 어머니가 준 이름의 반쪽 '베시'도 버렸다. 암소들한테나 붙이는 이름으로 불리고 싶지는 않았다. 그래도 부자 삼촌 솔 워필드가 있어 다행이었다. 삼촌은 날 기숙학교에 보내 주고 볼티모어의 상류 사교계에 데뷔시켜 주었다. 가난하고 미인도 아니었지만 난 수많은 구혼자를 거느린 사교계의 여왕이 되었다.

스무 살, 해군 대위 얼 윈필드 스펜서 주니어를 만났다. 해군 제복을 입은 그의 모습이 얼마나 늠름해 보이던지 첫눈에 반해 결혼했다. 그 시절의 난 순수했다. 그래서 어리석었다. 해군 조종사인 남편 스펜서는 심각한 의처증 환자였고 자주 손찌검을 했다. 참으려고 노력했다. 이혼이라는 극단적 선택만은 피하고 싶었다. 하지만 스펜서가 알코올중독에 빠지면서 상황은 더 나빠졌다. 스펜서는 외출하면서 날 침대에 묶어 놓을 정도였다.

그를 피해 워싱턴으로 베이징으로 떠돌았다. 떨어져 살다 보면 그도 반성할 거라 생각했다. 하지만 달라지는 건 없었다. 그의 알코올중독이, 의처증이, 폭력성이 나아질 거라 기대하며 10년이 넘게 견뎠다. 하지만 결국 선택은 이혼밖에 없었다. 남아 있는 삶마저 술 취한 남편에게 두들겨 맞으며 살 수는 없었다. 내가 원해서 한 이혼이라고 해도 상처는 깊었다. 난 전 세계를 떠돌았다.

그리고 이듬해 아버지의 선박중개업을 돕는 어니스트 앨드리치 심프슨과 결혼했다. 사랑에 눈이 멀어서는 아니었다. 그러기엔 나이도 많고 세상을 너무 많이 알았다. 하지만 심프슨은 날 사랑했고 존경받을 이유가 넘칠 정도로 좋은 사람이었다. 그리고 무엇보다 부유했다. 결혼은 합리적 선택이었다.

결혼 후 우린 런던에 정착했다. 궁전, 왕자님, 공주님… 동화에서만 보던 세상이 눈앞에 펼쳐졌다. 난 단숨에 런던 사교계의 떠오르는 별이 되었다. 우아하고 세련된 스타일을 추구하고, 어떤 상황에서도 냉정하고 침착하지만 동정심이 많고, 이해력이 풍부하지만 날카로운 지성을 지녔다. 그것이 사람들이 내게 열광하는 이유였다.

사교계의 열광적인 반응은 나를 다시 꿈꾸게 만들었다. 어린 시절에 잃어버린 꿈, 멋진 왕자님과 만나 사랑에 빠져 결혼하고 한 나라의 왕비가 되는 꿈. 10년 전 한순간 스쳤던 에드워드 왕세자의 얼굴은 10년이 넘는 시간이 흘러도 생생했다. 에드워드 왕세자가 군함을 타고 샌디에이고를 방문했을 때였다. 당시 나의 남편인 스펜서가 해군 소령이어서 가능한 만남이었다. 의처증 남편이 발작이라도 할까 봐 한마디 인사조차 제대로 하지 못했다. 10년의 시간이 흐르면서 어느덧 꿈속 왕자님의 얼굴은 에드워드 왕세자의 얼굴로 변해 있었다.

격식을 무시하는 자유로운 태도와 파격적이면서도 세련된 패션을 추구하는 에드워드 왕세자의 인기는 세계 어디에서나 폭발적이고 절대적이었다. 게다가 미혼이었다. 따라다니는 여자도 많고 결혼하라는 왕실의 압력도 강했는데 왕세자는 그때까지 미혼이었다. 마치 10년 동안 날 기다리고 있었던 것처럼.

1931년 6월, 어느 파티에서 난 드디어 기회를 잡았다. 왕세자가 여우 사냥을 하고 난 뒤 파티에 참석한다는 소식에 행운의 파란 드레스를 입었다. 마침내 왕자님이 나타났을 때, 난 다시 스무 살이 되었다. 순수하게 사랑을 믿는, 사랑을 위해 모든 것을 버릴 수 있는 나로 되돌아갔다. 심장이 떨려 입술을 달싹이기도 힘들었다. 누군가 내게 왜 이렇게 조용하냐고 물었고, 난 감기가 들었다고 변명했다. 순간 왕세자의 목소리가 끼어들었다.

"미국의 센트럴 히팅이 그립겠군요."

부드러운 목소리가 떨리는 심장을 달래 주었다.

"왕세자 전하에게는 그런 상투적인 말보다 독창적인 그 무엇을 듣고 싶었는데…."

"독창적인 말이라… 예를 들면?"

난 재빨리 머리를 굴렸다. 한마디 말로 그를 사로잡고 싶었다.

"전하의 바지는 신발과 어울리지 않는군요."

난 왕세자를 빤히 쳐다보며 말했다.

아무리 이상한 스타일이어도 그가 입으면 정석이었고 한물간 촌스러운 스타일조차 그가 입으면 최신 유행이 되었다. 그는 스코틀랜드의 격자무늬인 글렌 체크 정장을 입어 귀족 사회를 놀라게 했고, 낚시복이나 사냥복으로 입는 트위드 재킷을 외출복으로 개량해 입어 귀족 사회를 까무러치게 했다. 서로 무늬가 다른 옷을 겹쳐 입는 패턴 온 패턴 스타일로 파격적인 패션을 추구했고, 깃 사이가 넓은 윈저 칼라 셔츠와 두툼한 넥타이 매듭법인 윈저 노트를 고안했다. 에드워드 왕세자로 인해 신사복이 발달하고 패션이 발전했다.

내 대답은 어쩌면 모욕일 수도 있는 발언이지만 독창적이긴 했다. 패션에 관해 그에게 충고할 사람은 아무도 없었으니까. 그리고 솔직하기도 했다. 그날 왕세자의 바지와 신발은 정말 어울리지 않았으니까.

그래서? 그가 화를 냈냐고?

왕세자는 나에게 첫눈에 반했다. 그리고 자신을 '데이비드'라는 애칭으로 부르는 걸 허락했다. 얼마 뒤 우리 부부는 데이비드의 주말 별장인 포트 벨베데어의 공식 방문객이 되었다.

데이비드는 왕세자라는 신분에 버거워하고 있었다. 그의 아버지는 끊임없이 그의 열등감을 부추겼다. 그는 자신이 못생겼다는 열등감에 얼굴 대신 두툼한 넥타이 매듭에 눈길이 가도록 윈저 노트를 고안한 거라고 했다. 패션만이 그가 선택의 자유를 누릴 수 있는 유일한 것이었다.

나도 언제나 내 초라한 신분이 버거웠다. 죽어 버린 아버지가 평범한 신분이었다는 사실이 끈질기게 나의 열등감을 자극했다. 나는 낮은 계급이라는 열등감에 나 대신 특이한 옷차림에 눈길이 가도록 온통 파란색으로 치장하는 걸 즐겼다. 패션만이 내가 계급의 자유를 누릴 수 있는 유일한 것이었다. 그렇게 우린 너무 달랐지만 너무 닮았다. 그렇기에 우리가 사랑에 빠지는 건 당연한 운명이었다.

얼마 뒤 난 남편과 함께 사는 우리 집의 방문객이 되어 버렸다. 포트 벨베데어가 나의 새로운 보금자리였다. 새로운 연인 데이비드와 함께할 수 있는. 난 대부분의 시간을 포트 벨베데어에서 지내고 남편과 사는 우리 집은 가끔 들렀다. 매일 데이비드와 함께할 식사 메뉴를 짜고, 데이비드의 반려동물을 돌보고, 우리의 보금자리를 보살피고, 우리의 사랑을 가꾸어 나갔다.

1933년 6월, 우리가 만난 지 2년, 데이비드는 스키 여행을 다녀와서 청혼했다. 마침내 꿈이 손에 잡힐 듯 가까이 다가왔다. 하지만 그의 아버지 조지 5세가 걸림돌이었다. 데이비드는 아버지와 사이가 좋지 않았다. 국왕은 클럽이나 다니고 스캔들이나 일으키며 결혼도 안 하는 데이비드를 못마땅해했다. 데이비드는 보수적이고 억압적인 국왕을 답답해했다. 부자 사이의 불화는 공공연한 비밀이었다. 조지 5세는 데이비드가 차라리 결혼도 안 하고 자식도 없어서 왕위가 버티*와 릴리벳**에게 돌아갔으면 좋겠다고 대놓고 말했으니까. 그나마 예의를 차리던 부자 사이는 나 때문에 완전히 틀어져 버렸다.

조지 5세는 데이비드와 나를 떼어 놓으려고 수단과 방법을 가리지 않았다. 나에게 남자를 붙여 묘한 상황을 연출하고, 데이비드가 재산을 맘대로 사용할 수 없도록 조치했으며, 왕위를 물려주지 않겠다고 협박했다. 하지만 그 무엇도 우리를 갈라놓지 못했다.

스탠리 볼드윈 수상은 영국 특수수사국에 나의 뒷조사를 명령했다. 조사보고서는 길기도 했다. '내가 첫 결혼 중에도 끊임없이 불륜을 저질렀으며, 심프슨과도 유부녀 유부남인 상태에서 만났다. 심프슨과 결혼하기 위해 그를 이혼시켰다. 데이비드와 사귀면서도 북잉글랜드 최고의 미남으로 손꼽히는 가이 트런들을 만났

---

*조지 6세. 에드워드 8세의 남동생.

**현 영국 여왕인 엘리자베스 2세. 조지 6세의 딸.

다.' 부정할 가치도 없는 헛소문들을 수집한 보고서였다.

FBI도 나를 뒷조사했다. '내가 데이비드와 사귀면서도 주영 독일대사와 비밀스러운 관계를 유지했다. 주영 독일대사가 매일 나에게 보내는 카네이션 열일곱 송이는 우리의 성관계 횟수를 상징한다. 내가 데이비드에게 얻어 낸 비밀 정보를 나치에게 전달하는 스파이다.'

공개적으로 나치를 지지한 내가 미국의 눈에 곱게 보였을 리 만무하고, 어떻게든 나와 데이비드의 결혼을 막고 싶은 영국의 입장에서는 곱게 보이는 것조차 망가뜨려야 했다.

우스웠다. 그 조사가 사실이라면 난 신분을 숨긴 원더우먼이었다. 심프슨과 결혼한 상태에서 미혼인 왕세자를 유혹하고, 북잉글랜드 최고 미남에게 선물을 주며 만나고, 주영 독일대사와 섹스를 나누고, 영국의 비밀 정보를 수집해 나치에게 전달하면서 포트 벨베데어의 왕세자 별장도 빈틈없이 관리해 내는 건 인간의 능력 밖이었다.

스탠리 볼드윈 수상은 보고서를 조지 5세에게 전했고, 조지 5세는 데이비드에게 전했다. 하지만 그런 음모 따위에 무너질 정도로 우리의 사랑이 약하진 않았다.

그렇다 해도 조지 5세가 버티고 있는 한 데이비드와의 결혼은 불가능했다. 그래도 상관없었다. 왕세자의 숨겨진 정부라는 손가락질도, 유부녀의 불륜이라는 수군거림도 데이비드와 함께 있는 행복을 흐려 놓지 못했다. 우린 기다리기로 했다. 데이비드와 함께라면 기다리는 시간도 지루하지 않았다.

그렇게 시간이 흘렀다.

조지 5세의 건강은 점점 악화되었다. 국왕은 죽기 직전까지 우리를 갈라놓으려 애썼다. 무슨 수를 써서라도 나와 데이비드의 결혼을 막으라고, 스탠리 볼드윈 수상에게 유언을 남겼으니까.

1936년 1월 20일 23시 55분, 데이비드의 전화를 받았다.

"심프슨 부인, 이제 난 정말로 왕이 되었습니다."

조지 5세가 죽은 것이다. 이제 우리는 결혼할 수 있었다. 이제 나는 왕비가 될 수 있었다.

난 당장 이혼 청구 소송을 냈다. 데이비드에게 누가 될까 봐 스캔들을 피하기 위해 억지로 유지한 허울뿐인 결혼이었다. 공식적인 연인 자격으로 데이비드의 대관식에 참석하고 싶었다. 남편 심프슨은 데이비드가 나에게 신의를 지킨다면 조건 없이 이혼해 주겠다고 그에게 약속했다.

스탠리 볼드윈 수상은 모든 권력을 동원하여 내 이혼을 막으려고 했다. 결국 난 심프슨의 간통을 이유로 이혼 허가 판결을 받을 수밖에 없었다.

우리가 결혼한다는 소문이 퍼지면서 세상의 관심이 내게 쏠렸다. 전 세계 신문의 1면이 '나'에 관한 기사였고, 전 세계 라디오가 '나'에 관한 멘트로 시작했다. 하지만 영국의 신문은 예외였다. 내각과 왕실이 언론을 막아서 우리의 기사는 거의 실리지 않았다. 하지만 소문이 언론보다 빨랐다.

사람들의 관심은 실망으로 변했고, 실망은 곧 비난으로 변했다. 내가 그들이 꿈꾸던 신데렐라를 무너뜨렸기 때문이다. 나는 미인이라고 하기엔 지극히 평범한 외모였고, 미인이라고 쳐도 미모가 빛나기엔 이미 늙어 버렸고, 순수하며 착하다고 하기엔 결혼 경력이 아주 화려했고, 어려움을 극복했다고 하기엔 숨겨진 과거가 너무 수상했다.

영국 국민들이 나를 싫어할 이유는 많았다. 나는 영국인도 아니고, 귀족도 아니고, 이혼 경력도 있으며, 그때까지도 심프슨이라는 남자와 이름을 공유하는 유부녀였다. 그들은 그저 내가 부러운 것뿐이었다. 시기심, 질투심… 우스웠다. 그런 악한 감정은 사랑을 파괴하지 못한다. 하지만 우리의 사랑이 깊은 만큼 우리의 사랑에 대한 거부감과 반항심도 깊었다. 영국 국민은 날 싫어하고 비난하는 것으로 분노를 삭이지 못했다. 영국 국민은 나를 공식적인 영국의 왕비로 맞아들이느니 차라리 왕실을 없애라고 요구했다.

스탠리 볼드윈 수상은 이혼녀와의 결혼은 군주제의 고결함을 위험에 빠뜨린다며 나와 데이비드의 결혼을 공식적으로 반대하고 나섰다. 국왕이 이혼 경력이 있는 평민과 결혼해서는 안 된다는 법률 규정은 없었다. 하지만 영국 국교회는 이혼에 반대했고, 왕실법상 왕족은 의회의 동의 없이 결혼할 수 없었다.

데이비드는 즉위 직후 궁전 직원들과 자신의 수행원들을 해고해 버렸다. 악화된 왕실 재정을 위한 긴축 정책이었다. 왕족들은 반발했지만 데이비드는 아랑곳하지 않았다. 하지만 꼬투리를 잡은 사람들은 끝까지 물고 늘어졌다. 직원들의 월급으로 내 선물을 사기 위해 해고했다는 루머가 일파만파 퍼져 나갔다.

루머의 선봉에는 데이비드의 남동생 요크 공작의 부인 엘리자베스가 있었다. 엘리자베스는 데이비드가 퇴위하면 자기 남편이 왕이 될 수 있다고 생각하여 끊임없이 나를 비난하고 다녔다.

조용하고 소심한 요크 공작이 대중 앞에 나서는 걸 싫어하는 것과 달리 엘리자베스는 이런저런 행사에 나서며 '미소 짓는 공작부인(Smiling Duchess)'이라 불렸다. 엘리자베스는 남편을 왕으로 만들어 '미소 짓는 여왕(Smiling Queen)'이 되고 싶어 했다. 데이비드의 어머니 메리 왕비는 나에 대한 엘리자베스의 끈질긴 비난에 완전히 넘어가 버렸다.

결국 왕실은 데이비드가 의회의 동의 없이 결혼하려면 하야해야 한다고 선언했다. 모두가 우리의 결혼을 반대했다. 윈스턴 처칠(Winston Leonard Spencer-Churchill)*이 유일한 우리 편이었지만 그는 당시 아무런 힘도 없었다.

스탠리 볼드윈 수상은 데이비드를 벼랑 끝으로 몰아가기 시작했다. 데이비드가 왕실 재산을 사적으로 남용해 국고를 낭비했다고 비난했다. 또한 데이비드가 기밀 문서를 아무렇지 않게 방치했다며, 기밀 문서를 보고하지 않겠다는 조치까지 내렸다. 데이비드가 가진 국왕의 자질을 의심하며 영국이 들썩이기 시작했다.

데이비드는 마지막 협상카드를 내놓았다. 귀천상혼(貴賤相婚, morganatic marriage).

신분이 다른 두 사람이 결혼할 경우 그 결혼을 정식으로 인정해주지만 신분이 낮은 쪽은 결혼 후에도 낮은 신분을 유지하는 결혼이었다. 즉 우리가 낳은 자식들은 태어나자마자 왕위계승권을 박탈당하는 결혼이었다. 데이비드는 끝까지 망설였다. 하지만 난 반쪽짜리 왕비라 해도 상관없었다. 데이비드와 함께할 수 있다면.

하지만 스탠리 볼드윈 수상은 데이비드의 마지막 협상카드마저 단칼에 거절했다. 데이비드는 결단을 내려야 했다. 나를 버리거나 왕위를 버려야 했다.

단순히 왕위를 버리는 문제가 아니었다. 가족, 나라, 부, 권력,

---

*영국의 총리(1940년 5월 10일~1945년 7월 26일, 1951년 10월 26일~1955년 4월 7일)를 지낸 정치가. 월리스와 에드워드 8세의 결혼 전에는 총리가 아니어서 그리 큰 힘이 되지 못했다.

186

명예 모든 걸 버리는 일이었다. 데이비드는 그 모든 걸 나와 바꿀 수 있다고 했다. 게다가 정치적으로 혼란스러운 시기였다. 모두가 또다시 세계대전이 일어날지 모른다고 수군거렸다. 데이비드는 싸움에 휘말리고 싶지 않다고 했다. 무겁고 버거운 국왕의 자리 따위는 진즉에 버리고 싶었다고 했다. 그저 왕족이라는 신분을 유지한 채 가뿐하고 자유로운 삶을 만끽하고 싶다고 했다.

데이비드는 절대로 후회하지 않을 거라고 여러 번 다짐했다. 하지만 난 데이비드처럼 자신 있게 말할 수 없었다. 많은 것을 가진 사람들은 쉽게 무언가를 포기하기도 한다. 가진 걸 잃고 나서야 그게 얼마나 대단한 것인지 깨닫는다.

그가 후회하지는 않을까? 그가 후회할 거라 확신할 수 있었다. 난 이미 두 번의 결혼을 후회로 끝낸 터였다. 모든 걸 버리고 나를 선택했다는 후회로 보내기엔 데이비드의 남은 인생이 너무 길어 보였다. 그가 버리고 온 모든 것이 내 어깨를 짓누르지 않을까? 그 죄책감에 억눌려 살고 싶지는 않았다. 모든 걸 버리고 날 선택했다는 강박관념으로 그에게 얽매이고 싶지는 않았다. 그의 희생에 대한 의무감으로 남은 인생을 보내기엔 난 아직 너무 젊었다. 과연 모든 것을 버리고 온다 해도 그를 반길 수 있을까? 난 자신이 없었다. 왕이 아닌 그는 상상조차 되지 않았다. 그를 영원히 사랑할 수 있을까? 난 사랑이 영원하지 않다는 걸 알았다. 첫 번째 결혼도 두 번째 결혼도 그랬으니까. 모든 걸 버리고 나를 선택했다는 이유만으로 그를 영원히 사랑하는 척 꾸미고 살기에는 난 너무 감정에 솔직했다.

한순간은 그가 날 선택할까 봐 두려웠다가 다른 순간은 그가 날 버릴까 봐 두려웠다. 한순간은 그가 왕위를 선택하길 바랐다가 다른 순간은 그가 왕위를 버리길 기도했다. 하지만, 어쨌든, 선택은 내 몫이 아니었다.

1936년 12월 3일, 데이비드가 내게 잠시 프랑스로 떠나라고 권했다. 그리고 일주일 뒤인 1936년 12월 11일, 영국 국영 방송 BBC 라디오를 통해 퇴위를 선언했다.

"나는 사랑하는 여인의 도움과 뒷받침 없이는 국왕의 무거운 책임과 임무를 뜻한 바대로 수행하는 일이 불가능하다는 것을 깨달았습니다."

많은 사람을 충격에 빠뜨린 퇴위 선언이었다. 다음 날 퇴위법 선포로 데이비드의 퇴위가 확정되었다. 즉위 325일 만이었다. 데이비드의 남동생이 그의 뒤를 이어 조지 6세로 즉위했다.

조지 6세의 대관식.

"폐하께 신의 은총이 계시옵기를. 비록 나는 왕이 아닐지라도."

데이비드는 남동생을 축복하고 오스트리아 빈으로 향했다.

우리는 내 이혼 판결이 확정될 때까지 잠시 떨어져 지내야 했다.

데이비드는 매일 편지를 보내 주었다

"내가 처한 지금의 상황이, 당신과 할 수 없는 이 처지가 너무나 증오스럽소."

나도 매일 데이비드에게 편지를 썼다.

"사랑하는 당신이 우는 소리를 저는 차마 들을 수가 없습니다. 당신과 함께 있고 싶습니다. 곧 저에게 와 주세요."

내 답장이 도착하기도 전에 데이비드의 편지가 도착했다.

"당신을 더욱더 사랑한다는 말을 하기 위해 이 편지를 쓰오. 앞으로 18일 동안의 낮과 밤이 그리 지겹지 않기를 빌겠소. 요즘처럼 지옥 같은 몇 달이 지난 뒤에는 반드시 행복이 가득한 날이 올 것으로 확신하오. 당신의 데이비드를 위해서라도 소중한 당신의 몸을 잘 간직하기 바라오."

데이비드는 오스트리아에서 조지 6세에게 윈저 공작의 작위를 받았다. 그러나 이 조치는 개봉칙허(開封勅許, Letters paten)였다. 즉 의회와 정부의 승인이 필요했다. 다행히 영연방 정부들은 칙허를 만장일치로 통과시켰다. 그리고 마침내 나의 이혼 절차가 마무리 되었다.

1937년 6월 3일, 우린 프랑스 투르 근교의 샤토 드 캉데에서 결혼했다. 내 나이 마흔이었다. 마침내 꿈이 현실이 되는 순간이었다.

전 세계가 주목한 결혼식이지만 하객이 열여섯뿐인 초라하고 쓸쓸한 결혼식이었다. 데이비드의 가족은 당연히 아무도 참석하지 않았다. 영국 왕실과 정부는 단 한 명의 축하객도 보내지 않았다. 우리 결혼에 단호한 반대 의사를 표명한 것이다. 우리 결혼식에 참석하지 못해 미안하다며 켄트 공작이 결혼 선물을 보내왔지만 우린 그 선물을 돌려보냈다.

왕실은 우리의 결혼을 트집 잡으려고 안간힘을 썼다. 결혼식 장소는 샤를 브도(Charles Bedaux)의 저택이었고, 그는 나치독일을 위해 많은 활동을 한 사람이었다. 그래서 데이비드도 나치주의자가 되었다는 비난을 받아야 했다. 또한 결혼식 날짜는 데이비드의 아버지 조지 5세의 생일이기도 했다. 데이비드의 어머니 메리 왕대비는 데이비드가 아버지의 그늘에서 벗어나기 위해 일부러 이날을 잡았다고 생각하여 못마땅해했다. 도대체 죽은 아버지의 생일까지 염려해야 하는 이유를 알 수 없었다. 우린 생각하지도 못한 이유였다. 우리가 어떤 장소에서 결혼하든, 어떤 날에 결혼하든 우리의 결혼이 못마땅한 이들에게는 모든 게 흠이었다.

난 일부러 파란색 구두를 신고, 파란색 장갑을 끼고, 파란색 모자를 쓰고, 파란색 웨딩드레스를 입었다. 데이비드와의 첫 만남을 기념하고 영원한 사랑을 맹세하는 의미에서 선택한 색이었다. 사람들은 그 파란색을 '심프슨 블루'라 불렀다. 심프슨 블루는 귀족과 왕실에 굴하지 않은 당당한 서민인 나의 사랑이었다. 물이 한 방울 한 방울 모여 바다가 되듯 내 우울한 파란빛 과거는 결국 데이비드를 향하기 위한 여정에 불과했다. 심프슨 블루는 왕관을 버린 데이비드의 사랑이었다. 폭풍우가 치면 검은빛으로, 일출과 노을에는 붉은빛으로 매 순간 그 빛깔이 달라지는 바다처럼 상황에 따라 빛깔이 달라질 뿐 본질은 달라지지 않는 우리의 사랑이었다.

데이비드가 내 손가락에 결혼반지를 끼워 주었다. 왕실 공식 보석상인 카르티에의 반지였다. 반지에 새겨 넣은 단 한 단어 'Eternity(영원)'. 우리의 사랑이었다.

결혼한 뒤에도 영국 왕실은 철저히 나를 무시했다. 내게 공작부인의 지위도 내리지 않았고, 내가 전하(Her Royal Highness)로 불리는 것도 허용하지 않았다. 데이비드의 어머니 메리 왕대비와 조지 6세의 부인 엘리자베스 왕비의 뜻이었다. 난 다만 윈저 공작과 함께 사는 '평민' 아내일 뿐이었다.

엘리자베스 왕비는 내 이름조차 불경스럽다는 듯 나를 '그 여자 (that woman)'라고 불렀다. 아무리 엘리자베스가 왕비라 해도 난 손윗동서였다. 그들이 날 인정하지 않는다면 나도 그들을 인정할 필요가 없었다. 난 엘리자베스 왕비를 미세스 템플(Mrs. Temple)이라고 불렀다. 남들이 물으면 템플(사원)처럼 심지가 굳건하다는 뜻이라고 변명했지만, 사실 그 똥고집이 싫어서 비꼬는 거였다. 게다가 엘리자베스는 셜리 템플과 비슷하게 생겼다. 기분이 좋을 때면 '쿠키'나 '케이크'라고 불러 주기도 했다. 엘리자베스의 취미는 과자 굽기였다. 엘리자베스도 두 딸도 과자 먹기가 또 다른 취미였다. 취미 덕분에 모두가 참으로 통통했다. 사람은 부유할수록 좋고 몸은 날씬할수록 좋다는 내 가치관과는 어긋난 취미였다.

영국 왕실이 반대하든 말든 시종이나 절친한 사람들은 날 전하라고 불러 주었다. 그때마다 데이비드는 마음 아파했지만 어쩔 도리가 없었다.

데이비드 또한 영국 왕실로부터 배척당했다. 왕실은 데이비드가 영국 땅을 밟는 것조차 거부했다. 어부지리로 왕위에 오른 조지 6세에 대한 여론이 더 위태로워질까 봐 두려워한 영국 왕실과 정부의 조치였다. 스탠리 볼드윈 수상이 나쁜 소문을 퍼뜨려도 데이비드는 여전히 국민들에게 인기가 높았다.

조지 6세는 말도 더듬는 데다 대중 앞에 서는 것도 두려워하는 겁쟁이였다. 엘리자베스 왕비는 스코틀랜드 출신이라 잉글랜드에서는 절대 환영받을 수 없었다. 국민들은 수군거렸다. 그들은 말더듬이 조지 6세가 아니라 심프슨 부인을 떼어 내고 잉글랜드인과 결혼할 수 있는 에드워드 8세를 원했다. 아직까지도….

이런 상황에 데이비드가 국민들 앞에 나타나면 둘의 상반된 모습을 더 정확히 비교할 터였다. 우린 영국에서 추방당한 거나 마찬가지였다.

우린 프랑스에 정착하기로 했다. 보아드볼로냐에 거대한 저택을 사서 윈저 빌라라고 이름 붙였다. 난 왕비가 아니어도 왕비처럼 화려하게 살기로 결심했다. 소비와 지출을 통한 일종의 심리 치료였다. 열여덟 명의 시종은 쉴 틈 없이 바삐 움직였다. 내가 입는 유럽 최고 디자이너의 드레스를 세탁하느라, 하루에도 몇 번씩 나의 머리를 손질하느라, 우리가 주최하는 파티를 준비하느라….

데이비드는 내게 선물할 핑계를 찾기에 바빴다. 결혼기념일, 밸런타인데이, 크리스마스…. 데이비드는 우리의 추억을 직접 디자인하여 카르티에의 보석에 새겨 넣었다. '신이 월리스를 위해 왕을 구하셨다.'라고 새긴 십자가 팔찌, '꼭 안아 주세요.'라고 새긴 커프스 단추, 우리가 여행한 길들을 새긴 담뱃갑, 우리의 이니셜인 W&E를 새겨 넣은 수많은 보석. 카르티에의 거장 디자이너 잔 투생은 나만을 위한 보석을 만드느라 다른 일은 모두 제쳐야 했다.

비록 왕위에서 물러났지만 데이비드는 여전히 '나'라는 국가에서 왕이었고 난 왕비였다. 비록 공작부인도 되지 못했지만 난 공작부인보다 높은 명성을 얻었다. 우린 수많은 국가의 공식 행사에 초대받았고, 수많은 사람의 파티에 참석했다. 삶을 살아가는 데 왕위 따위는 중요하지 않았다. 우리의 삶이, 우리의 행복이 그걸 증명했다.

1939년 9월 1일, 제2차 세계대전이 일어났다. 영국은 데이비드에게 프랑스 담당 연락장교를 맡겼다. 왕위에 있던 사람에게 겨우 연락장교를 하라는 것도 기가 막힌데, 그나마 명함뿐인 직함이고 중요한 업무는 아무것도 없었다. 데이비드는 나라를 위해 무엇이든 하고 싶어 했다. 하지만 데이비드의 바람이 왜곡되어 전해졌다. 데이비드가 자신을 정부 요직에 기용하지 않는다고 불평을 늘어놓았다는 소문이 퍼졌다.

리스본에 있는 동안 나치가 그에게 왕위를 제공하겠다고 접근했다. 데이비드는 단칼에 그 제안을 거절했다. 하지만 우리를 바라보는 비뚤어진 시선들은 다른 이야기를 만들어 냈다. '우리가 히틀러의 후원자가 되었다. 데이비드가 스페인으로 피난 갔을 때 친형제인 조지 6세를 버리고 독일인들과 의형제를 맺었다. 내가 주영 독일대사였던 요아킴 폰 립벤트로프와 외도하며 독일 스파이 노릇을 했다.' 소문은 꼬리에 꼬리를 물고 퍼져 나갔다.

나도 데이비드도 나치와 파시즘에 대해 옹호 발언을 한 건 사실이었다. 하지만 다른 모든 건 소문에 불과했다. 우리가 나치 편이라면 왜 파리가 함락되었을 때 포르투갈, 스페인 등지로 피난을 다녔겠는가.

하지만 전쟁은 사람들이 이성적으로 생각할 수 없게 만들었다. 윈스턴 처칠 수상은 우리에게 영국으로 돌아오라고 했다. 데이비드는 동생과 제수, 즉 조지 6세와 엘리자베스 왕비가 나를 공식적으로 만나 달라는 조건을 붙였다. 그 단순한 조건에 윈스턴 처칠 수상은 불같이 화를 내며 자발적으로 오지 않으면 강제로 송환하겠다고 경고했다. 그리고 "저열한 사람들 중에서도 가장 저열한 사람들의 사랑"이라며 우리에게서 돌아섰다.

우린 서인도제도의 영국 식민지 바하마 총독으로 가라는 영국 정부의 제안에 동의했다. 사실상 '유배'였다. 전(前) 왕을 위한 직업으로는 상대적으로 하찮은 일이지만, 데이비드는 매우 만족스러워했다. 어쨌든 영국을 위해 무언가 할 수 있다는 것만으로도 데이비드는 흥분했다. 하지만 나는 바하마의 삶이 싫었다. 그곳에는 화려한 의상실도 없고 신나는 파티도 없었다.

제2차 세계대전 중에 조지 6세의 인기가 드높아졌다. 조지 6세는 독일의 공습에 포격으로 죽을 뻔하면서도 런던을 지켰고, 위험을 무릅쓰며 군대, 공장, 공습 피해 지역을 시찰했다. 노르망디 상륙 작전 전에는 버나드 몽고메리 장군의 지휘 아래 출정을 기다리는 영군 군대와 하루를 보내기도 했다. 엘리자베스 왕비도 끝까지 피난 가지 않고 기어이 공주들과 함께 런던에 남았다. 그 사실만으로도 국민들은 엘리자베스 왕비 편으로 돌아섰다. 아돌프 히틀러가 엘리자베스 왕비를 '유럽에서 가장 위험한 여인'이라고 부르자 영국 국민들은 열광했다. 그들의 딸 엘리자베스 공주는 영국여자국방군에 입대해 다른 병사들과 똑같이 탄약을 나르고 자동차를 수리했다. 이제는 우리가 돌아간다 해도 더 이상 조지 6세의왕위에 위협이 되지 않았다. 그제야 우린 겨우 바하마에서 벗어날수 있었다.

하지만 영국 왕실은 여전히 날 거부했다. 나도 화해의 손길을내밀지 않았다. 동서인 엘리자베스 보우스 라이언은 꼴도 보기 싫었다. 내 덕에 왕비가 된 주제에, 내가 누려야 하는 모든 걸 훔쳐간 주제에 고고한 척하는 건 꼴도 보기 싫었다.

동서 엘리자베스는 딸 엘리자베스 공주의 결혼식에 나뿐만 아니라 데이비드도 초대하지 않았다. 시누이 메리 공주도 화가 나서결혼식에 불참했다. 그래도 데이비드는 어머니인 메리 왕대비를만나기 위해 간혹 런던에 가곤 했다.

1952년 2월 6일, 조지 6세가 잠을 자다 평안히 세상을 떠났다.데이비드는 장례식에 참석했지만 난 아니었다. 엘리자베스 왕비는 세계대전 전후 복잡한 정치 상황에서 왕위에 오른 조지 6세가스트레스를 받아 젊은 나이에 죽은 거라며 날 더 미워하기 시작했다. 내 판단으로는 착해 빠지기만 한 조지 6세가 기가 센 엘리자베스 왕비의 등쌀 때문에 일찍 죽은 것 같았다. 동서 엘리자베스 왕비는 어린 딸 엘리자베스가 여왕이 되자 퀸 마더(왕대비)로 더욱더 기세를 떨쳤다.

1953년 3월 24일, 데이비드의 어머니가 죽었다. 데이비드는 장례식에 참석할 수 있었다. 난 이번에도 거부당했다. 이젠 익숙해진 일이었다. 더 이상 화내는 것조차 우스울 정도로.

우리는 미국과 유럽 일대를 여행하거나 프랑스의 저택에서 조용한 시간을 보냈다. 난 회고록《THE HEART IT'S REASONS》를 출간하고, 〈보그〉를 통해 전 세계 패션 리더로 칭송받았다. 하지만 내 가족인 왕족들은 날 마녀 취급 했고, 내 집인 왕궁에는 한 발자국도 들여놓을 수 없었다. 그리고 사람들은 여전히 나를 '심프슨 부인'이라 부르며 우리의 사랑을 조롱했다.

내가 왕비가 되려고 의도적으로 데이비드에게 접근하여 유혹했다는 비난은 우스웠다. 그래, 데이비드의 신분은 충분히 매력적이었다. 하지만 누구나 그렇지 않나? 누군가를 사랑한다는 건 그 사람의 외모, 신분, 능력 등 모든 것을 포함하는 말이다. 조건만 따져서 사랑을 잘라 버리는 게 문제지 조건을 보고 사랑에 빠지는 건 문제가 되지 않는다. 물론 조건만 따져서 사랑하지 않는 사람과 결혼하는 건 문제가 된다고 본다. '사랑'과 '결혼'은 분명 다른 의미인데 사람들은 그걸 모르는 듯했다.

내가 왕비가 되려는 목적만 있었다면 데이비드가 퇴위하여 윈저 공작이 되었을 때 이미 도망갔을 것이다. 차마 그때는 도망가지 못했다고 해도 몇 십 년 동안 왕비가 되기는커녕 공작부인이라는 호칭조차 못 쓰면서 결혼을 유지하지는 않았을 것이다.

내가 나치 측의 스파이여서 데이비드에게 계획적으로 접근했다는 비난도 황당했다. 나치 측 스파이가 공개적으로 나치를 지지하는 발언을 하고 주영 독일대사와 바람피운다는 소문이 돌 정도로 친하게 지내겠는가. 나치 측 스파이였다면 전쟁이 끝났는데 왜 결혼을 유지하겠는가.

내가 나쁜 의도로 접근한 것이 사실이라고 해도 데이비드가 속아 넘어갈 정도로 순진하지는 않았다. 데이비드는 스무 살 이후 군 총사령관, 보병장, 교사, 약제사, 육군 교관, 연방 행정관, 라디오 뉴스 해설자, 국방 행정관, 재무장관, 내무장관, 에든버러대학 총장, 해군 장관, 의사 등 수많은 직업을 거쳤다. 외교 활동을 위해 전 세계를 돌아다녔고, 각계각층의 사람들을 만났다. 누군가에게 속아 넘어가기엔 꽤 많은 나이였고, 그렇듯 순진하다고 꾸미기엔 다양한 여자를 만났으며, 세상을 모른다고 하기엔 너무 많은 직업을 거치며 수많은 경험을 쌓았다. 그래도 그가 나에게 속았다고 주장한다면 그건 데이비드가 순진해서가 아니라 멍청해서라는 뜻이었다.

하지만 사람들은 끊임없이 우리의 사랑을 의심하고 수없이 우리의 사랑을 시험하려 들었다.

1967년, 결혼한 지 30년이 지나서야 왕실은 날 가족으로 인정했다. 조카인 엘리자베스 2세의 단호한 결단으로 공식적인 초대를 받아 데이비드 어머니 메리 왕대비의 기념비 제막식에 참석했다.

5년 뒤 데이비드가 심각한 병에 걸려 사경을 헤맬 때는 조카 부부인 엘리자베스 2세 여왕과 에딘버러 공작이 파리의 저택으로 직접 문병을 오기도 했다.

비록 아이는 없었지만 35년의 결혼생활은 평화로웠다.

1972년 5월 28일, 데이비드가 먼저 세상을 떠났다. 난 검은색 상복에 심프슨 블루 숄을 걸치고 장례식장에 갔다. 다행히 영국 왕실은 데이비드가 왕실 가족 묘지인 윈저성의 프로그모어에 묻히는 걸 허락했다. 데이비드는 죽어서야 나 때문에 쫓겨난 왕궁으로 돌아갈 수 있었다.

난 모든 일에 흥미를 잃었다. 보석을 디자인하는 것도, 외모를 가꾸는 것도 신나지 않았다. 언제나 신발을 신겨 주던 데이비드가 없으니 외출도 하고 싶지 않았다. 내가 '세상에서 가장 칭송받는 여인'이 되기를 원했던 데이비드가 없으면 아무것도 의미가 없었다.

그 없이 보낸 14년, 난 매일 추억을 되새기며 살아남을 수 있었다.

1986년 4월 24일, 난 마지막 숨을 몰아쉬며 유언을 흘렸다. 심프슨 블루 옷으로 갈아입혀 달라고…. 그를 처음 만난 날처럼. 그가 모든 것을 버리고 나를 선택한 퇴위식날처럼. 우리의 초라한 결혼식날처럼. 그가 내 곁을 떠난 장례식날처럼. 다시 그의 곁으로 가는 순간, 난 심프슨 블루 드레스를 입고 싶었다.

에드워드 8세의 왕위 포기 선언문

오랫동안 기다려 온 끝에 마침내 지금에서야 저 자신의 생각을 말할 수 있게 되었습니다. 지금까지 침묵한 것은 무엇을 감추기 위해서가 아니라 제가 이 문제를 언급하는 것이 법률상 허용되지 않았기 때문입니다.

몇 시간 전에 저는 왕으로서 그리고 황제로서 마지막 임무를 수행했습니다. 제 동생 요크 공작에게 왕위를 넘기는 일이었습니다.

이제 제가 처음으로 할 말은 그에게 충성을 다하겠다는 선서일 것입니다. 진심으로 저는 충성을 맹세합니다.

제가 왕위를 버릴 수밖에 없는 이유는 다들 알고 있으리라 믿습니다. 그러나 이것만은 알아주었으면 합니다. 제가 대영제국을 잊어버려서 이런 결정을 내린 것은 결코 아닙니다. 전 왕세자로서, 최근에는 왕으로서 25년간 봉사하려고 노력한 국가를 영원히 기억할 것입니다.

하지만 사랑하는 여인의 도움과 뒷받침 없이는 국왕의 무거운 책임과 임무를 뜻한 바대로 수행하는 것이 불가능했습니다.

저 혼자서 자발적으로 이 결정을 했다는 것도 분명히 알아주기 바랍니다. 이것은 전적으로 제가 판단해야 할 문제였습니다. 이 일과 관련된 다른 한 사람은 마지막 순간까지도 저를 설득해 다른 방향의 결정을 내릴 것을 권유했습니다.

저는 오로지 모두에게 가장 좋은 선택을 하고 싶은 마음뿐이었습니다. 그리고 제 인생의 가장 중요한 결정을 내렸습니다. 제 동생은 오랫동안 공직에 몸담아 오면서 훌륭한 자질을 갖추었습니다. 그 사실이 제가 그나마 수월하게 결정할 수 있도록 도왔습니다. 이제 그는 어떤 방해나 불상사 없이 대영제국의 생존과 발전을 위하여 저의 자리를 대신할 수 있을 거라고 확신합니다.

그는 저에게는 허락되지 않은 무엇과도 비교할 수 없는 축복을 받았습니다. 그리고 여러분 모두가 그의 축복을 함께 기뻐해 주었습니다. 그 축복은 바로 아내와 아이들이 있는 가정입니다.

근래 어려운 시기에 저는 왕후이신 어머니와 가족들의 위로를 받을 수 있었습니다. 각부 장관들, 특히 볼드윈 수상은 저를 깊은 배려로 대해 주었습니다.

저와 각료들 그리고 저와 의회 사이에는 어떠한 법적 의견 차이도 없었습니다. 부왕께서는 헌법의 전통에 따라 저를 키우셨고, 그렇게 교육받은 저는 애초에 그런 문제를 일으킬 수 없었습니다.

왕세자 시절부터 지금까지 대영제국 어디에서 살든, 어디를 방문하든 저는 모든 계층의 국민들에게 최고의 환대를 받았습니다. 그 점에 대해 깊이 감사드립니다.

이제 저는 모든 공직에서 사퇴합니다. 그리고 저의 짐을 내려놓습니다. 어느 정도의 시간이 흘러야 고국으로 돌아올 수 있을 겁니다. 그러나 저는 언제까지나 대영제국의 국민으로서 살아갈 것이며, 깊은 관심을 가지고 나라의 앞날을 지켜볼 것입니다. 그리고 언제든지 신하의 자격으로 국왕폐하께 충성할 기회가 온다면 반드시 최선을 다해 임할 것입니다.

이제 우리는 새로운 국왕을 모시게 되었습니다. 새로운 국왕폐하와 그의 백성인 여러분의 행복과 번영을 진심으로 기도하겠습니다.

여러분 모두에게 하느님의 축복이 내리기를 빕니다.

국왕폐하 만세!

1936년 12월 11일 밤, 대영제국의 왕 에드워드 8세가 영국 국영방송 BBC 라디오를 통해 발표한 퇴임사다. 한글로 번역하니 꽤 길어졌지만 영문은 간결한 문장에 많은 내용을 담아내고 있어 그 놀라운 문장력에 감탄했다. 세간에서는 이 연설을 윈스턴 처칠이 작성했다는 말도 있다. 처칠은 정치가로 널리 알려졌지만《제2차 세계대전》으로 노벨문학상을 수상할 만큼 문학성이나 문장력도 뛰어났다.

사람들은 왕위를 버리고 선택한 사랑에 열광했다. 하지만 사람들이 열광한 건 에드워드 8세의 사랑이고, 그 사랑의 대상인 월리스는 오히려 증오만 불러일으켰다. 사람들은 가족에게 외면당하는 에드워드 8세의 사랑을 안타까워했다. 하지만 월리스가 사랑하는 남자의 가족에게 버림받은 건 당연하게 여겼다. 고귀한 왕족들이 그를 사랑하듯 그를 사랑한다는 이유만으로 평범한 그녀는 거부당해야 마땅했다.

이미 가족에게 버림받은 그녀였기에 상처는 쓰렸다. 아무도 그녀의 가족이 되고 싶어 하지 않았다. 그녀는 그들에게 '며느리'도 '숙모'도 '동서'도 될 수 없었다. 그녀는 그들에게 '그 여자'일 뿐이었다. 그녀는 가족들에게 이름도 없는, 그래서 존재조차 하지 않는 '그 여자'여야만 했다.

그래서 그녀는 심프슨 부인이라 불려야만 했다. 비록 공작부인의 직위를 허락받지 못해 '전하'라는 단어는 빼더라도 에드워드 8세의 성을 따라 윈저 공작부인이라 불려야 했는데도. 사람들은 윈저 공작의 부인이 된 그녀를 인정하고 싶지 않았다. 그저 예전처럼 그녀가 심프슨의 부인으로 되돌아가길 바랐다. 그녀는 이혼한 전남편의 여자, 심프슨 부인으로 남아야 했다.

사람들은 에드워드 8세의 사랑을 위대하다고 여겼다. 왕위를 버렸다는 것만으로 에드워드 8세의 사랑은 역사상 가장 희생적인 사랑이 되어 버렸다. 하지만 그녀는 에드워드 8세의 퇴위를 종용했다고 평생 손가락질받아야 했다. 그런 세상의 오해와 억측들을 견디는 것도 희생이었다.

하지만 세상은 그녀의 희생을 당연하다고 여겼다. 너무 억울해 자서전도 쓰고, 너무 서러워 사후에 개인적인 편지들까지 공개하라고 유언했다. 그녀가 에드워드 8세를 사랑했으며 퇴위를 강요하지 않았다는 증거들이었다. 그래도 사람들은 그녀의 사랑을 끊임없이 의심한다. 그녀의 사랑이 못 미더워 그들의 사랑을 세기를 넘어선 역사상 가장 위대한 사랑이 아니라 사랑으로 포장된 역사상 가장 위대한 스캔들이라 조롱한다.

사람들은 신데렐라 이야기를 좋아한다. 하지만 그 사랑이 내가 아닌 다른 이를 대상으로 동화가 아닌 현실에서 이루어지는 건 싫어한다. 게다가 늙고 못생긴 신데렐라 따위는 원하지 않았다. 그래서 그녀의 사랑은 잔인하게 짓밟혀 버렸다.

그들은 결혼생활 내내 불화설이 나돌았다. '세기의 사랑'이 식은 지 오래됐지만 차마 이혼하지 못한다는 소문이었다. 사람들은 그들의 사랑이 깨지길 바라고 기도하며 기다렸다. 하지만 그들은 죽음이 갈라놓을 때까지 함께했다.

사람들은 자신의 기도를 들어주지 않은 신을 원망했다. 사람들은 그들의 사랑 대신 깨어진 자신의 바람을 인정할 수 없었다. 그래서 그들이 함께했지만 사랑하지는 않았다고 확신했다. 어쩌면 사실일 수도 있다. 왕위 대신 선택한 '세기의 사랑'이 사라져서는 안 된다는 강박관념 때문에 사랑하는 척해야 했고, '세기의 사랑'이라는 이름을 지켜야 한다는 의무감 때문에 같이 해야 했을 수도 있다.

'그들은 결혼해서 행복하게 살았습니다.'라는 동화의 마지막이 절대로 불가능하다는 수많은 기혼자의 경험에서 우러나온 추측이었다. '결혼해서 _____ 살았습니다.'라는 문장의 빈칸을 '후회하면서'로 채워야 했던 기혼자들은 에드워드 8세가 후회했을 거라고 확신한다.

난 확신을 넘어서서 에드워드 8세가 후회했다는 건 분명하고 당연하다고 생각한다. 모든 인간이 그렇지 않은가. 자신의 과거를 후회하지 않는 사람이 있을까? 자신의 선택을 아쉬워하지 않는 사람이 있을까?

난 중국집에서 자장면을 한 입 넣자마자 후회할 때도 많다. 짬뽕 먹을 걸 그랬나, 후회하면서 자장면 한 그릇을 다 비운다. 죽어도 자장면이 싫다면 안 먹고 굶거나 짬뽕을 주문하면 되는 거다. 결혼도 똑같다. 후회하더라도 자신의 선택에 따른 결과는 자신이 짊어져야 한다. 에드워드 8세도 월리스도 자신의 선택에 따른 삶에 최선을 다했다. 끝까지 함께 살았으니까.

결혼은 사랑만으로 이루어질 수 있다. 하지만 결혼이라는 사회적 법적 구속을 유지하는 일은 꼭 사랑만으로 이루어지는 게 아니다.

"자식 때문에 살지."

"정 때문에 살지."

결혼한 사람들이 푸념처럼 내뱉는 말이다. 자존심, 배우자나 자식에 대한 의무감, 책임감, 사회의 시선, 배우자의 재산이나 권력 심지어는 동정이나 연민까지도 결혼을 유지하는 이유가 된다. 그렇게 결혼은 여러 가지 이유로 유지된다. 어쩌면 결혼은 사랑한 그 순간에 대한 의무감으로 유지되는 걸 수도 있다.

그들의 결혼생활이 불행했든, 후회로 가득 찼든 상관없다. 모든 걸 버리고 사랑을 선택할 정도로 사랑할 수 있었던 그 순간만으로도 그들의 사랑은 사랑이라 부를 자격이 충분하니까.

에드워드 8세가 후회했다고 말하는 사람에게 말해 주고 싶다. 당신이 맞다. 에드워드 8세는 후회했을 것이다. 사랑과 왕위를 놓고 선택을 고민한 시간들을…. 에드워드 8세는 후회해야만 했다. 더 빨리 모든 걸 버리지 못한 것을….

월리스가 후회했다고 말하는 사람에게 말해 주고 싶다. 당신이 맞다. 월리스도 후회했을 것이다. 에드워드 8세의 왕위를 위해 그녀의 사랑을 포기하려던 시간들을…. 월리스는 후회해야만 했다. 더 빨리 그들의 사랑을 당당히 세상에 알리지 못한 것을…. 그들은 후회했을 것이다. 조금 더 일찍 함께하지 못한 것을…. 하지만 그들은 모든 걸 버릴 만큼 사랑할 수 있었던 그 순간을 후회하지는 않았을 것이다. 사랑하지 못한 걸 후회할 수는 있어도 사랑한 걸 후회할 수는 없으니까.

원스턴 처칠의 말처럼 그들은 세상에서 가장 저열한 사람들일지도 모른다. 하지만 저열한 사람들의 '사랑'임은 확실하다. 처칠도 인정했듯이.

어떤 이가 세기의 로맨스에 부러움을 드러내자 월리스는 '그 세기의 로맨스가 얼마나 힘든 일인 줄 아느냐'고 반문했다고 한다. '세기의 사랑'을 지켜보는 타인의 시선은 그들에게 때로는 의심으로, 때로는 감시로, 때로는 기대로 다가왔을 것이다. 그들의 사랑에 대한 세상의 끊임없는 의심이 그들의 마음까지 파고들까 봐 두려웠을 것이다. 그들의 사랑에 대한 감시 때문에 마음 놓고 부부싸움 한 번 제대로 못 했을 것이다. 그들의 사랑에 대한 기대 때문에 언제나 행복한 척 꾸며야 했을 것이다.

어쩌면 그들은 서로 사랑해서 힘든 게 아니라 그들의 사랑을 의심하는 사람들 때문에, 그들의 사랑을 시기하는 사람들 때문에, 그들의 사랑을 환상으로 생각하는 사람들 때문에 힘들었을 것이다. 그러니 지금 세기의 사랑을 못 하는 당신, 너무 비관하지 않아도 된다. '세기의 사랑'이라는 건 참 버겁고 무거우니까. 우리는 그냥 '평범한 사랑'에 만족하자.

그리고 이제는 그들의 사랑을 무거운 시선의 감옥에서 풀어 주자. 그들이 진정으로 세기의 사랑을 했음을 인정하고, 그들의 사랑이 우리의 편견을 넘어 훨훨 날아가게 내버려 두자.

1894년 6월 23일 에드워드 8세, 영국 서리주 리치먼드에서 출생

1896년 6월 19일 월리스, 미국 펜실베이니아에서 출생

1916년 월리스, 미 해군 대위 얼 윈필드 스펜서 주니어와 결혼

1927년 월리스, 영국 사업가 어니스트 앨드리치 심프슨과 결혼

1936년 1월 20일 에드워드 8세, 즉위

1936년 12월 11일 에드워드 8세, 퇴위

1937년 6월 3일 월리스와 에드워드 8세, 결혼

1972년 5월 28일 에드워드 8세, 사망

1986년 4월 24일 월리스, 프랑스에서 사망

〈에드워드 8세의 어린 시절〉

에드워드 8세(Edward Albert Christian George
Andrew Patrick David Windsor, Edward VIII, 1894년 6
월 23일~1972년 5월 28일)는 조지 5세와 메리 왕비
사이에서 태어난 장남이다. 왕세자 시절 '사랑받
는 아폴로'라 불리며 대중의 기대를 한몸에 받았
다. 하지만 워낙 자유분방한 성격 탓에 아버지 조
지 5세와 사이가 나빴다. 왕세자였지만 군주제에
대한 회의감을 여러 번 언급했다.

〈젊은 시절의 월리스〉

월리스는 티클 월리스 워필드와 앨리스 몬태규 워필드 사이에서 태어났다. 할아버지 헨리 맥티에 워필드는 밀가루 상인이었고, 외할아버지 윌리엄 래턴스 몬태규는 주식 중개인이었다. 이름 중 베시는 이모인 베스를 기리기 위한 것이고, 월리스는 아버지를 기리기 위한 것이었다. 월리스는 젊은 시절 베시 월리스로 불렸으나 시간이 흐르며 그 이름을 싫어했다. 아버지는 월리스가 어릴 때 죽고 어머니는 경제 능력이 없어 월리스 는 꽤 어렵게 자란 것으로 알려져 있다.

〈윌리스의 첫 남편〉

윌리스는 제복 입은 남자를 좋아했다. 그래서 스무 살이 된 1916년 11월 8일, 미 해군 소속 조종사인 얼 윈필드 스펜서 주니어(Earl Winfield Spencer Jr., 1888년 9월 20일~1950년 5월 29일)와 결혼한다. 유명한 주식중개인의 아들인 얼 윈필드 스펜서는 1910년, 미국 해군사관학교를 졸업했다. 결혼 직후인 1917년에 사령관이 되었으며, 해군 공군기지를 설립하기 위

해 샌디에이고로 이사했다. 윌리스는 스펜서의 술주정과 의처증 때문에 동거와 별거를 반복했다. 윌리스가 두 번째 남편인 어니스트 앨드리치 심프슨을 만나면서 11년간의 결혼생활이 끝났다. 스펜서는 윌리스를 포함해 다섯 번 결혼했다.

〈윌리스의 두 번째 남편〉

어니스트 앨드리치 심프슨(Ernest Aldrich Simpson, 1897년 5월 6일~1958년 11월 30일)은 미국 태생의 영국 선박중개인으로 윌리스와 만날 당시 유부남이었다. 물론 윌리스도 유부녀였다. 심프슨의 아내는 이혼 생각이 없어서 남편의 외도를 용인했으나 윌리스가 먼저 이혼한 뒤 심프슨에게도 이혼할 것을 종용했다. 윌리스와 심프슨은 결혼해서 런던에 정착한다.

심프슨은 제1차 세계대전 중 영국 육군인 콜드스트림경비대의 장교로 복무했으며 하버드대학을 졸업했다. 미국 시민권을 박탈당한 뒤 영국에 정착해 선박중개업으로 성

공했다. 심프슨은 아내 윌리스와 에드워드 8세의 외도를 용납했을 뿐만 아니라 이혼을 위해서 '위장 간통'을 했다는 소문이 돌 정도로 윌리스와 에드워드 8세의 사랑을 위해 희생했다.

이혼 후에도 윌리스와 심프슨은 친구로 남았다. 윌리스가 수술하고 입원했을 때는 꽃을 보내고, 윌리스가 회고록 작업을 할 때는 조언까지 할 정도였다. 심프슨은 윌리스를 포함해 네 번 결혼했다.

〈젊은 시절의 월리스〉

월리스는 어니스트 심프슨과의 결혼생활 중에 에드워드 8세를 만났고, 공식적인 불륜에 빠져든다. 하지만 에드워드 8세의 즉위에 영향을 줄까 봐 불륜을 감추기 위해 결혼생활을 유지했다.

에드워드 8세가 왕위를 계승하자 두 번째 남편과 이혼 소송을 벌였다. 당시 영국에서는 '간통'만이 이혼의 확실한 이유가 되었기에 월리스는 심프슨이 소꿉친구인 메리 커크와 간통했다는 이유로 고소했다. 하지만 일각에서는 어니스트 심프슨이 외딴 호텔에서 다른 여자와 정사를 벌이는 장면을 연출하는 대가로 15만 달러를 받기로 했다는 주장이 제기됐다. 어쨌든 월리스는 1936년 10월 27일, 또다시 이혼녀가 되었다.

〈결혼할 당시 에드워드 8세〉

에드워드 8세는 왕세자 시절부터 바람둥이로 유명했다. 이혼녀 프리다와 오랜 연인 관계였고, 동생 버티에게 프리다의 친구를 소개하여 더블데이트를 즐기기도 했다. 에드워드 8세와 달리 아버지의 말을 잘 따른 버티는 요크 공작 작위를 받는 조건으로 호주 출신의 이혼녀 실라와 헤어졌다.

전 세계에서 가장 인기 있는 남자였음에도 불구하고 에드워드 8세는 기혼 여성과 자주 불륜을 저질렀다. 에드워드 8세는 제1차 세계대전 중 서부 전선의 그레나디어경비대 장교로 프랑스에 발령받았는데, 자주 파리에서 파티를 즐겼다. 당시 마거리트 알리버트라는 유부녀와 불륜을 저질렀고, 전쟁이 끝나면서 관계를 정리했다. 하지만 마거리트 알리버트가 사보이 호텔에서 남편을 총으로 쏴 죽이면서 그들의 불륜은 다시 언급되었다. 월리스와 만나기 전에 에드워드 8세는 해운 회사 사장의 아내인 델마 퍼니스와 불륜 관계였다. 1931년 1월 10일, 델마 퍼니스는 자신의 시골 별장에서 열린 파티에서 월리스를 에드워드 8세에게 소개했고, 에드워드 8세는 델마 퍼니스가 뉴욕에 있는 여동생을 방문한 사이 월리스에게 순식간에 빠져들었다.

〈조지 5세와 메리 왕비〉

에드워드 8세는 왕세자 시절 유부녀나 이혼녀와 여러 번 스캔들을 일으켰고 결혼도 계속 미뤘다. 에드워드 8세의 아버지 조지 5세는 "에드워드가 평생 결혼하지 않아서 버티(조지 6세)나 릴리벳(엘리자베스 2세)이 왕위를 물려받았으면 한다." "장남이 결혼해도 아이를 갖지 않았으면 한다. 버티와 릴리벳의 왕위 계승에 누군가 끼어들지 않기를 하나님께 기도한다."라고 말할 정도였다. 결국 그 말은 현실이 되었다.

〈휴가를 즐기는 에드워드 8세와 월리스〉

에드워드 8세는 월리스와 함께 침대에 있는 모습을 왕실 직원들에게 들켰고, 이 소식은 아버지 조지 5세에게 곧바로 보고되었다. 조지 5세의 추궁에 처음에는 월리스와의 관계를 부정했지만, 점점 대담해져서 파티는 물론 휴가지까지 월리스를 동반했다. 또한 월리스를 어머니 메리 왕비에게 소개하기도 했다. 조지 5세는 스탠리 볼드윈 수상을 불러 "윈저가를 위협하는 심프슨 부인을 조사하라."고 명령했다. 월리스에 대한 보고서는 믿기 힘들 정도로 충격적이었다. 왕은 그 문서를 봉인하라고 지시했으며, 월리스가 왕비가 되면 절대 안 된다는 생각을 굳혔다.

1967년, 영국 정부는 왕위 포기 관련 문서에 대해 100년 동안 기밀에 붙여 둘 것을 명령했다. 하지만 1999년에 발표된 지침은 안보 기밀을 제외한 대부분의 문건을 공개하라고 요청했다. 결국 이 문건은 2002년 퀸 마더(엘리자베스 2세 여왕 모후) 서거 후 공개됐다.

〈조지 5세의 서거〉

1936년 1월 20일, 조지 5세가 샌드링엄(Sandringham)에서 서거했다. 에드워드 왕세자가 보위에 올라 에드워드 8세가 되었다. 조지 5세는 죽기 직전에도 한심한 장남을 걱정하며 총리에게 "저 애는 12개월도 못 넘기고 왕좌에서 내려올 거야."라고 한탄했다. 에드워드 8세가 월리스와 결혼하기 위해 퇴위하며 조지 5세의 예언은 사실이 되었다.

〈에드워드 8세의 즉위〉

1936년 1월 20일, 에드워드 8세
가 세인트제임스궁전(St James's
Palace)에서 자신의 즉위를 선포
하고 있다. 에드워드가 왕이 되고
첫 번째로 한 일은 월리스에게 전
화해서 자신이 왕이 되었다는 소
식을 알린 것이다.

〈결혼할 당시 월리스〉

에드워드 8세는 월리스와 결혼하기 위해 귀천상혼을 제시했다. 즉 월리스가 결혼하더
라도 여왕의 지위를 갖지 못한다는 것이다. 하지만 영국 총리 스탠리 볼드윈을 비롯해
영연방인 호주, 캐나다, 남아프리카공화국 총리는 에드워드의 제안을 거부했다.

"이 세상에 너무 부자거나 너무 마른 사람은 없어요. 반짝이는 걸 너무 많이 가진 사람
도 없죠." 월리스가 즐겨 한 말처럼 에드워드가 아무리 많은 보석을 선물해도 월리스
는 만족할 줄 몰랐다.

〈월리스와 에드워드 8세〉

에드워드 8세는 왕으로 재위하는 동안 해외 순방 까지 동행하는 등 월리스를 왕비로 대우했다. 에드 워드 8세가 월리스를 그토록 사랑한 이유는 월리 스가 에드워드 8세를 왕세자처럼 떠받들지 않고 평범한 사람처럼 대했기 때문이라고 한다. 어쩌면 예의 없는 행동일 수도 있는데, 첫눈에 반한 에드 워드 8세에게는 오히려 사랑의 이유가 되었다.

2002년 공개된 경찰 보고서에 따르면 월리스는 에드워드 8세와 만나는 중에도 따로 애인을 두었다. 포드 자동차 엔지니어 겸 판매원 인 가이 트런들이었다. 가이 트런들은 북잉글랜드 최고의 미남으로 유명했다. 그는 유 부남이었는데 경찰 특별팀의 보고서에 따르면 월리스가 가이 트런들에게 돈도 주고 값비싼 선물도 줬다고 한다.

〈월리스와 에드워드 8세의 결혼식〉

조지 5세의 죽음을 알게 된 월리스는 친구에게 말했다. "난 곧 영국 여왕이 될 거야."

에드워드 8세는 어떻게든 왕위를 유지하며 월리 스와 결혼하려 했지만 영국의 여론이 악화되었다. 에드워드 8세와 월리스의 관계 때문에 보수당의 인기도 떨어지고 군주제에 대한 회의론까지 제기 되었다. 결국 에드워드 8세는 퇴위를 결심한다.

조지 6세가 즉위하자마자 처음 한 일은 퇴위한 에드워드 8세에게 '윈저 공작' 작위를 내린 거였 다. 에드워드 8세는 빈에서 작위를 받았으며 이 후 윈저 공작이라 불렸다. 6개월 뒤 결혼한 월리 스는 '윈저 공작부인' 작위를 얻었을 뿐 메리 왕 대비와 엘리자베스 왕비의 반대로 전하(Her Royal Highness) 경칭은 끝내 받지 못했다.

〈월리스와 에드워드 8세의 결혼식이 열린 샤토 드 캉데〉

월리스와 에드워드 8세가 결혼한 장소는 프랑스계 미국인 사업가 샤를 브도의 저택이었다. 샤를 브도는 나치 활동을 했기에 결혼식 장소만으로도 월리스와 에드워드 8세의 결혼식은 비난받을 이유가 늘었다. 샤를 브도는 히틀러와 에드워드 8세의 만남을 주선한 것으로 알려져 있다. 에드워드 8세는 형제인 글로스터 공작과 켄트 공작, 사촌인 루이스 마운트바튼 경을 초대했지만 조지 6세가 왕족들이 결혼식에 참석하는 것을

금지했다. 결국 에드워드 8세의 가족들은 아무도 결혼식에 참석하지 않았다. 세계가 주목한 결혼식은 신랑 신부의 가족은 아무도 없이 열여섯 명의 하객만 참석한 초라한 결혼식이 되어 버렸다.

〈월리스와 에드워드 8세의 결혼반지〉

결혼반지에 새긴 단 한 단어는 'Eternity(영원)'였으며, 두 사람의 이니셜도 새겨 넣었다. 왕실 공식 보석상인 카르티에의 작품이다. 이혼녀의 재혼을 금지하는 영국 교회법에

따라 주교를 비롯한 목사들은 결혼식 주례를 거부했다. 그때 달링턴의 로버트 앤더슨 자르딘 목사가 먼저 결혼식 주례를 제안했다. 자르딘 목사는 결혼식 후 달링턴 목사로 복귀하려 했지만 교회에서 사임하라고 압박했다. 결국 자르딘 목사는 사임 후 캘리포니아로 이주했다.

〈월리스와 에드워드 8세의 약혼반지〉

'우리는 이제 서로의 것이야(We are ours now).'라고 새겨 넣었다. 희망을 상징하는 에메랄드가 결혼을 지켜 줄 거라는 믿음 때문에 에드워드 8세가 특별히 주문해 만든 카르티에의 작품이다. 에드워드 8세는 월리스에게 언제나 세상에서 단 하나뿐인 장신구를 선물했으며, 자신이 죽은 후에 보석들이 분해되어 다른 여인의 몸에 걸쳐지는 것이 싫다고 할 만큼 보석 컬렉션을 소중히 여겼다.

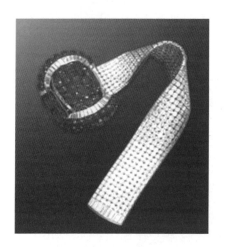

〈결혼 기념 목걸이〉

'우리의 계약을 위하여'라고 새겨 넣었다. 반 클리프 앤 아펠에서 제작했다. 월리스가 사망하자 에드워드 8세가 선물한 보석들은 '윈저 주얼리'라는 이름으로 경매에 넘겨졌다. 월리스는 경매액을 모두 에이즈 치료제를 개발하는 파스퇴르연구소에 기증하라는 유언을 남겼다.

〈생일 기념 목걸이〉

심프슨 부인의 마흔 살 생일에 윈저 공이 선물한 반 클리프 앤 아펠의 '타이 네크리스'다. '나의 월리스에게, 당신의 데이비드로부터'라고 새겨 넣었으며, 심프슨 부인이 디자인 작업에 참여했다.

〈월리스와 에드워드 8세 부부와 히틀러〉

월리스와 에드워드 8세는 퇴위 후 독일의 히틀러와 친분을 쌓았다. 제2차 세계대전 전후로 나치에 동조했다는 이야기도 있으며, 독일과의 외교 정책에 간섭해 외무장관 앤서니 이든을 곤란하게 만들기도 했다. 에드워드 8세의 아버지 조지 5세는 제1차 세계대전으로 반독일 감정이 생기자 독일 혈통임을 드러내지 않기 위해 작센 코부르크 고타 왕조라는 이름을 윈저 왕조로 바꿨다. 하지만 에드워드 8세는 독일 혈통에 대한 자부심이 있어 친독일 성향이 강했다.

〈에드워드 8세와 나치〉

에드워드 8세는 영국 정부의 우려에도 불구하고 독일 함선에 올라 1937년, 나치독일을 방문했다. 나치 고위 간부들과 식사를 하거나 파티를 하고 히틀러의 산장에 가서 호화로운 만찬을 즐겼다. 1939년에는 나치독일과 영국은 친밀하게 지내야 한다는 연설을 녹음했지만, 영국 공영 방송국인 BBC에서 방송을 거부했다.

〈조지 6세〉

조지 6세의 아내 엘리자베스 왕비는 월리스 때문에 소심한 남편이 원치 않는 왕위를 계승했다가 과중한 업무로 일찍 사망했다면서 평생 월리스를 용서하지 않았고 이혼녀를 혐오했다. 하필 조지 6세의 재위 기간은 제2차 세계대전과 냉전으로 국가적 위기 상황이 많았다. 조지 6세는 에드워드 8세가 퇴위하고 왕위를 물려받게 되자 부담감 때문에 어머니 메리 왕대비를 찾아가 한 시간 동안 울었다고 한다.

〈젊은 시절의 퀸 마더 엘리자베스〉

엘리자베스 보우스 라이언(Elizabeth Bowes-Lyon, 1900년 8월 4일~2002년 3월 30일)은 조

지 6세의 왕비이자 엘리자베스 2세 여왕의 어머니다. 퀸 마더(Queen Mother, 왕대비)라는 이름으로 더 잘 알려져 있다. 대영제국 최후의 아일랜드 왕비이자 인도 황후이며, 헨리 8세의 왕비들 이후 최초의 평민 출신 왕비다. 엘리자베스 왕비는 월리스를 싫어해서 '그 여자(that woman)'라고 불렀으며, 월리스는 엘리자베스 왕비가 단 음식을 좋아하는 걸 조롱하여 '쿠키(Cookie)'라고 불렀다고 한다.

〈엘리자베스 왕비와 조지 6세의 결혼식〉

조지 6세는 왕위에 오르기 전 요크 공작이었고, 엘리자베스와 조지 6세 모두 검소한 성격이라 결혼식은 화려하지 않았다. 조지 6세는 우유부단한 데다 말더듬이라 국민들에게 인기가 없는 왕자였다. 엘리자베스 왕비 역시 첫 번째 청혼은 거절했다가 그의 과묵한 매력에 끌려 두 번째 청혼을 받아들였다. 그들은 1923년 4월 26일 결혼했다.

〈조지 6세의 대관식〉

엘리자베스 왕비, 엘리자베스 2세, 메리 왕대비, 마거릿 공주, 조지 6세다. 1952년 2월 3일, 조지 6세가 암으로 사망했다. 많은 사람이 스트레스와 줄담배가 조지 6세의 발암 원인이라고 여겼다. 퀸 마더가 된 엘리자베스 왕비는 월리스 때문에 조지 6세가 즉위해 스트레스를 받았다면서 끝까지 원망했다. 퀸 마더는 "그래요, 그 여자가 내 남편을 죽였지요."라고 말했다. 엘리자베스 2세가 조지 6세의 뒤를 이어 지금까지 재위하고 있다.

〈월리스와 에드워드 8세〉

에드워드 8세 때문에 외교 문제와 영국 내의 정치 갈등이 계속되자 윈스턴 처칠은 에드워드 8세를 바하마 총독으로 발령 낸다. 하지만 월리스는 폭탄이 떨어지는 런던이 바하마보다 낫다며 말했다. "우리는 한 여자 (엘리자베스 왕비)의 질투와 윈저 공작이 영국에 있으면 현재의 국왕이 빛을 잃지나 않을까 하는 두려움 때문에 바하마에 버려졌다." 에드워드 8세는 1945년 바하마 총독을 사임할 때까지도 친나치 발언을 서슴지 않았다. 기자 회견에서 나치가 미국에 승리하는 날 영국 국왕으로 복귀하겠다는 선언을 했으나 전시 검열로 인해 보도되지 않았다고 한다.

앙리 카르티에 브레송 작품

"하지만 나는 조국을 포기하거나 평생 조국으로 돌아가지 않겠다는 의도는 전혀 없었고 이에 동의하지도 않았을 것이다." 에드워드 8세는 나이가 들면서 영국으로 돌아가

고 싶어 했지만 끝내 이루지 못했다. 영국 정부의 승인 없이는 영국에 돌아갈 수 없었다. 영국 정부에서 에드워드 8세가 입국하는 즉시 조지 6세의 동의 아래 비밀리에 지급하던 돈을 끊겠다고 했기 때문이다. 비밀리에 지급된 돈이 얼마인지는 공개되지 않았지만 에드워드 8세의 퇴위 전날 조지 6세가 승인했다.

〈월리스, 리처드 닉슨, 에드워드 8세〉
1970년, 리처드 닉슨 미국 대통령이 저녁
식사를 위해 백악관으로 초대했을 때 찍
은 사진이다. 1945년, 에드워드 8세가 바
하마 총독에서 물러난 뒤 월리스와 에드
워드 8세는 몇 년간 미국에 머물렀다.

〈얼마 전 경매에 나온
월리스의 브로치〉

결혼 20주년 브로치다. 에메랄드
를 이용해 이니셜 W(월리스)와 E(에
드워드)가 상징적으로 드러나게 세
공했다. 카르티에의 작품이다.

〈월리스와 에드워드 8세〉

1972년 5월 18일, 엘리자베스 2세 여
왕은 프랑스를 방문한 길에 월리스와
에드워드 8세를 찾아갔다. 엘리자베스
2세는 15분 동안 에드워드 8세와 대화
를 나눴지만 에드워드 8세의 상태가 좋
지 않아 많은 이야기는 못 한 것으로 알
려져 있다. 1972년 5월 28일, 여왕이
다녀가고 열흘 뒤 에드워드 8세는 일흔
여덟 생일 한 달 전 파리의 자택에서 사
망했다.

〈월리스와 에드워드 8세〉
에드워드 8세는 죽어서야
영국으로 돌아갈 수 있었다.
윈저성의 세인트조지예배당
에서 열린 장례식에는 엘리
자베스 2세 여왕과 월리스
외에도 많은 왕실 사람이 참
석했다. 월리스는 영국에 있
는 동안 버킹엄궁전에 머물
렀다. 에드워드 8세는 왕실
가족묘지(Royal Burial Ground)
의 빅토리아 여왕과 앨버트
대공 뒤에 묻혔다.

에드워드 8세가 죽자 월리
스는 칩거하여 조용히 살
았다. 말년에는 치매에 걸
려 변호사에게 착취당하는
등 불운을 겪었다. 월리스는
1986년 4월 24일, 여든아
홉의 나이로 사망했다. 윈저
성의 세인트조지예배당에서
열린 월리스의 장례식에는
퀸 마더와 앨리스 공주, 글
로스터 공작부인, 에딘버러
공작 등이 참석했다. 월리스
는 에드워드 8세 옆자리에
'윈저 공작부인, 월리스'라는
이름으로 묻혔다.

세상에 없는 아이

❧

가네코 후미코

金子文子

1903년 1월 25일~1926년 7월 23일

한국 이름은 박문자(朴文子), 일본의 아나키스트(무정부주의자)였으며
독립운동가인 박열의 아내다. 다이쇼 천황과 히로히토 황태자의 암살을
계획한 죄로 무기징역을 선고받고 복역 중 사망했다. 대한민국에서 두 번째로 추서된
일본인 독립유공자다. 대한민국에서 첫 번째로 추서된 일본인 독립유공자는
박열과 가네코 후미코의 재판 변호를 맡은 후세 다쓰지 변호사다.

박열을 그리워하며

웃을 틈도 없이
또다시 떠오르는 B의 모습
나는 열아홉, 그는 스물하나
둘이 함께 살다니 조숙했다 할 수밖에
집을 나와 그를 만나서
밤늦도록 걸은 적도 있었지
너무도 뜻이 높아
동지들에게마저 오해를 산 니힐리스트* B
적이든 우리 편이든 웃을 테면 웃어라
××××(일제 검열에 지워짐)
기꺼이 사랑에 죽으리라

–가네코 후미코가 감옥에서 지은 단가

_____

*허무주의자.

1924년 10월 25일, 도쿄 지방재판소 1차 예심

"당신은 왜 반일본제국 성향을 갖게 되었는가?"

내 부모와 이 나라가 지금의 나를 낳았기 때문이다. 부모는 혼인신고도 하지 않은 채 나를 낳았다. 아버지 사에키 분이치(佐伯文一)는 애초에 어머니 가네코 기쿠노(金子菊)와 결혼할 마음이 없었다. 순사 아버지는 매일 유곽을 출입하는 것으로도 모자라 다른 여자를 집에 데려와서 같이 살 정도였다. 결국 내가 여섯 살 때, 아버지는 이모와 눈이 맞아 도망가 버렸다.

어머니는 끊임없이 다른 남자를 집으로 불러들였다. 대장장이, 부두 인부, 방적 공장 동료…. 어머니의 남자가 바뀌어도 나아지는 건 없었다. 나와 동생은 여전히 굶주리고 두들겨 맞았다. 어머니의 남자가 바뀔 때마다 사는 곳도 바뀌었다. 어머니가 남자에게 버림받을 때마다 우린 살 곳을 찾아 헤맸다. 친척 집 헛간마저도 감사하며 살아야 했다. 생계가 막막했던 어머니는 우리를 데리고 친정으로 향했다. 그리고 금세 또 남자와 눈이 맞아 가출해 버렸다.

2차 예심

"여자의 몸으로 감옥 생활을 하는 게 힘들지는 않은가?"

외할아버지 가네코 도미타로는 끊임없이 말했다.

"여자아이 주제에."

공부하고 싶다는 내 바람을 아버지는 가볍게 비웃었다.

"바보 같은 소리 하지 마. 넌 여자잖아."

내게 허락된 건 그들이 정한 여성성에서 벗어나지 않는 재봉학교가 전부였다. 그렇게 나는 여자라는 틀을 강요받으며 내가 아닌 생활에 속박되었다.

하지만 나는 '연약한' 여성이 아닌 그저 한 인간으로서 살아 움직였다. 그래서 나는 '연약한' 여성이라는 전제 아래 베풀어지는 모든 은혜를 단호히 거절했다. 상대를 주인으로 섬기는 노예, 상대를 노예로 보고 가엾게 여기는 주인, 나는 이 둘을 모두 배척한다.

3차 예심

"법을 어기는 것에 대한 죄책감은 없었는가?"

나는 호적신고가 되지 않아 소학교도 들어가지 못했다. 법은 현실에 존재하는 나를 부인했다. 외할아버지는 나를 다섯 번째 딸로 입적했다. 나를 조선의 고모 집으로 보내기 위해서였다. 내가 어머니의 여동생이 되자 비로소 법률은 나를 이 세상에 존재하는 인간으로 인정했다. 10년 동안 나를 부정했던 법률은 그렇게 허위투성이였다.

불평등은 권력으로 만들어진 인위적 법률이나 도덕에서 비롯된다. 나는 무적자라는 이유만으로 수많은 차별과 고통을 겪었다. 법을 어김으로써 불평등을 깰 수 있었다. 나는 법을 어기며 죄책감이 아닌 희열을 느꼈다.

4차 예심
"왜 일본인인 당신이 조선인 편을 드는 것인가?"
나를 키운 건 조선이었다.
열 살, 가메 고모의 양녀가 되기 위해 조선으로 향했다. 조선 충청북도 청주 부용면 부강리. 낯선 땅, 낯선 말, 낯선 얼굴들이 두려웠다. 할머니는 조선에서 학교에 보내 주겠다며 나를 달랬다. 그 사실만으로도 꿈에 부풀었다.

하지만 내 상황은 달라진 게 없었다. 여전히 배가 고팠고, 여전히 궂은일은 내 차지였다. 할머니는 무적자라며 날 조롱하다가도 우리 집안은 명문가이니 신분이 맞지 않는 이웃 아이들과 어울리지 말라고 했다. 내게 조금이라도 많은 일을 시키기 위해서였다. 나는 양녀가 아니라 식모로 팔려 간 것이었다.

한 번도 할머니의 명령을 어긴 적이 없었다. 하지만 할머니는 걸핏하면 흠을 잡아 손찌검을 했다. 고막이 터지기도 하고 너무 오래 굶어 현기증으로 쓰러지기도 했다.

그래도 소학교를 다닐 수 있어 행복했다. 청주심상소학교(清州尋常小學校), 그게 내가 사는 이유였다.

5차 예심

"조선의 생활이 불행했는데 왜 떠나지 않았는가?"

할머니는 소학교를 졸업하면 대학에 보내 주겠다고 약속했다. 그래서 버텼다. 하지만 약속은 지켜지지 않았다. 세상을 버리고 싶었다. 내 세상은 할머니와 고모가 전부였고, 학대와 핍박으로만 가득 차 있었다.

틈만 나면 허리를 굽혀 가랑이 사이로 고개를 내밀고 세상을 보았다. 세상의 모습을 거꾸로 보고 싶어서였다. 내 세상도 그렇게 간단히 거꾸로 바꾸고 싶었다.

둑 아래 쭈그리고 앉아 급행열차가 오기를 기다리기도 하고, 속치마에 돌을 싸서 허리에 동여매고 강물로 뛰어들기도 했다. 내일은 꼭 용감하게 죽어야지, 결심하면서 매번 돌아서곤 했다.

저녁을 굶고 쫓겨난 어느 날, 조선 아낙네가 보리밥을 내밀었다. 처음으로 느낀 인간의 사랑이었다. 낯선 타인에 대한 배려에 감동했다. 세상에는 내가 사랑할 수 있는 무언가가 있을 거라는 희망으로 살아남을 수 있었다.

6차 예심

"3·1운동 때문에 식민지에 대한 동정이 생긴 것인가?"

열일곱 살, 하찮은 식민지 조선인들이 신성한 천황폐하께 반발한다는 것이 충격이었다. 강한 권력을 마주했을 때는 굴복하는 게 아니라 저항하는 방법도 있다는 걸 알았다. 아무리 약자라도 뭉치면 강해질 수 있다는 걸, 세상을 바꿀 수 있다는 걸 깨달았다.

그리고 깨달았다. 나는 식민지 조선이었다. 억압당하고 핍박받으면서 살아남으려 꿈틀대는 식민지 조선처럼 나도 저항하기로 결심했다. 그 이후 나는 대일본제국민으로 가졌던 민족적 자신감을 상실했다.

모든 인간은 완전히 평등했다. 인간의 모든 행동은 인간이라는 단 한 가지 자격만으로도 하나같이 평등한 인간적 행동으로 승인받아야 마땅하다.

7차 예심

"일본에는 언제 돌아왔는가?"

열일곱 살, 다시 일본으로 돌아왔다. 세월이 흘렀다는 것 외에는 달라진 게 없었다.

여전히 부모님은 당당했다. 나를 낳았다는 것만으로도.

어머니는 나를 창녀로 팔려고 했다. 다행히도 가출한 아버지가 갑자기 돌아왔다. 그리고 날 억지로 결혼시켰다. 나와는 아무런 상의도 없었다. 게다가 상대는 외삼촌이었다. 아버지는 외삼촌의 재산을 노렸다.

세상의 윤리와 도덕은 지배를 위한 변명에 지나지 않는다. '효'라는 이름으로 부모가 자식을 지배하는 것이 정당화된다.

8차 예심

"도쿄에는 언제 왔는가?"

다행히 나와 결혼한 외삼촌은 결혼 후 얼마 되지 않아 날 쫓아 냈다. 나는 헌 가방 하나를 들고 혼자서 도쿄의 친척 집으로 도망 쳤다. 또다시 부모에게 이용당하고 싶지 않았다.

신문팔이, 가루비누 장사, 가정부, 인쇄소 여직공, 이와사키 오 뎅집 점원… 안 해 본 일이 없었다.

신앙도 가졌다. 하지만 신앙으로는 참담한 과거를 잊을 수 없었다. 신은 끔찍한 현실을 보고만 있었다.

오전에는 세이소쿠영어학교(正則英語學校)에 다니고 오후에는 연수학관(研數學舘)에서 공부했다. 바쁜 와중에도 손에서 책을 놓지 않았다. 책 속에서만 참담한 현실을 잊을 수 있었다.

9차 예심

"언제 천황제를 모독하는 사상을 처음 접했는가?"

《청년조선》을 읽다 박열의 시 〈개새끼〉를 접했다.

나는 개새끼로소이다

하늘을 보고 짖는

달을 보고 짖는

보잘것없는 나는

개새끼로소이다

높은 양반의 가랑이에서

뜨거운 것이 쏟아져

내가 목욕을 할 때

나도 그의 다리에다

뜨거운 줄기를 뿜어 대는

나는 개새끼로소이다

내 이야기였다. 한 구절 한 구절이 내 피를 타고 나의 전 생명을 고양하는 것 같았다. 오랫동안 찾아 헤매던 것을 그 시에서 발견한 기분이었다. 나는 신을 버리고 사상을 택했다. 무정부주의, 사회주의…. 국가, 법, 감옥, 사제, 재산, 계급이 사라진 세상! 그 세상에선 행복할 수 있었다.

태어날 때부터 나는 불행했다. 운명의 손에 희롱당하며 어디까지나 불행했다. 요코하마에서, 야마나시에서, 조선에서, 그리고 하마마츠에서 나는 시종일관 가혹한 취급을 받았다. 나는 자아라는 것을 가질 수가 없었다. 하지만 지금 나는 지나온 모든 날에 감사한다. 운명이 나에게 은혜를 베풀어 주지 않았기에, 나는 나 자신을 발견할 수 있었다.

10차 예심

"박열과 어떻게 만났는가?"

박열은 나와 함께 세이소쿠영어학교에 다녔다. 그와 만난 건 늦겨울이었다. 그와 함께 있으면 벌써 봄이 온 것만 같았다. 첫사랑은 봄날 아지랑이처럼 과거의 상처까지 노곤하게 감싸 주었다.

그의 나이 스물, 내 나이 열아홉. 그해 봄 우린 도쿄의 신발 가게 2층 다다미방에서 같이 살기 시작했다. 내가 제시한 '공동 생활 서약'에 박열은 기꺼이 동의했다.

1. 동지로서 함께 살 것

2. 운동, 활동 방면에서 내가 여성이라는 관념을 제거할 것

3. 주의(主義)를 위한 운동에 서로 협력할 것

4. 둘 중 하나가 사상적으로 타락해 권력자와 손잡을 일이 생겼을 때는 즉시 공동 생활을 해지할 것

　박열과의 관계를 들은 아버지는 집안을 더럽혔다며 부모 자식 관계를 끊겠다는 편지를 보냈다. 상관없었다. 가족 따위는. 난 아버지의 편지에 답장조차 하지 않았다.

　11차 예심

　"무정부주의 운동을 시작한 것도 그때였는가?"

　우리의 신혼집은 무정부주의자들로 가득 찼다. 조선인도 일본인도 사상으로 뭉쳤다.

　'흑우회' '불령사'…. 모임의 이름도 짓고, 기관지를 통해 우리의 사상을 알리려 애썼다. 《민중운동(民衆運動)》《불령선인(不逞鮮人, 수상쩍은 조선인)》《후데이센징(太い鮮人, 뻔뻔스런 조선인)》《현사회(現社會)》《흑도(黑濤)》…. 인쇄소에서 제본되어 나오자마자 곧 압수되고 발매 금지되기 일쑤였지만 우린 물러서지 않았다.

　박열은 신문 배달, 날품팔이, 우편배달부, 인력거꾼, 인삼 행상 등 할 수 있는 모든 일을 하며 출판 비용을 조달하고 기관지를 보

급했다. 나는 편집과 원고 집필을 맡았다. 박열이 바쁘면 그의 논설 기사도 대신 썼다.

세계노동절 행사에 참가하고, 파업 투쟁을 후원하고, 조선인 광부들의 학살 사건을 알리려 애썼다. 탄광이나 발전소 공사장에서 처참하게 혹사당하다 죽거나 버려지는 조선인들도 돌봤다. 그들은 날 성녀처럼 떠받들었다.

경찰에 연행되기도 하고 유치장에 갇히기도 했다. 그래도 내 인생에서 가장 행복한 순간이었다.

12차 예심

"무정부주의자가 어떻게 나라를 위해, 그것도 식민지 조선의 독립을 위해 이런 일을 꾸몄는가?"

나는 개인주의적 무정부주의자다. 설명할 것도 없이 국가와 개인은 서로 용납할 수 없는 존재다. 국가의 번영을 위해 개인은 자신의 의지를 가져서는 안 된다. 개인이 자아에 눈을 뜰 때 국가는 무너진다.

그래서 나는 마음속에서 타오르는 질서가 아닌 질서, 참된 질서 외에 국가나 정부의 간섭을 거절하고 싶었다. 순수한 아나키스트가 아니라면 박열과도 헤어지고 싶었다.

"당신은 민족운동가입니까?"

내 질문에 박열은 긍정도 부정도 하지 않았다. 나는 처음부터 박열에게 말해 두었다.

"나는 조선에서 오랫동안 산 적이 있기 때문에 민족운동에 몸담은 사람들의 심정을 충분히 이해할 수 있습니다. 하지만 누가 뭐래도 나는 조선인이 아니어서 조선인처럼 압박당한 경험이 없기 때문에 그러한 사람들과 함께 조선의 독립운동을 해야겠다는 생각이 들지는 않습니다. 그러니까 당신이 독립운동을 하는 사람이라면, 유감스럽습니다만 당신과 함께 일할 수 없습니다."

지배 국가의 민족인 나에게 식민지 조선의 독립운동은 와 닿지 않았다. 국가를 용납하지 않는 나에게 식민지 조선의 독립운동은 아무런 의미도 없었다.

하지만 박열은 달랐다. 무정부주의에 대해 침 튀기며 열변을 토하다가도 돌아서서는 조선의 독립에 관해 눈을 반짝였다. 박열을 처음 사랑하던 그 순간부터 예상하고 있었다. 어쩌면 나도 박열의 식민지 조선 독립운동에 휘말릴지 모른다고. 아무리 독립운동이 나의 사상에 반하는 것일지라도.

나는 박열을 사랑했다. 사랑하는 사람은 결코 타인이 될 수 없었다. 사랑하는 박열 속에는 이미 나 자신이 들어 있었다. 사랑은 자아의 확대를 의미했다. 박열이 사랑하는 조선을 나도 사랑해야만 했다.

박열의 독립운동을 못마땅하게 여긴 일본 경찰은 박열의 미국 유학까지 주선하고 나섰다. 하지만 박열은 끝내 그 권유를 거절했다.

13차 예심

"정확한 계획은 무엇이었는가?"

히로히토 황태자의 성혼예식에 맞춰 도련님(황태자의 별명)에게 폭탄을 헌상하기로 했다. 당시 도련님은 병으로 쓰러진 천황 다이쇼를 대신하여 섭정 중이었다.

박열은 일본인 동지와 결탁하여 무사히 궁성우편배달부 시험에 합격했다. 매일 궁성을 출입하면서 천황의 동정과 출행하는 경로 등을 샅샅이 살폈다.

하지만 폭탄 조달이 문제였다. 몇 번의 폭탄 반입 실패에도 불구하고 흑우회 동지 김중한에게 폭탄 구입 여부를 타진했다. 구입 비용이 만만치 않았다. 우린 일단 계획을 보류하기로 했다.

14차 예심

"어떻게 해서 계획이 알려졌는가?"

그해 9월 1일, 간토대지진이 일어났다. 우린 근처 야산에서 노숙하며 지진을 피했다. 다행히 우리가 살던 셋집은 무너지지도, 불에 타지도 않았다. 도쿄 시내와 인근 다섯 개 군에 계엄령이 선포되었다. 군대와 경찰은 완전무장을 한 채 곳곳에 배치되었다. 조선인이 방화와 살인을 저지른다는 유언비어가 퍼졌다. 정부는 자경단과 일본 민중들이 무고한 조선인들을 학살하도록 교묘하게 부추겼다. 6,000여 명의 조선인이 무참히 희생당하고 6,000여 명이 검속되었다.

9월 3일, 나는 남은 쌀을 몽땅 털어 죽을 끓이고 있었다. 무섭도록 아름다운 황혼에 정신이 팔려 있을 때 경찰이 들이닥쳤다. 보호검속이란 명목으로 나와 박열을 비롯한 불령사 회원 모두가 검속되었다. 우리는 '경찰범 처벌령'에 따르면 '일정한 거주 또는 생업 없이 배회하는 자'였다. 한 달간의 구류 처분이 내려졌다.

그리고 집을 수색한 경찰은 '불령선인사' 표찰과 〈후데이센징〉, 선전용 전단, 조선인 명부를 내밀었다. 우린 '비밀 결사의 금지' 위반 혐의로 구속 기소되었다. 박열은 날 보호하려고 차고 있던 칼을 꺼내 할복하려 했지만 소용없었다. 박열과 나를 구속하기 위한 경찰의 치밀한 사전 계획에 의해 취해진 조치였다.

그리고 경찰의 예심 심문 도중 박열의 폭탄 구입 계획 사실이 알려졌다. 나는 경찰의 취조에 순순히 사실을 인정했다. 박열도 마찬가지였다. 조선인 대학살에 대한 비난을 모면하려는 일본 정부의 계략으로 우리의 단순한 모의는 엄청난 암살 계획이 되어 버렸다. 피할 방법은 없었다.

우린 형법 제73조 및 폭발물 단속 벌칙 위반 혐의로 기소되었다. 형법 제73조는 이른바 대역죄였다.

'천황과 황족에게 위해를 가한 자는 사형에 처한다.'

증거도 없고 정확한 테러 대상과 날짜도 명시하지 못한 허술한 기소였다. 하지만 형법 제27조에 따르면 저격 대상이 황족인 경우 비록 예비 행위일지라도 대역죄가 성립되게 규정하고 있었다.

폭탄은 구입조차 하지 않은 상태였다. 단지 계획이었고, 예비 행위라고 할 것도 없는 사건이었다. 하지만 조선인 대학살 사건이 이슈화되는 것을 막기 위해 우리의 사건은 확대되고 과장되어 신문을 가득 채웠다.

박열은 '불령사' 회원들은 물론이고 나와도 연관이 없는 혼자만의 계획이었다고 주장했다. 하지만 나는 공범이라고 주장했다. 우리 두 사람은 어느 한쪽이 사상적으로 곤경에 처하면 운명을 함께하기로 했다. 나는 그 맹세를 결코 어기고 싶지 않았다.

우린 전우였다. 대일본제국과 싸우는. 함께 전쟁에서 싸우다 포로로 잡힌 전우를 두고 혼자 빠져나올 수는 없는 법이다. 그래서 비록 내가 부정하는 조선 독립을 위해 붙잡힌 박열이지만 함께하고 싶었다. 결국 박열도 내가 공범임을 시인했다.

우리 두 사람의 적극적인 자백 덕에 나와 박열, 김중한 외의 불령사 회원들은 증거 불충분으로 석방되었다. 멍청한 검찰은 스스로 실패했음을 인정한 꼴이 되었다.

15차 예심

"왜 황태자에게 위해를 가하려 했는가?"

어차피 당해야 한다면 법정 자체를 투쟁의 장으로 변환하여 천황제의 모순을 세상에 알리고 싶었다. 천황은 권력의 상징이었다. 권력은 평등을 유린하는 악마였다. 그렇게 천황은 민중의 생명이나 자아를 박탈해 왔다. 국가를 위해 자기를 희생하라는 충군애국 사상은 천황의 이익을 위한 것이다. 천황은 자신의 욕망을 아름다운 형용사로 포장해서 우리에게 강요해 왔다.

나의 저항은 조선 민중을 위한 것이 아니었다. 내가 저항한 것은 천황과 국가라는 권력이고, 그 권력에 의해 인간의 권리와 자유가 억압되는 현실이었다. 나는 무죄를 주장하지 않았다. 오히려 나는 우리 계획의 정당성을 주장했다.

나는 신성불가침의 존재로 떠받드는 천황 또는 황태자가 우리와 조금도 다를 바 없는 동일한 인간이며 결코 신이 아니라는 것을 입증하기 위해 폭탄을 던져 천황도 우리와 똑같이 죽는다는 것을 보여 주려 했다고 주장했다. 그리고 내 사상을 더욱 널리 알리기 위해 자서전 《무엇이 나를 이렇게 만들었는가》와 단가(短歌, 짧은 노래)를 쓰기 시작했다.

가죽 수갑을 차고 어두운 방에 처박힌 밥벌레가 되고 싶지 않았다. 단 한마디의 거짓말도 쓰지 않았다. 있는 것을 다만 있는 그대로 쓴 것뿐이었다. 하지만 감옥의 관리는 투덜대며 이 단어 저 단어를 지우고 이 문장 저 문장을 빼 버렸다. 오랜 수감 생활, 원고지가 점점 늘어났다. 단가가 200편이 넘고 자서전이 원고지 3,000매가 넘었을 때, 드디어 선고 공판 날짜가 정해졌다.

16차 예심

"어떻게 나라를 버릴 수 있는가?"

판사는 여러 차례 전향을 강요했다.

나라를 버렸다고? 부모를 버렸다고? 부모도 나를 버렸고 나라도 나를 버렸다. 그들이 나를 버렸다는 이유로 나를 정당화하지는 않겠다. 그저 조금쯤 나를 이해해 주길 바랄 뿐.

나는 권력 앞에 무릎을 꿇어 살아남고 싶지 않았다. 천황제에 굴복하는 것, 다시 말해 전향하는 것은 내가 나 자신임을 포기한다는 것과 같았다. 평등한 삶을 위해 싸워 온 내 삶을 내팽개치고 무의미한 것으로 만들어 버리는 일은 결코 하고 싶지 않았다. 내면의 욕구를 따르는 것이 죽음으로 가는 길이라면 나는 기꺼이 그 길을 갈 것이다. 결코 두려워하지 않을 것이다.

산다는 것은 단지 움직이는 것만을 의미하지 않는다. 자신의 의지에 따라 움직이는 것을 의미한다. 그저 살아간다는 것은 아무런 의미가 없다. 따라서 자신의 의지에 따라 움직였을 때, 그 행위가 비록 육체의 파멸을 초래한다 하더라도 그것은 생명의 부정이 아니다. 긍정이다.

17차 예심

"대심원 공판에 앞서 원하는 것이 있는가?"

사실 교도소 생활은 그리 어렵지 않았다. 아무런 증거도 없이 오로지 우리의 자백으로만 재판을 끌어가야 하는 재판관과 검사들은 우릴 가혹하게 대할 수 없었다. 우린 오히려 특별 대우를 받았다. 우린 자유로운 복장으로 간수의 감시 없이 여유롭게 산책을 즐겼다. 목욕도 맘대로 한 시간 넘게 할 수 있었고, 한밤중에도 난로를 몇 번이나 바꿀 수 있었으며 낮잠도 맘껏 잤다.

목숨을 걸고 우리의 사상을 전하려는 모습에 담당 판사 다테마츠는 감동하여 최대한 우리의 편의를 봐 주었다. 우리가 함께 있는 사진을 찍어 주기도 했으며, 취조할 때는 친히 홍차를 권하고 사사로이 책을 빌려 주기도 했다. 예심 법정에 박열과 나만 남겨 놓은 채 문을 잠그고 변소에 간다는 핑계로 퇴장하여, 우리가 오붓한 시간을 보내도록 배려해 준 적도 있었다.

하지만 우리가 형무소에서 찍은 사진이 유출되는 바람에 문제가 커졌다. 사진을 유출한 용의자가 도망치고 다테마츠 판사의 부인이 혼자 있는 집에 폭력단원이 침입했다. 여론의 압박에 밀려 우리에게 호의적인 담당 판사 다테마츠는 결국 사퇴해야 했다.

그래도 우린 여전히 특별 대우를 받았다. 만년필도 몸에 지닐 수 있었고, 감방에서 원고도 쓸 수 있었다.

박열은 대심원 특정 법정의 공판에 앞서 여러 조건을 제시했다. 우린 죄인이 아니므로 피고나 심문 등의 용어를 쓰지 말 것, 한복을 입게 해 줄 것, 우린 피고가 아니므로 판사와 같은 높이의 의자에 앉게 해 줄 것, 재판정에서 결혼식을 올리도록 허가해 줄 것 등이었다.

일본제국주의 법정을 향한 무언의 항의 표시였다. 조선어를 사용하겠다는 요구는 통역 문제로 무산되었다. 판사와 같은 높이의 의자도 판사의 간절한 부탁에 우리가 양보했다. 하지만 나머지 조건은 모두 박열이 원하는 대로 들어주었다.

내 조건은 하나밖에 없었다. 사형이든 무기징역이든 박열과 형량을 똑같이 해 줄 것. 검사는 박열이 사형선고를 받더라도 나는 종범(從犯)이므로 종신형이 될 거라는 얘기를 했다. 하지만 박열이 없다면 삶은 아무런 의미도 없었다. 죽음이 박열의 생명을 요구한다면 나는 기꺼이 그를 대신하고 싶다는 편지까지 써 보냈다.

1926년 2월 26일, 일본 대심원 대법정, 제1회 공판

나는 족두리를 쓰고 흰 저고리에 검은 치마를 입었다. 간수에게 차 한 잔을 청해 마시며 지에푸의 단편소설을 읽었다. 박열도 사모관대(紗帽官帶)에 조복(朝服)을 입고 검은 혜자(鞋子)를 신고 법정으로 들어왔다. 우리는 서로를 바라보며 웃었다. 우리의 결혼식이었다.

후세 다츠지 변호사, 조선인 유학생 회장 조헌영, 한복을 구해다 준 동지들이 법정에 함께 있었다. 3월회, 흑우회…. 우리의 결혼을 축하하러 온 동지들로 법정이 가득 찼다.

검사가 우리의 혐의를 읊으며 구형했다.

"형법 제73조와 폭발물 단속 벌칙 위반으로 사형!"

내가 원한 대로 우리 둘 모두 사형이었다.

재판 내내 판사는 박열을 피고 대신 '그편'이라 부르고, 박열은 판사를 '그대'라고 호칭했다. 박열은 자신의 사상을 함축한 〈불령선인이 일본 권자 계급에게 줌〉〈나의 선언〉〈음모론〉을 재판정에서 읽었다. 우린 변호사들의 변론을 거절했다. 하지만 세 명의 변호사는 범죄의 증거가 불충분하니 무죄가 당연하다는 변론을 했다. 재판장 직권으로 일요일에도 재판이 속행되었다.

재판 중에도 전향 요구는 계속되었다. 그들은 모른다. 지금 타협할 수 있다면 나는 사회에 있을 때 이미 타협했을 것이다. 사실

나도 단 한 번만 세상에 나가 보고 싶었다. "개심했습니다."라며 고개 숙이고 그들이 내미는 문서 한 장에 사인만 하면 되는 일이 었다. 하지만 내 목숨을 부지하기 위해 현재의 나 자신을 죽이고 싶지는 않았다. 나는 권력 앞에 무릎을 꿇고 살아가기보다는 기꺼이 죽어 끝까지 내면의 요구를 따르고 싶었다.

재판장은 직권으로 우리 두 사람에 대해 정신감정을 하려 했다. 정신적 문제가 발견되면 감형을 고려하겠다는 사탕발림에도 우린 끝까지 정신감정을 거절했다.

우린 담담하게 사후의 일을 의논했다. 일본에는 내 시신을 거둬 줄 사람이 없었다. 어머니는 몇 년 동안 얼굴조차 보지 못했다. 그나마 기대할 사람은 박열의 형 박정식밖에 없었다.

1926년 3월 23일

우린 이치가야감옥에서 혼인신고서를 작성했다. 후세 다츠지 변호사가 우시고메구청에 혼인신고서를 제출해 주었다. 그렇게 우린 정식 부부가 됐다.

1926년 3월 25일, 결심 공판

정복 경찰 150명, 사복 경찰 50여 명, 헌병 30명이 법원 안팎을 통제하고 있었다. 법정 출입자의 검문이 삼엄했고 100여 명의 일반 방청인이 입정했다.

나는 최후진술을 했다.

"나는 박열을 안다. 박열을 사랑한다. 그가 가진 모든 과실과 결점을 넘어 나는 그를 사랑한다. 나는 지금 그가 나에게 저지른 모든 과오를 무조건 받아들인다. 먼저 박열의 동료들에게 말해 두고자 한다. 이 사건이 우습게 보인다면 우리를 비웃어 달라. 이것은 우리 두 사람의 일이다. 다음으로 재판관들에게 말해 두고자 한다. 모든 것은 권력이 만들어 낸 허위이고 가식이다. 부디 우리를 함께 단두대에 세워 달라! 나는 박열과 함께 죽을 것이다. 박열과 함께라면 죽음도 만족스럽게 여길 수 있다. 그리고 박열에게 말해 두고자 한다. 설령 재판관의 선고가 우리 두 사람을 갈라놓는다 해도 나는 결코 당신을 혼자 죽게 하지 않을 것이다."

박열은 선언서로 최후진술을 대신했다.

재판장이 기립을 명령했다. 우린 일어서지 않았다. 재판장이 큰 목소리로 선고했다.

"사형!"

나는 곧바로 일어서서 두 손을 번쩍 들며 만세를 외쳤다. 박열도 소리쳤다.

"재판은 비열한 연극이다!"

우린 사형선고 따위에 흔들리지 않았다. 우린 끝까지 당당했다.

퇴정하는 판사를 향해 박열이 덧붙였다.

"재판장, 자네도 수고 많았네! 내 육체야 자네들 맘대로 죽이지만, 내 정신이야 어찌하겠는가."

이치가야형무소로 돌아오니 뜻밖에도 어머니가 고향에서 올라와 있었다. 오쿠무라 간수장의 입회하에 5분간 면회가 허락되었다. 어머니는 잘못했다며 울고 나 또한 눈물을 삼켰다. 어쩌다 6년이 넘도록 만나지도 못했다. 마지막으로 어머니 얼굴을 눈여겨보았다.

우리의 사건은 국내외에서 큰 반향을 일으켰다. 지식인들의 구명운동과 탄원이 빗발쳤다. 일본 당국은 천황의 자애로움을 알리는 데 우리를 이용하려 했다.

결심공판 열흘 뒤 형무소장은 천황이 은사를 베풀어 무기징역으로 감형되었다며 은사장을 내밀었다. 나는 그 자리에서 갈기갈기 찢어 버렸다. 천황의 은사를 받아들인다는 것 자체가 천황을 인정하는 일이었다. 그런 은사 따위는 받아들일 수 없었다. 감형은 내 사상적 전쟁을 물거품으로 만드는 일이었다. 형무소장은 개의치 않고 천황에게 감사의 전향서를 쓰라고 했다. 나는 고래고래 소리를 질렀다.

"천황의 이름으로 기왕에 사형을 언도했으면 그만이지, 다시 은사니 어쩌니 하면서 인간의 생명을 농락하다니 말이 되는가! 박열에게 바친 아내로서의 나 박문자(朴文子)가 조선에 바친 조선 민족으로서 선택한 길인데, 몸과 마음 모든 것을 다 빼앗아 간 무기징역의 일본 감옥에서 더 살아 봤자 그 무슨 의미가 있을 것인가? 차라리 죽어서 그 뜻을 부군 박열에게 바치고 조선 땅에 내 뼈를 묻음으로써 모든 것을 조선을 위해 바친다면 그 뜻을 언젠가 누구라도 알아줄 것이 아닌가?"

권력 앞에서 인간의 목숨 따위는 가지고 노는 공처럼 함부로 다루어졌다. 관리들은 마침내 나를 감옥에 처넣어 버렸다. 하지만 그것은 오히려 나 자신이 살아 있다는 사실을 증명해 주었다. 나는 그것으로 만족했다.

형무소장은 기자들에게 "두 사람이 은사장을 감사히 받았다."라고 공표했다. 신문에는 "후미코가 대단히 고맙다며 경건한 태도로 감사의 말을 전했다."라는 기사가 실렸다.

은사를 받은 다음 날부터 박열은 단식을 시작했다. 자살을 위해서였다. 박열의 자살 시도에 당황한 형무소 측은 우리를 갈라놓기로 결정했다. 그래도 작별 인사는 하게 해 주었다. 박열은 내 손목을 잡고 나는 박열의 옷깃을 잡고 서로의 마지막 모습을 눈에 새기며 하염없이 울었다.

박열은 치바형무소로, 나는 우츠노미야형무소 도치기지소로 옮겨졌다. 비록 몸은 떨어져 있었지만 박열의 소식은 간간이 들을 수 있었다. 박열이 폐결핵에 걸렸다는 소식에 나는 걱정으로 잠을 설쳤다. 폐결핵은 또 다른 사형선고였다.

박열이 죽은 뒤의 삶을 자신할 수 없었다. 시간이 흐르면 내 사랑이 쓸려가 버릴까 봐 무서웠다. 세월이 지나가면 내 사상이 무너져 버릴까 봐 두려웠다. 무기징역이라는 버거운 삶에 의해, 박열이 없는 고통스러운 삶에 의해 나의 사상이 산산조각 날까 봐 불안했다. 그것만은 차마 견딜 수 없었다.

결심공판 뒤 100여 일, 나는 삼으로 노끈 잇는 일을 하겠다고 자원했다. 형무소장은 무엇이라도 하겠다는 내 말에 반가워하며 허락했다. 손발이 묶여서 비록 부자유스러워도 죽겠다는 의지만 있다면 죽음은 자유로웠다. 그들은 손발이 묶여 있음에도 불구하고 죽은 건 "우리의 과실이 아니다."라고 말할 터였다. 죽이고서도 어떻게든 책임을 회피하려는 모습은 상상만으로도 참 끔찍했다.

아무도 없는 독방, 철창 밖으로는 7월 초여름의 싱그러움이 우거져 있었다. 나는 화려함을 자랑하듯 앞다투어 피어나는 꽃을 그다지 좋아하지 않았다. 그렇게 피었다가 곧 시들어 버리는 꽃이 싫었다. 화려하지도 않고 눈에 띄지도 않지만, 언제나 푸르게 하늘을 향해 활짝 피어나는 상록수의 새싹을 끝없이 사랑했다.

나도 천천히 피어나고 싶었다. 언제나 한결같은 초록빛 모습이고 싶었다. 까마득하게 먼 하늘의 꿈을 향해 가지를 뻗고 싶었다. 초라하고 평범해도 상록수처럼 살고 싶었다.

내가 만든 노끈을 철창에 매달았다. 철창 너머로 상록수가 푸른 빛을 발하고 있었다. 서서히 감기는 눈꺼풀 사이로 무성한 초록빛 잎사귀가 가득했다.

나는 영원히 푸른 스무 살이고 싶었다. 그를 사랑하는….

가네코 후미코와 박열의 사랑, 그 뒤의 이야기

　자살인지 타살인지조차 불명확한 죽음이었다. 가네코 후미코의 옥중 임신이 외부로 알려질 것을 두려워한 일본 당국이 강제로 낙태 수술을 하다가 죽었다는 흉흉한 소문까지 나돌았다. 형무소 측은 서둘러 그녀를 파묻어 버리고 나서야 그녀의 죽음을 알렸다. 뒤늦게 달려온 어머니에게 전해진 유품은 여기저기 찢기고 까맣게 지워져 있었다. 남편 박열은 그녀의 죽음조차 알지 못했다. 반역자라는 이유로 무덤의 봉분을 올릴 수도 없고 비석을 세울 수도 없었다. 아무것도 모르는 이들은 무심하게 그녀를 짓밟고 지나갔다. 그렇게 그녀는 우리에게 잊어져 버렸다.

　괴사진 사건과 관련된 조사단의 대화를 엿듣다가 그녀의 죽음을 알게 된 박열은 눈물을 흘리며 일시적 단식을 했다. 그리고 20년 넘는 세월이 흐른 뒤 출옥한 박열은 장의숙과 결혼했다. 출옥한 지 1년 만이었다. 박열보다 열여덟 살 어린 장의숙은 도쿄여자대학을 막 졸업한 기자였다. 두 사람은 삼남매를 낳았다. 박열은 일본에서도 대한민국에서도 북한에서도 애국열사 대접을 받았다. 그를 잊지 않기 위해 우리는 기념관까지 세웠다.

　자명고를 찢은 순간 낙랑공주의 사랑은 그녀를 버렸다. 가네코 후미코가 모든 것을 버리고 사랑을 선택한 순간 그녀의 사랑은 끝

254

을 향해 달리기 시작했다.

그녀도 이 모든 상황을 예견했을 것이다. 아나키즘에 대한 절대적 믿음과 열의가 사랑 때문에 흔들린 것처럼 박열과의 열정도 언젠가는 끝나리라는 것을, 그 사랑이 시한부라는 것을, '시한부'라는 수식어가 있기에 강렬할 수 있다는 것을….

'적국의 여자'라는 신분이 위태로운 감정을 아슬아슬하게 이끌어 가고 있으며, 이대로 종전이 되면 그들의 사랑은 그저 구질구질한 전쟁 뒷이야기가 될 뿐이라는 걸 그녀도 이미 깨달았는지 모른다. 그리고 시간이 흐르면 갑갑한 수감 생활과 끈질긴 전향 요구에 그 사랑마저 깨질까 두려웠을지 모른다.

그녀에게 남은 건 아무것도 없었다. 사랑 말고는.

가족도 나라도 사상도 그녀의 남은 생애까지도 사랑하는 그를 위해 버렸다. 사랑만이 그녀가 가진 유일한 것이었다. 그래서 죽음을 선택했을 것이다. 그녀의 사랑이 영원한 절대성을 가질 수 있도록….

그래도 박열은 가네코 후미코를 완전히 잊지는 않았다. 그녀의 기일 아침이면 박열은 장의숙에게 불쌍한 그녀를 위해 함께 기도해 달라고 부탁했다. 그리고 하루 종일 입을 닫았다. 집 안에 틀어박혀 먹지도, 마시지도 않으며 정좌한 채 묵상을 하고 혼자만의 제사를 지냈다. 1년에 하루만은 그녀를 위해 바쳤다. 365일 중 하루가 그녀에게 허락된 전부였다.

그토록 냉철하고 논리적인 그녀가 사랑 때문에 사상과 타협하고 세상을 버렸다는 게 도무지 이해되지 않았다. 하지만 그녀의 나이 스무 살…. 그 나이가 모든 상황을 단번에 정리해 주었다.

스무 살, 당신의 모습을 기억하는가?

스무 살, 모든 것이 결정된 듯도 한데, 아무것도 결론지은 것은 없다. 스무 살, 다른 선택을 하기엔 너무 늦은 것도 같은데, 현재의 선택에 머무르고 싶지는 않다. 스무 살, 모두가 최적의 선택을 하고 최선을 다해 그 길을 가는데 자신만 길 위에서 어디로 갈지 몰라 갈팡질팡했다. 그게 당신과 나 그리고 우리 모두의 스무 살이었다.

스무 살, 모든 것이 혼란스럽고 불확실하며 세상 전부가 흔들리고 어지럽다. 그래서 우리는 무엇이든 붙잡고 똑바로 서고 싶다. 그게 무엇이든 상관없다. 사랑이든 사상이든…. 그저 우리가 원하는 것은 확신할 수 있는 무언가일 뿐이다. 그리고 스무 살의 사랑만큼 뚜렷한 것도 드물다. 그 사랑에 관한 생각만으로도 내 심장 소리가 귓가까지 울리니까. 그 사랑을 지키기 위한 또 다른 선택을 주저하는 건 오히려 어리석어 보인다. 그래서 스무 살의 사랑은 모든 걸 파괴할 정도로 강렬하다.

우리의 사랑이 그랬듯이…. 그리고 그녀의 사랑이 그랬듯이….

스무 살, 우리는 가진 걸 모두 내주고도 연인에게 더 줄 것이 없을까 고민했다. 하지만 나이가 들고 경험이 쌓이면서 계산기를 두드리기 시작했다. 연인에게 주기만 하는 우리 자신이 손해 보는 느낌이 든다. 그건 물질만능주의 때문이 아니라 자신을 보호하려는 본능 때문이다. 이제는 더 이상 사랑 때문에 상처받고 싶지 않다. 더 많이 사랑하는 사람이 약자일 수밖에 없다. 보이지 않는 감정을 판단하는 건 보이는 무언가다. 그래서 주고받은 무언가를 계산해 보고 그 사람보다 내가 더 많이 좋아하는 듯해 자괴감에 빠지곤 한다. 그 사랑 때문에 또다시 상처 입을까 봐 두려워한다.

주기만 하는 사랑, 참 지친다. 끊임없이 주기만 하고, 기다리기만 하고, 시키는 대로 다 하고, 무조건 받아들이고, 사랑 앞에서 모든 걸 버렸다. 어리석어 보이기도, 모자라 보이기도 한다. 스무 살의 사랑은 피곤해 보인다. 하지만 아니다. 당신이 그런 사랑을 했다면 당신은 아무런 후회도 없을 테니까. 물론 아직도 사랑이 남아 미련도 남을 수 있지만 후회는 하지 않을 것이다. 하지만 당신과 헤어지고 나서 '더 잘해 줄걸.' 하고 생각할 그 사람은 누구를 만나도 당신의 사랑과 비교하며, 당신의 사랑을 그리워하며,

당신과 헤어진 것을 후회하며 평생을 물들일 거다.

더 많이 사랑한 사람이 약자인 건 맞다. 하지만 더 많이 사랑한 사람은 후회 없이 남은 인생을 행복할 수 있다. 자기 안에 있는 모든 사랑을 다 줬으니까.

스무 살, 우린 사랑한 것이 아니라 사랑을 앓았다.

다시 한 번 사랑을 앓아 보자. 그냥… 무조건… 아낌없이… 끊임없이… 죽도록… 사랑에 아파하자. 더 많이 사랑하는 사람이 어쨌든 행복하니까….

가네코 후미코와 박열

1902년 2월 3일 박열, 문경에서 출생. 본명은 박준식(朴準植)

1903년 1월 25일 가네코 후미코, 일본 요코하마에서 출생

1912년 가네코 후미코, 조선 충북으로 이주

1919년 가네코 후미코, 일본으로 귀국. 박열, 도쿄로 유학

1920년 가네코 후미코, 도쿄로 상경

1922년 가네코 후미코와 박열, 동거 시작

1922~1923년 흑도회, 불령사 설립

1923년 9월 3일 보호검속

　　　　 10월 20일 치안 경찰법 위반 혐의로 기소

1924년 2월 15일 폭발물 단속 벌칙 위반 혐의로 추가 기소

1926년 2월 26일 대심원에서 제1회 공판

　　　　 3월 23일 도쿄 우시고메구청에 혼인신고서 제출

　　　　 3월 25일 대심원, 사형 판결

　　　　 4월 5일 은사로 무기징역 감형

　　　　 4월 6일 박열, 치바형무소로 이감

　　　　 4월 8일 가네코 후미코, 우츠노미야형무소로 이감

　　　　 7월 23일 가네코 후미코, 자살. 형무소 공동묘지에 가매장. 후세 다츠지 변호사가 유골을 발굴, 화장하여 자기 집에 안치. 박열의 형 박정식이 유골을 인수해 집안 선영인 문경읍 팔영리에 안장

1935년 박열, 옥중에서 전향

1945년 10월 27일 맥아더 정부에 의해 박열 석방. 신조선건설동맹위원장, 재일본조선인거류민단 단장 추대

1946년 3월 25일 박열후원회 일본총본부 주최로 가네코 후미코 추도식

1947년 박열과 장의숙, 결혼

1948년 8월 15일 박열, 대한민국 정부 수립 축전에 초대되어 귀국. 가네코 후미
　　　코의 묘소 참배
1949년 박열, 영구 귀국 후 재단법인 박열장학회 설립
1950년 6월 28일 박열, 납북. 북한에서 재북평화통일촉진협의회 회장 추대
1974년 1월 17일 박열, 사망. 평양 애국열사릉에 안장
1989년 박열, 건국훈장 대통령장 추서
1973년 후미코묘비건립준비위원회가 봉분 개축, 묘비 제막
2003년 박열의사기념사업회가 박열 생가 뒤편으로 가네코 후미코의 묘 이장
그리고 지금 가네코 후미코, '일본을 움직인 10대 여장부'로 선정되고 '가네코 순
례지 코스'가 여행 상품으로 개발되는 등 선풍을 일으키고 있음

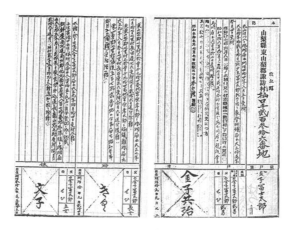

〈가네코의 호적〉

가네코 후미코는 일본 가나가와현 요코하마에서 출생했다. 어머니와 아버지가 정식으로 결혼하지 않아 무호적 상태로 있다가 열 살이 되어서야 외할아버지 가네코 도미타로의 다섯째 딸로 호적에 올랐다. 무적자였기 때문에 학교도 제대로 다니지 못했다.

〈박열 생가〉

박열(朴烈, 1902년 3월 12일~1974년 1월 17일)은 한국의 독립운동가다. 본관은 함양, 본명은 박준식이다. 사진은 박열의사기념공원 입구에 복원해 놓은 박열 의사 생가다. 박열 의사 생가는 경북기념물 148호로 지정되어 있다.

〈가네코 후미코의 아버지와
친척들〉

왼쪽부터 이모 다카노, 외삼촌
다카토시, 외숙모 노리코, 아버지
사에키 분이치, 친척의 아들이다.
아버지 사에키 분이치는 히로시
마현 아키군 출신으로 원래 직업
은 순사였으며 텅스텐 광석을 사
고파는 일을 하기도 했다.

〈가네코 후미코의 이모 다카노〉

가네코 후미코의 아버지는 애초에 가네코 후미코의
어머니 가네코 기쿠노와 결혼할 마음이 없었다. 가네
코 후미코의 아버지는 매일 유곽을 출입하고 다른 여
자를 집에 데려와 같이 살기도 하다가 가네코 후미코
가 여섯 살 때 이모와 함께 살기 위해 가네코 후미코
를 버리고 도망갔다.

〈가네코 후미코의 어머니〉

가네코 후미코가 체포된 뒤 도쿄에 왔을 때의 사진이다.
아버지 사에키 분이치가 이모와 도망간 뒤 어머니도 여
러 남자를 만났다. 가네코 후미코는 여덟 살 때 어머니
가 재혼하며 야마나시현 기타츠루에서 잠시 살다가 곧
외가로 보내진다. 외가는 야마나시현 스와마을이었다.
"아버지는 도망갔고 어머니를 나를 버렸다." 예비 심문
조서에서 가네코 후미코는 불행한 어린 시절을 회상하
며 자신의 인생은 저주와 같다고 한탄했다.

〈가네코 후미코의 어린 시절〉

여덟 살짜리 가네코 후미코를 떠맡은 외할아버지는 어떻게든 가네코 후미코를 떼어 내려 애썼다. 결국 1년 후인 1912년, 가네코 후미코는 조선에 살고 있는 고모 집에 양녀로 보내진다. 충청북도 청원군 부용면, 가네코 후미코는 아홉 살 어린 나이에 낯선 환경에 내던져진다. 또 버림받은 것이다. 하지만 가네코 후미코의 불행은 거기서 끝나지 않았다. 친할머니와 고모는 가네코를 친손녀나 친조카로 인정하지 않고 학대하면서 식모처럼 부려먹었다. 고모부 이와시타는 조선총독부 철도국에서 근무했는데, 사망사고 책임을 지고 파면당한 뒤 가네코 후미코를 일본으로 돌려보낸다. 조선에 사는 7년 동안 가네코 후미코는 잠시였지만 청주심상소학교에 다니기도 했다.

〈가네코 후미코〉

가네코 후미코는 사진 찍는 걸 좋아하지 않는 성격이라 남아 있는 사진이 별로 없다. 이 사진은 옥중 면회 시 친구가 스케치한 것이다. 가네코 후미코는 1920년 4월, 열일곱 살에 혼자 도쿄로 상경했다. 당시 가네코 후미코는 수많은 일을 하며 생계를 유지

했는데, 우에노의 신문판매처에서 석간신문을 판매하며 사회주의자들을 만났다. 그때 만난 사람들에게 사회주의와 러시아의 인민주의에 관한 책을 빌려 보며 사상적으로 많은 영향을 받았다. 1921년 11월, 후미코는 사회주의자들이 모이는 이와사키(岩崎) 오뎅집의 종업원으로 들어갔다. 가네코 후미코는 사회주의자 히라사와 다케노스케, 아나키스트 다카오 헤이베에 등과 어울리며 조선인 아나키스트 원종린, 공산주의자 정우영, 김약수, 정태성 등을 소개받았다.

〈박열과 가네코 후미코〉

〈주부지우(主婦之友, 주부의 친구)〉 1926
년 3월호에 실린 사진이다. 박열과 가
네코 후미코는 세이소쿠영어학교를
함께 다니다 만난 것으로 알려져 있
다. 하지만 가네코 후미코는 3개월 만
에 자퇴하고 1922년 5월부터 박열과
동거를 시작한다. 가네코 후미코는
당시 박열이 조직한 조선인 사회주의
자 연구 모임에도 가입했다. 하지만
모임은 9월에 공산주의파와 아나키
즘파로 분열되었다. 이듬해 1923년 4월, 가네코 후미코와 박열은 아나키즘을 널리 알
리기 위해 '불령사'를 조직했다.

〈가네코 후미코〉

"어디가 아니에요. 전체가 좋아요. 그냥 좋다는 게 아니라 힘이 있어요. 나는 지금 오랫
동안 내가 찾던 걸 이 시에서 찾은 기분이에요."
– 박열의 〈개새끼〉에 대한 가네코 후미코의 감상 중
에서

1922년 2월, 사회주의 잡지를 즐겨 읽던 가네코 후
미코에게 공산주의자 정우영이 〈청년조선〉 교정쇄
를 보여 준다. 잡지에는 박열의 〈개새끼〉가 실려 있
었다. 시에 전율을 느낀 가네코 후미코는 정우영을
통해 박열을 소개받는다. 마침 박열은 세이소쿠영어
학교에 함께 다니고 있었다. 박열을 만난 지 한 달
만에 가네코 후미코는 박열에게 사랑을 고백했다.
그리고 한 달 후 박열과 가네코 후미코는 아이카와
신사쿠의 신발 가게 2층 방에서 동거를 시작했다.

〈재판정 모습〉

1923년 10월 24일, 박열과 가네코 후미코는 대역죄로 기소됐다. '천황 암살 미수 사건'으로 간토대지진 때 일어난 조선인 대학살 사건을 덮으려는 일본 정부의 공작이었다. 단지 계획에 불과한 사건은 확대 과장 해석되었다.

〈재판정에 들어서는 박열과 가네코 후미코〉

"1919년 3·1운동을 목격하고 나에게조차 권력에 대한 울분이 일어났다. 남의 일이라고 생각되지 않을 정도의 감격이 가슴에서 치솟았다."

가네코 후미코는 3·1운동에 대한 소감을 예심에서 언급하며 조선인의 입장에 깊은 공감을 표현했다.

〈법정에 들어서는 박열과 가네코 후미코〉

용수, 즉 죄인이 쓰는 모자를 뒤집어쓴 모습이다. 재판을 받는 동안 박열은 사모관대에

조선 관리의 예복인 조복(朝服)을 차려입고 사선(紗扇)까지 들었으며, 가네코 후미코는 흰 저고리와 검은 치마 차림에 머리까지 조선식으로 쪽을 지었다. 두 사람은 사형 선고를 이틀 앞둔 3월 23일, 옥중에서 정식으로 혼인신고서를 제출해 합법적인 부부가 되었다.

〈후세 다츠지 변호사〉

후세 다츠지는 1923년 9월, 일본 사회를 뒤흔든 재판 '천황 암살 미수 사건'의 피고인 박열과 가네코 후미코의 변호사였다. 국제 여론까지 주목한 이 재판을 일본제국주의 규탄의 장으로 바꾸는 데는 후세 다츠지 변호사의 공이 컸다. 후세 다츠지는 나카니시 이노스케와 함께 박열을 옹호하는 글을 쓰고, '천황 암살 미수 사건'은 간토대지진 당시 일본 계엄군의 조선인 학살 사건을 덮기 위해 확대 조작되었다고 비판했다. 후세 다츠지는 조선인 학살에 대한 진상 규명을 촉구하고, 일본인을 대표해 사죄의 글을 신문에 싣기도 했다.

〈후세 다츠지 변호사를 위한 노래비〉

후세 다츠지 변호사의 사망 3주기인 1955년 9월, 작가이자 사회운동가인 아키다 우쟈쿠(秋田雨雀)와 정치인 오야마 이쿠오(大山郁夫) 등이 세웠다. 후세 다츠지 변호사는 일본인 최초로 대한민국 독립유공자에 추서되었으며 대한민국 건국훈장을 받았다. 후세 다츠지는 1902년에 메이지대학을 졸업하고 우츠노미야에 검사로 부임했지만 법의 적용에 회의를 느끼고 사임한 후 변호사가 된다. 후세 다츠지는 한국의 독립운동을 적극

적으로 지지했으며, 1911년에는 〈조선의 독립운동에 경의를 표함〉이라는 글을 써서 일본 경찰에게 조사를 받기도 했다. 1919년에는 2·8 독립선언을 한 조선청년독립단을 변호했고, 1924년에는 일본 황궁에 폭탄을 던진 의열단원 김지섭의 변호를 맡았다. 또한 일본제국이 동양척식주식회사를 설립하여 조선 농민들의 토지를 빼앗자 나주 농민들의 토지 반환 소송을 제기하는 등 조선 독립운동에 적극적으로 참여했다. 광복 후에도 한신 교육 투쟁 사건, 도쿄 조선 고등학교 사건 등 재일 한국인과 관련된 사건의 변론을 도맡았다.

〈가네코 후미코와 박열〉

일명 '괴사진(怪寫眞) 사건'의 원인이 된 가네코 후미코와 박열의 사진이다. 감옥 안에서는 사진을 찍는 게 금지되어 있었다. 야당은 이 사진을 정치 문제화하며 와카츠키 내각의 사퇴를 요구했다. 결국 의회가 사흘이나 정지되었고, 사건 담당 판사인 다테마츠 카이세이가 사퇴했다.

사진을 찍은 경위는 아직도 말이 많다. 박열의 부탁에 다테마츠 판사가 호의를 베풀었다, 두 사람을 회유하기 위한 덫이었다, 다테마츠 판사 자신이 기념하기 위해서였다 등 많은 의견이 있다.

〈박열 부부의 의거를 보도한 〈조선일보〉 기사〉

1925년 11월 25일, 일본 검찰의 사형 구형을 전하고 있다. 사형선고 뒤 검사총장 고야마 마츠키치는 사법대신 에기 다스쿠에게 천황의 은사를 내려 무기징역으로 감형할 것을 제안했다. 종범인 가네코 후미코만 감형한다면 조선인들의 반발이 예상되므로 주범인 박열에게도 은사를 내려 황실의 자애로움을 보여 주자는 주장이 받아들여져 그해 4월 5일 박열 부부는 무기징역으로 감형되었다. 이치가야형무소장 아키야마

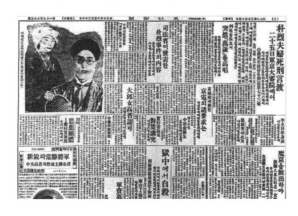

가 감형장을 전달했다. 박열은 아키야마의 체면을 살려 주기 위해 일단 감형장을 받아 두었지만, 가네코 후미코는 감형장을 받아 갈기갈기 찢어 버리며 천황의 은사를 거부했다.

〈재판정 모습〉

"산다는 것은 단지 움직이는 것만을 의미하지 않는다. 그저 행동하는 것은 아무 의미가 없다. 삶은 자신의 의지대로 사는 것이다. 자신의 의지대로 사는 것이 죽음을 향한다고 할지라도, 그것은 삶의 부정이 아닌 긍정이다."

– 가네코 후미코의 옥중 수기 중에서

〈수감 중에 보낸 편지들〉

"몸은 떨어져 있지만 나는 철저히 당신과 동거하고 있다."

– 박열이 기자에게 전한 후미코에게 쓴 편지 중에서

〈사형선고를 받기 직전의 가네코 후미코와 박열〉
"얼마 안 있어 이 세상에서 나의 존재가 없어지겠지.
하지만 모든 현상은 현상으로서는 소멸되지만 영원의 실재 속에
존속하는 것이라고 생각한다. 나는 지금 냉정한 마음으로
이 조잡한 기록의 붓을 놓는다. 내가 사랑하는 모든 것 위에 축복 있으리."
– 가네코 후미코의 마지막 일기

〈박열〉
"나는 박열의 본질을 깊이 사랑한다."
– 가네코 후미코의 마지막 법정 발언 중

〈당시의 신문기사들〉

가네코 후미코가 죽자 일본 정부는 황급히 묻어 버린다. 하지만 후세 다츠지 변호사는 강력하게 부검을 요청했다. 결국 가네코 후미코의 사체를 도로 파내서 부검했지만 결과는 액사(목을 매어 죽음)였다. 자살인지 타살인지도 불분명한 상황이었다. 가네코 후미코의 동지들은 가네코의 유골을 화장해 후세 다츠지 변호사의 집에 안치하고 추모 행사를 열었다. 하지만 10여 명의 경찰이 후세 변호사의 집을 포위하고 감시했다. 당연히 추모 행사는 경찰에 발각됐고, 가네코의 어머니를 비롯한 여러 사람이 구금되었다.

〈박열의 출옥 기념 사진〉

박열은 22년 2개월을 복역하고 해방 후 미군에 의해 풀려났다. 박열은 아나키스트 독립운동가였을 뿐만 아니라 비밀 결사 조직인 의열단의 일원으로 알려졌다. 박열은

1924년 4월 2일 이뤄진 일본 도쿄 지방 재판소 제8회 심문에서 "피고(박열)는 의열단에 가입되어 있는가?"라는 질문에 "의열단과 관계는 있다."라고 답했다.

〈가네코 후미코의 묘〉

가네코 후미코는 스물세 살에 삶을 마감했다. 그녀의 유골은 1926년 8월 29일, 소포 형태로 부산에 보내졌고 11월 5일, 박열의 선산인 경북 문경읍 팔영리에 묻혔다. 하지 만 일제의 철저한 감시 속에 방치된 채 가네코 후미코는 잊히고 말았다. 1973년이 되

어서야 아나키즘 독립지사들이 뜻을 모아 묘역을 정비하고 기념비를 세웠다. 이후 2003년 박열의사 기념공원 조성과 함께 현재 위치인 경북 문경시 박열의사기념관으로 이장했다.

〈박열 의사 추모비〉

박열은 1946년 2월, 백범 김구의 부탁으로 3의사(윤봉길, 이봉창, 백정기) 유해봉환추진위원장을 맡아 세 분의 유해를 발굴, 무사히 본국으로 보냈다. 같은 해 10월, 재일조선거류민단을 창단하고 단장이 되어 1949년 5월, 영구 귀국할 때까지 도쿄에 머물렀다. 박열은 대한민국 정부 수립 이후 이승만의 초청으로 귀국하여 한국독립당 당무위원을 지내다 탈당했다. 한국전쟁 때 납북되었으며 북에서 구체적으로 활동한 자료는 없다.

Magdalena

Carmen

Frieda Kahlo y

Calderón

아홉 개의 화살

막달레나 카르멘 프리다 칼로 이 칼데론

Magdalena Carmen Frieda Kahlo y Calderón

1907년 7월 6일~1954년 7월 13일

프리다 칼로는 멕시코의 초현실주의 화가다.
니콜라스 머레이가 프리다 칼로와 사랑에 빠졌을 때 촬영한 사진이다.
사진작가의 감정은 카메라를 통해 사진으로 전해진다.
그래서인지 니콜라스 머레이의 사진 속 프리다는 어느 사진보다 아름답게 보인다.
1939년, 프리다 칼로가 프랑스 전시회를 위해 떠나기 전 니콜라스 머레이의
뉴욕 스튜디오에서 찍은 사진이며, 그가 찍은 사진 중 가장 걸작으로 꼽힌다.
디에고 리베라는 이 사진이 마음에 들어 몇 년간 침실에 걸어 두었다.

나의 소원은 단 세 가지다.
디에고와 함께 사는 것,
그림을 계속 그리는 것,
혁명가가 되는 것이다.

-프리다 칼로

화살 하나

여섯 살, 척수성 소아마비가 나를 덮쳤다. 꼼짝도 못 한 채 방 안에 갇혀 지내야 했다. 끊임없는 고통, 견디기 힘든 아픔, 어린 나이에 감당하기엔 버거웠다. 하지만 그 모든 것보다 적막감이 날 짓눌렀다. 내 곁에는 아무도 없었다.

어머니는 항상 바빴다. 실직 상태나 다름없는 아버지 대신 살림을 꾸리느라, 연이어 태어난 동생들을 돌보느라 나에게 젖조차 제대로 물리지 않은 어머니. 어머니는 내 존재를 잊어버린 듯했다. 나에겐 어머니가 없었다. 그저 '나의 주인님'이 있을 뿐이었다. 두 언니와 여동생 셋 중에서 그나마 나와 놀아 주던 마티타 언니까지 가출해 버렸다. 육체의 아픔보다 외로움이 더 컸다.

호오… 입김을 불면 유리창에 하얗게 입김이 서렸다. 하얀 유리창에 손가락으로 커다란 문을 그렸다. 상상 속에서 난 그 문을 열고 나가 우유 판매점 핀손까지 뛰어갔다. 핀손(Pinzon)의 'o'를 통과하여 지구 한가운데까지 내려가면 항상 나를 기다리는 친구가 있었다. 내 비밀을 듣고 소리 없이 웃어 주는, 전혀 무게가 나가지 않는 것처럼 나풀나풀 춤을 추는 나만의 친구…. 그 친구와 함께 춤을 출 때면 모든 걸 잊어버렸다. 나에게 무관심한 가족들도, 점점 뒤틀리고 야위어 가는 아픈 다리도. 하지만 눈을 뜨면 하얗게 서린 입김도, 그 위의 문도 사라지고 없었다. 난 혼자서 절뚝이며 침대로 돌아가야만 했다.

아픈 하루, 쓸쓸한 하루, 고통스러운 하루하루…. 그렇게 9개월이란 시간이 지나서야 나는 겨우 걸어서 집 밖으로 나올 수 있었다. 하지만 뒤틀리고 바싹 야윈 짧은 다리는 절뚝절뚝, 집 밖에서도 나를 외롭게 만들었다. 그 다리를 가리기 위해 평생 긴 치마만 입었다. 하지만 나도 알고 있었다. 아무리 긴 치마를 입어도 다리를 저는 것까지 숨길 수는 없었다. 아무리 화려한 치마를 입어도 내 상처를 지울 수는 없었다.

화살 둘

열여덟 살, 산후안시장으로 가는 길, 내가 탄 버스와 전차가 충돌했다. 버스의 쇠기둥이 나를 덮쳤다. 차가운 쇳덩이는 내 왼쪽

옆구리에 박혀 자궁과 질을 꿰뚫고 허벅지로 빠져나왔다. 요추, 쇄골, 늑골, 골반, 다리와 발… 온몸이, 빠짐없이, 셀 수도 없이 부러지고 짓이겨졌다. 난 완벽하게 부서져 버렸다.

하반신은 완벽하게 마비되었다. 절뚝이면서 걸을 수조차 없었다. 아니, 편안히 누울 수조차 없었다. 한 달이 넘도록 석고틀 속에 갇혀 있고 나서도 침대에 묶여 있어야만 했다.

밤이 되면 죽음의 신이 내 주변을 맴돌았다. 걸을 수 있을지도, 아이를 가질 수 있을지도, 다시 의학을 공부할 수 있을지도… 모든 것이 불투명했다. 그래도 난 죽음의 신을 두려워하지 않았다. 오히려 죽음의 신을 조롱했다. 농락당한 죽음의 신이 벌을 내린 걸까? 내 상태는 전혀 좋아지지 않았다.

그래도 내 곁에는 알렉산드로가 남아 있었다. 상상 속의 친구가 아닌 숨 쉬고, 말하고, 미소 짓는 나의 첫사랑 알렉산드로 고메스 아리아스.

난 침대에 누운 채 알렉산드로에게 편지를 썼다. 지독한 고통을 참으며 내 사랑을 편지에 담아내려 노력했다. 어머니와 이모의 지독한 반대를 무릅쓰고 나와 사귄 알렉산드로였다. 하지만 그의 방문도 그의 답장도 점점 뜸해졌다.

아버지는 혼자 있는 나를 위해 천장에 이젤과 거울을 달아 주었다. 난 침대에 묶인 채 힘겹게 그림을 그렸다. 뚝, 뚝, 떨어진 물감이 내 몸을 타고 내렸다. 흔들, 흔들, 천장에 매단 이젤은 불안하게 흔들렸다.

그렇게 완성한 내 첫 번째 그림, 자화상. 나는 너무나 자주 혼자이기에, 그래서 내가 가장 잘 아는 주제이기에 나를 그릴 수밖에 없었다.

알렉산드로가 그 그림을 보고 내 상처를, 내 절망을, 내 아픔을 이해해 주길 바랐다. 하지만 열여덟 살, 하고 싶은 것도 많고 가고 싶은 곳도 많은 나이. 침대에 묶여 있는 나는 그와 함께할 수 없는 것이 너무 많았다.

연민과 동정심으로 그가 내 곁에 머문 3년, 그 오랜 시간만으로도 충분했다. 스물한 살, 드디어 알렉산드로와 난 친구가 되기로 했다.

기나긴 투병 생활…. 다시 날 집어삼키려는 외로움이 두려웠다. 혼자 있는 게 싫어서 가족을 그리고 친구를 종이에 담았다. 정물화 따윈 싫었다. 비록 숨 쉬지 못해도 인간의 모습, 내 곁에 머물렀던 사람을 그리고 싶었다. 그렇게 그림 속에 담으면 그들이 곁에 있는 것만 같았다.

나는 병이 난 게 아니라 부서졌다. 그러나 그림을 그리는 동안만은 행복했다.

화살 셋

스물두 살, 멕시코의 영웅 디에고를 만났다. 골수 공산주의자, 뚱뚱하고 못생긴 두꺼비 같은 남자, 스물한 살이나 나이가 많은 남자, 그럼에도 불구하고 여자 관계가 복잡한 남자, 이미 네 아이의 아버지인 남자, 두 번이나 결혼한 남자 그리고 아직도 결혼 상태인 남자, 디에고 리베라. 두꺼비처럼 못생겼다고 비웃은 그 남자를 나도 모르게 사랑하고 말았다.

가족과 친구들의 반대는 예상했고, 당연했다…. 그래서 무시했다. 결국 아버지도 디에고를 받아들일 수밖에 없었다. 내 치료비로 인한 재정 압박이 심각했으니까.

행복하다고 믿었다. 행복할 수 있다고 믿었다. 디에고를 위해 살았다. 디에고가 좋아하는 대로 살았다. 머리카락을 기르고, 테우아나족 원주민의 옷을 입고, 화려한 장신구를 달고, 디에고를 위해 밥을 하고 빨래를 했다. 서기장이던 디에고를 제명한 공산당 친구들과 인연을 끊었다. 내가 그림 그리는 것보다 디에고가 그림 그리는 걸 바라보는 게 더 행복했다.

디에고는 나의 집
디에고는 나의 아이
디에고는 나의 연인

디에고는 나의 친구

디에고는 나의 동료

디에고는 나의 남편

디에고는 나의 어머니

디에고는 나의 아버지

디에고는 나의 아들이었다.

그는 나 자신이며 나의 우주였다.

화살 넷

스물세 살, 첫 번째 임신. 스물다섯 살, 두 번째 임신. 끔찍한 교통사고와 선천적인 골반 장애는 내게 아기를 허락하지 않았다. 그래도 디에고의 아들을 갖고 싶었다. 세상의 모든 신께 빌었다. 깨어 있는 매 순간 기도했다. 스물일곱 살, 세 번째 임신. 오랜 기다림 끝에 태어난 아기는 죽어 있었다. 고통은 찬란했다. 아이를 원치 않은 디에고는 무심했다. 오히려 우울한 내가 싫다는 핑계로 날 버려두고 밖으로만 떠돌았다.

어머니는 폐암으로 죽었다. 아버지는 치매 증상을 보였다. 디에고는 바람을 피우기 시작했다.

낯선 땅, 낯선 언어, 아무도 없는 곳. 미국의 병원이든 멕시코의 병원이든 내 자궁을 헤집는 기계들은 황량하고 차가웠다. 홀로 유산과 출산의 고통을 겪었다. 그리고 디에고의 아들을 가지려는 소망이 절망으로 끝나는 걸 견뎌야 했다.

나의 꿈은 늘 악몽으로만 끝이 났다. 그래도 희망이 있을 거라 생각했다. 다시 아기를 가질 수만 있다면….

화살 다섯

디에고와의 결혼생활은 항상 무언가 결핍되어 있음에도 불구하고 언제나 못 견디게 그리웠다. 그래도 디에고의 아내가 된다는 건 세상에서 가장 경이로운 일이었다. 그래서 디에고가 다른 여자들과 관계를 맺어도 그냥 내버려 두었다. 사실 디에고는 그 어떤 여자의 남편도 아니고, 그렇게 될 수도 없었다. 디에고가 만나는 여자들이 어떤 사람인지 궁금하지도 않았다. 어차피 낯선 타인이었다. 계속 그 여자들에 관해 아무것도 모른 채 타인으로 살아가고 싶었다.

하지만 크리스티나. 내가 가장 좋아하고 나와 모든 것을 함께한 내 동생. 크리스티나는 내 사랑까지 함께하고 싶었나 보다.

디에고의 오랜 버릇이었다. 연인의 자매나 친구와 바람피우는 것은. 버릇이라고밖에 표현할 길이 없었다. 너무나 자주 너무나 많이 일어난 일이니까.

알고 있었다. 사랑하는 이의 모든 인간관계를 파괴하는 성향을.

이해하려 애썼다. 사랑하는 이를 가장 고통스럽게 만드는 그 잔인한 성격을. 하지만 알고 있다고 해서, 이해하려 노력한다고 해서 상처의 쓰라림이 덜어지지는 않았다.

디에고를 위해 기른 머리카락을 짧게 잘랐다. 하지만 디에고를 향한 사랑은 잘라 낼 수 없었다. 디에고는 한여름의 폭설이었다. 황당하고 억울하지만, 어쩔 수 없이 바라보기만 해야 하는. 난 그저 쏟아져 내리는 눈을 맞고 서 있었다. 피할 수도 도망칠 수도 없었다. 그 눈보라를 사랑했으니까.

디에고는 그런 우리의 상황을 자랑스럽게 떠벌리고 다녔다. 세상 모두가 내 비참한 결혼을 동정했다. 세상 모두가 내 끈질긴 사랑을 안타까워했다. 아무리 간절한 사랑이라도 타인의 사랑은 순간의 가십거리일 뿐이었다. 아무리 끔찍한 상처라도 타인의 상처는 순간의 동정거리일 뿐이었다. 그 무엇도 그 어느 누구도 위안이 될 수 없었다.

결국 집을 나왔다. 디에고를 떠나고 싶었다. 그 절망스런 사랑에서, 그 고통스런 사랑에서 도망치고 싶었다. 하지만 난 이미 폭설을 맞은 뒤였다. 이미 그 눈보라에 푹 젖은 뒤였다. 폭설을 피할 수 없듯이 디에고를 떠날 수 없었다. 누군가의 이해를 구하는 것조차 우스운 잔인한 운명이었다.

나에게는 큰 사고가 두 번 일어났다. 하나는 버스가 충돌한 것,

다른 하나는 디에고를 만난 거였다. 열여덟 살에 부서진 척추는 20년 동안 움직일 수 없었다. 하지만 디에고를 만난 게 훨씬 더 나빴다.

이혼을 요구한 쪽은 오히려 디에고였다. 열애 중인 여자와 동거하기 위해서였다.

화살 여섯

스물여덟 살, 일본인 조각가 이사무 노구치와 사랑에 빠졌다. 하지만 그 남자는 디에고의 협박에 겁을 먹고 달아나 버렸다.

서른 살, 망명한 러시아 혁명가 트로츠키와 사랑에 빠졌다. 트로츠키와 지낼 밀실을 꾸미고, 그 청구서를 디에고에게 보냈다. 내가 느낀 고통을 그도 겪게 하고 싶었다. 그렇게 오랜 시간이 지나도 극복하지 못한 불륜의 고통을 트로츠키의 부인이 똑같이 겪고 있다는 것은 무시했다. 유부남과의 사랑이 아름다울 거라고 기대할 만큼 어리석지는 않았다. 그저 사랑에 빠졌다는 것만으로도 설레었다. 누군가의 곁에 있다는 사실만으로도 따뜻했다.

내게 인생이란 사랑하고 목욕한 뒤에 다시 사랑을 나누는 것이었다. 그 순간에는 내가 살아 있음을 느낄 수 있었다. 하지만 "칼로는 나에게 아무것도 아닌 존재다."라는 말을 남긴 채 트로츠키는 날 떠났다. 그리고 얼마 뒤 스탈린이 보낸 자객의 손에 암살되었다.

서른한 살, 젊은 사진작가 니콜라스 머레이(Nickolas Murray)와 사랑에 빠졌다. 그리고 금세 이별이었다. 내게 사랑은 항상 그 모양이었다. 여자와 사귀기도 하고, 어린 남자와의 섹스에 빠지기도 했다. 하지만 결말은 항상 같았다. 무거운 내 인생과 달리 내 사랑은 항상 가볍게 날아가 버렸다.

어쩌면 내게 사랑은 디에고와 동의어인지도 모른다. 너무 고통스럽고 절망스러워 나 자신을 부숴 버리고 싶은 저주…. 나의 디에고….

내 몸은 디에고를 떠났어도 내 영혼 깊은 곳에 있는 디에고는 떠나지 않았다. 다른 이와 사랑에 빠진 순간에도 디에고는 내 곁을 맴돌았다.

어쩌면 다른 누군가를 사랑한다고 착각하고 싶었던 건지도 모른다. 사랑할 만한 이유가 충분한 사람이 바로 곁에 있는데도 사랑하지 말아야 할 모든 이유가 있는 디에고에게서 헤어 나올 수 없었다.

그래서였다. 끊임없이, 보란 듯이 다른 이들과 사랑에 빠졌다. 디에고가 저지른 처절한 배반 따위는 겪게 하지 않을, 디에고가 준 잔인한 고통을 위로해 줄 사람과 함께하고 싶었다.

하지만 그 모든 순간에도 난 디에고를 사랑하고 있었다.

눈물이 멈추지 않아도, 그 핏빛 눈물로 온몸이 피범벅이 되어도, 그 검붉은 눈물이 상처에 스며들어 쓰라리고 아파도 그 사람 곁을 떠날 수 없는 것. 그 사람 곁에서 그 아픔을 견뎌야만 하는 것. 내게 사랑은 언제나 검붉은 핏빛의 디에고였다.

서른세 살, 디에고의 생일날 결국 난 디에고 곁으로 돌아왔다.

상대방의 경제적 독립성을 존중할 것, 문란하고 복잡한 여자 관계를 모두 정리할 것… 수많은 조건을 내세웠다. 그 조건이 지켜질 거라고는 단 한순간도 믿지 않았다. 하지만, 돌아와야 했다. 그래도, 돌아올 수밖에 없었다.

내 예상은 적중했다. 디에고는 여전히 불성실한 남편이었다. 내 친구였던 영화배우 마리아 펠릭스를 시작으로 디에고의 불륜은 다시 계속되었다.

디에고가 그린 벽화의 나는 늙은 아줌마의 모습을 하고 있었다. 자신을 바라보는 나를 옆에 내버려 둔 채 디에고는 소년의 모습으로 다른 여자의 손을 붙잡고 있었다. 그게 디에고가 생각하는 나였다. 그게 우리의 현실이었다.

하지만, 그래도, 난 그의 곁을 떠날 수가 없었다. 그래서 디에고가 변할 거라는 희망을 떠나보냈다. 모든 희망을 버리고라도 그의 곁을 지키고 싶었다.

사랑? 누구에게나 물음표인 사랑…. 하지만 내겐 한 번도 의문

형일 수 없었던 단어. 사랑… 그것은 디에고였다.

화살 일곱

서른네 살, 아버지가 죽었다. 독일 출신 유대인으로 예술가이자 전문 사진사였고 성품이 너그러우며 명석했던 우리 아버지 기예르모 칼로. 60년 동안 간질로 고생하면서도 결코 일을 멈추지 않았고, 용기 있게 히틀러에 맞서 싸운 아버지.

내게 사진기 다루는 법을 알려 준 아버지, 나와 함께 고고학과 예술에 대해 토론한 아버지, 병원 침대에 묶여 있는 나에게 이젤과 거울을 달아 주며 그림을 그리라고 격려해 준 아버지, 날 영원히 사랑하고 내 곁에 영원히 있어 줄 거라 믿은 아버지가 사라졌다.

그리고 내 건강은 다시 악화되기 시작했다.

난 거짓말을 자주 했다. 누가 언제 태어났냐고 물으면 멕시코 혁명과 함께 태어났다고 말하곤 했다. 멕시코 공산주의 혁명은 내가 태어나고 3년 뒤에 시작되었다. 보통 여자들처럼 나이를 속이고 싶어서가 아니었다. 멕시코 혁명이 내 인생에서 그만큼 중요하다는 뜻이기도 하고, 나의 탄생이 혁명처럼 위대하다는 뜻이기도 했다.

나의 거짓말은 타인에게 피해를 주는 사기도 아니고, 너무 사소해 드러나지 않는 경우도 많았다. 하지만 친구나 연인들은 그런 나를 어이없어했고, 나를 연구하는 사람들은 거짓과 진실 사이에서 혼란에 빠져 버렸다.

아무도 이해하지 못하는 거짓말의 이유는 간단했다. 거짓말을 해서라도 내 삶의 무게를 가볍게 만들고 싶었다. 거짓말 속에서라도 다른 삶을 꿈꾸고 싶었다.

진실한 나 자신을 드러낸 건 그림밖에 없었다. 나의 상처와 고통을 꺼내서 그림 속에 가둬 버리고 싶었다.

화살 여덟

석고와 가죽 코르셋은 더 이상 내 몸을 지탱하지 못했다. 강철 코르셋으로 겨우 상반신을 지탱했다. 내 삶의 무게에 비하면 가벼웠다. 내 삶의 저주에 비하면 견딜 만했다. 열 번에 가까운 척추 수술을 받고 발가락도 잘라 냈지만 고통은 끊어 내지 못했다. 골수이식 중 세균에 감염되어 몇 번이나 재수술을 받았지만 상처를 회복할 수는 없었다.

첫 멕시코 전시회. 난 일어나 앉을 수조차 없어 침대에 누운 채 실려 가야만 했다. 누운 채로 사람들과 술을 마시고 떠들었다. 그렇게 누운 채로 노래 부르고 춤을 추며 즐겼다.

얼마 뒤 오른쪽 다리를 잘라 냈다. 나에겐 날 수 있는 날개가 있으니까 다리 따위는 필요 없었다.

폐렴 때문에 숨쉬기조차 힘들었다. 그래도 나의 정치적 신념을 위해 휠체어를 타고 공산주의자 시위에 참여했다. 소나기를 맞아 아직 완치되지 않은 폐렴이 재발했다.

유일한 희소식은 이제 내가 참는 데 익숙해졌다는 것이었다.

우습다. 세상의 모든 고통이 나를 향해 몰려들었다. 하지만 고통이 두렵지는 않았다. 항상 익숙한, 언제나 나와 함께한 거니까.

화살 하나! 화살 둘! 화살 셋!

화살 맞은 상처에서 아직도 피가 흐르는데, 항상 또 다른 화살을 맞아야만 했다. 그렇게 화살의 수가 늘어 갈 때마다 이제 더 이상은 화살이 날아오지 않을 거라 믿고 싶었다. 어쩌면 다음에는 어디선가 날아오는 화살을 막을 수 있을지도 모른다고 기대했다. 하지만 화살은 끊임없이 날아왔고, 끈질기게 나를 향했다. 아물지 못한 상처에서는 피가 멈추지 않고 흘러넘쳤다.

신은 호기심이 발동한 모양이었다. 인간이라는 미약한 존재가 얼마나 많은 고통을 견디어 낼 수 있는지, 인간이라는 보잘것없는 존재가 얼마나 많은 상처를 입어도 살아남을 수 있는지 신은 궁금했던 모양이다. 신은 오기가 생겼던 모양이다. 내가 어디까지 견딜 수 있는지 보자며 싸움이라도 걸듯 날 아프게 했다.

프리다. 독일어로 평화를 의미하는 이름. 평화는 그 이름으로 끝이었다. 나의 삶에 평화는 단 한 번도 찾아오지 않았다.

조금씩 술을 마시기 시작했다. 조금씩 마약을 하기 시작했다. 잠깐이라도 고통을 잊고 싶었다.

누가 감히 나에게 술과 마약을 했다고 손가락질할 수 있는가? 누가 감히 내 정신력이 약해서 술과 마약에 빠져들었다고 떠들어 댈 수 있는가?

숨 쉬는 모든 순간, 불행을 들이마시고 절망을 내쉬는 것 같았다. 모든 사람이 내가 삶을 포기할 거라 생각했다. 아프고, 힘들고, 잔인한 삶이기에. 그래서 난 더 꿋꿋이 버텼다. 끝내는 것보다 버티는 일이 더 힘들다는 걸 알기에.

'왜 살아?' '어떻게 살아?' '이번에는 못 견디겠지?'

그 의문일 수 없는 의문들에 대한 반항이었다. 살아야 했다. 나 자신을 쉬운 길로 가게 내버려 둘 수는 없었다. 살아내야 했다. 신의 도전 따위에 질 수는 없었다. 난 운명이 준 고통을 견디지 않았다. 나는 삶을 파괴하려는 그 모든 고통과 맞서 싸웠고, 승리했다.

난 세상 그 누구보다 크고, 강하고, 위대한 사람이었다. 그 끔찍한 고통의 순간에도 그림을 그릴 수 있는… 그 처참한 절망의 순간에도 그림을 그려야만 하는… 나는… 화가였다.

파리의 콜 갤러리에서 열린 멕시코전에 출품된 내 그림을 보고, 칸딘스키는 감동받아 눈물을 흘리며 나를 껴안았다. 피카소는 감탄하며 나를 껴안고 키스한 것으로도 모자라 손수 만든 귀고리까지 선물하고 디에고에게 편지를 썼다.

"당신도, 나도, 다른 그 어느 누구도 프리다 칼로가 그린 얼굴을 그릴 수는 없을 겁니다."

내 그림은 남미 화가 최초로 루브르박물관에 소장되었다.

비평가들은 내가 초현실주의를 창조했다며 극찬했다. 난 그들을 비웃었다. 난 초현실주의가 뭔지도 몰랐다. 난 한 번도 꿈을 그린 적이 없었다. 내가 그린 것은 항상 내 현실이었다.

나는 그림을 그렸다. 그리지 않을 수 없기에.

그림은 뱃속에서 이미 죽어 버려 한 번도 안아 보지 못한 자식이고, 멕시코 공산주의 혁명의 도구이며, 디에고와 나를 연결해 주는 끈이었다. 난 그저 살아가기 위해 그림을 그려야 하는 여자였다. 그림은 저주에 가까운 나의 운명에서 유일한 축복이었다.

화살 아홉

마흔네 살, 적지도 많지도 않은 나이. 1954년 7월 12일, 결혼 25주년이 17일 남았다.

집에 놀러 온 오랜 친구인 엠마에게 부탁했다. 내가 죽으면 디에고와 결혼하여 그를 보살펴 달라고. 그녀라면 믿을 수 있을 것 같았다. 엠마는 말도 안 되는 소리라며 고개를 설레설레 저었다.

그날 저녁 디에고에게 결혼 기념 반지를 미리 건넸다. 디에고는 왜 선물을 미리 주는 거냐고 물었다.

"이제 곧 당신 곁을 떠날 것 같아서 그래요."

내 대답에 디에고는 눈물을 글썽이며 고개를 저었다. 하지만 난 웃으며 고개를 끄덕였다.

모두 고개를 저었다. 나도 그들의 거짓말을 믿고 싶었다. 하지만 언제나 내 곁을 맴돌기만 하던 죽음의 신이 드디어 결심했다는 걸 느낄 수 있었다. 마지막으로 디에고에게 부탁했다. 죽어서도 누워 있고 싶지 않으니 화장해 달라고.

테우아나족 원주민의 의상을 벗고 여사제나 할 법한 멕시코의 전통 장신구들을 떼어 냈다. 나를 보호해 준 마지막 갑옷이었다.

힘겹게 일기를 썼다. 나의 마지막 일기.

"이 외출이 행복하기를 그리고 다시 돌아오지 않기를."

난 베개를 베고 누웠다. '행복한 두 심장'. 디에고와 나를 위해 내가 베갯잇에 수놓은 글자들이 머릿속을 파고들었다. 잠이 든 순간까지 디에고와 함께하고 싶어 새긴 글이었다. 하지만 언제나 나와 함께한 디에고를 이제는 떠나야 했다. 이제는… 정말로… 떠날 수밖에 없었다.

먹구름이 몰려오고 있었다. 내가 죽은 뒤엔 폭우가 쏟아졌으면 좋겠다. 내 삶의 고통과 저주를 그 폭우 속에 흘려보내고 싶었다.

마지막 상처는 나 스스로 나를 위해 입혔다.

프리다와 디에고의 사랑, 그 뒤의 이야기

프리다 칼로가 눈을 감는 순간, 폭우가 쏟아지기 시작했다. 거센 빗줄기는 그녀의 삶을 짓누르던 고통을 쓸어가 버렸다. 그녀의 생명과 함께…. 비가 그치고 파란 하늘이 드러났다. 마침내 그녀는 하얀 재가 되어 하늘을 향해 날아올랐다.

1년 뒤 디에고는 그녀의 초상화를 그렸다. 그리고 '항상 나의 눈동자로 남을 프리다에게'라고 새겨 넣었다. 하지만 그녀의 눈동자는 돌아올 수 없는 곳으로 사라진 뒤였다.

한 번도 들어주지 않은 그녀의 부탁들, 애원이 된 그녀의 기도들…. 처음이자 마지막으로 디에고는 그녀의 간절한 부탁을 외면하지 않았다. 프리다의 유언대로 디에고는 그들의 친구였던 엠마 우르타도와 결혼했다.

그리고 3년 뒤 프리다와 영원히 함께할 수 있도록 화장해 달라고 유언하며 디에고는 눈을 감았다. 유언은 지켜지지 못했다. 멕시코의 영웅을 화장할 수는 없다는 여론 때문에 디에고는 돌로레스 시민묘지의 유명 인사 구역에 매장되었다. 죽어서도 그들은 함께 할 수 없었다.

다행히 프리다의 고통은 삶과 함께 끝났다. 공식 사망 원인은 폐색전이지만 전기작가 헤이든 헤레라는 자살이라고 주장한다. 프리다는 사망 전날 처방전 최고 복용량이 일곱 정인 진통제를 일부러 열한 정이나 복용한 것으로 알려졌다. 부검은 하지 않았다.

페미니즘 운동이 시작되면서, 마돈나 레이디 가가를 비롯한 유명인이 그림을 사려고 경매 최고가를 부르면서, 그 믿을 수 없는 삶이 영화화되면서 프리다는 세상에 그 존재를 드러냈다.

그녀의 그림은 멕시코 국보로 지정되었고, 그녀의 초상화는 히스패닉 여성 최초로 미국의 우표로 만들어졌다. 또한 프리다의 작품은 경매에 나올 때마다 최고가를 갈아치우고 있다.

하지만 비평가들은 그녀의 재능보다는 그녀의 인생이 프리다를 유명하게 만들었으며 그림값을 올린다고 말한다. 틀린 말은 아니다. 사람들이 프리다에게 열광하는 건 그녀가 불행했기 때문이다. 인간이란 잔인하게도 타인의 불행에 열광하는 성향이 있으니까. 하지만 그녀는 그 인생을 살아냈다는 것만으로도 그 정도 보상은 받을 권리가 있다. 그 삶만으로도 그녀는 '신화'가 될 자격이 충분하다. 그러니 제발 더 이상 그녀에게 또 다른 화살을 쏘진 말아 줬으면 한다.

그녀는 이미 아홉 개나 되는 화살을 맞고 숲속에 홀로 버려진 사슴이다. 하지만 그녀의 눈빛은 잔인한 고통에도 흔들리지 않고 뚜렷했다. 그녀의 입술은 처참한 절망 따위에 지지 않겠다고 다짐하는 것처럼 꽉 다물어져 있다. 그녀는 운명이 준 고통을 견디지 않았다. 그녀는 삶을 파괴하려는 그 모든 고통과 맞서 싸웠고, 승리했다. 그렇게 강한 여자가 그녀, 프리다였다.

하지만 이렇게 강하고 당당한 프리다가 디에고 앞에서는 달라졌다. 멕시코 벽화운동의 거장 디에고 리베라는 젊을 때 이미 천재 화가로 인정받았다. 하지만 인간성은 최악이었다. 디에고는 완벽한 이기주의자였고 순간의 욕망에 따라 행동했다. 윤리를 무시하고 관습이나 예의범절을 파괴했다. 자신의 행동으로 말미암은 타인의 상처와 고통에 철저히 무관심했다.

그런 디에고는 강한 여자 프리다의 유일한 약점이었다. 수많은 고통에도 끄떡없는 그녀였지만, 디에고가 죽는다면 무슨 수를 써서라도 그 뒤를 따르겠다고, 디에고 없이는 살 수 없다고 입버릇처럼 말할 정도였다.

그녀에게는 사랑마저도 고통이었다. 어쩌면 우리에게도 그럴지 모른다. 우리는 자신을 사랑해 주는 사람이 없기 때문에 외로워서 고통스럽고, 우리는 사랑하는 사람이 없기 때문에 혼자라서 아프다. 우리는 사랑하는 사람이 그 사랑을 되돌려주지 않아서 절망하고, 우리는 자신을 사랑하는 사람에게 그 사랑을 되돌려주지 못해서 미안하다. 우리는 사랑하기 때문에 그 사람에게 상처받고, 우리는 사랑하지 않기 때문에 그 사람에게 상처를 입힌다. 우리는 사랑이라는 감정이 변해서 슬프고, 사랑하는 사람이 떠나서 눈물을 흘린다. 그렇다. 그녀뿐만 아니라 우리 모두에게도 사랑은 고통이다.

하지만 그녀의 사랑은 고통이라는 단어로 설명하고 이해하기에는 부족해 보일 정도로 끔찍하다. 그녀의 정신세계조차 의심될 정도로. 어쩌면 그녀는 디에고를 사랑한 게 아니라 디에고에게 강박과 집착, 자기 파괴적 성향이라는 증상을 드러낸 것은 아닐까? 그녀는 사랑을 한 게 아니라 일종의 정신병을 앓은 건 아닐까?

맞다. 그녀는 디에고에게 미쳐 있었다. '정상'적인 감정은 결코 사랑일 수 없다. '정상'이란 개념은 이성을 포함하니까. 사랑은 미쳐야만 한다. 이성을 잃어버리고 감각마저 마비되어 모든 생명체가 지닌 생존 본능조차 포기할 수 있게 만드는 게 사랑이다. 그 완전하게 순수한 '절대성'이 없다면 사랑이 아니라 사랑과 유사한 감정일 뿐이다. 그래서 그녀의 사랑은 진짜였다.

혹시 당신도 지금 사랑 때문에 고통스러워하면서 그 사랑에 대한 희망을 버리지 못하는가? 헤어져야만 하는 수많은 이유가 있는데도 차마 그 사랑을 떠나지 못하는가? 그녀가 그랬듯이?

괜찮다. 어차피 또 다른 사랑을 찾는다 해도 그 사랑마저 고통일 테니…. 사랑은… 누구에게나 고통일 수밖에 없는 것이다. 이러지도 못하고 저러지도 못하고 너무 암담하다. 그 힘든 고통에서 벗어나는 길은 하나밖에 없다.

조금만 더 그 사랑에 미쳐라! 그 고통조차 느낄 수 없도록….

프리다 칼로와 디에고 리베라

1886년 12월 8일 디에고 리베라, 멕시코 과나후아토에서 출생

1896년 디에고 리베라, 산카를로스미술원 입학

1907년 7월 6일 프리다 칼로, 멕시코 코요아칸에서 출생

디에고 리베라, 정부 장학금으로 유럽 유학

1914년 디에고 리베라, 귀국하여 미술가협회 결성

1921년 프리다 칼로, 국립예비학교 입학

1922년 디에고 리베라, 공산당 입당

1923년 디에고 리베라, 국립예비학교 벽화 작업

프리다와 디에고, 만남

1925년 9월 17일 프리다, 교통사고

1926년 프리다, 첫 그림 〈자화상〉 완성

1929년 8월 21일 프리다와 디에고, 결혼

1930년 프리다와 디에고, 미국으로 이주

1933년 프리다와 디에고, 멕시코로 귀국

1938년 프리다, 뉴욕의 줄리앙레비화랑에서 첫 개인전

1939년 프리다와 디에고, 이혼

1940년 12월 8일 프리다와 디에고, 재결합

1941년 코요아칸의 푸른 저택에 정착

1953년 프리다, 멕시코에서 첫 개인전

1954년 7월 13일 프리다 칼로, 사망

1957년 11월 25일 디에고 리베라, 사망

〈나의 탄생(My Birth)〉
1932년, 금속판에 유채, 30.5×35cm, 마돈나 소장

프리다는 자신을 잉태한 유일한 화가다.
– 롤라 알바레스 브라보

아무도 없는 병실, 죽은 어머니의 자궁에서 힘들게 빠져나오는
프리다를 벽에 걸린 마리아가 안타깝게 바라보고 있다.
프리다는 태어나기도 전에 이미 삶의 고통에 지친 듯하다.

〈프리다 칼로〉

프리다의 아버지 기예르모 칼로가 직접 찍은 사진들이다. 프리다는
어린 시절부터 아버지의 모델과 조수로 활동하며 예술적 재능을 키웠다.
무관심한 어머니와 달리 아버지는 영리한 프리다를 많이 사랑해 주었다.

〈프리다가 사고 전후를 묘사한 스케치〉

의사가 되고 싶었던 프리다는 1921년 멕시코 최고 명문인
에스쿠엘라국립예비학교에 입학했다.
2,000여 명의 학생 중 여학생은 30명 정도였다고 한다.
프리다는 학교에서 첫사랑인 알렉산드로 고메스 아리아스를 만났다.
당시 프리다는 집안 살림에 도움을 주고자 아버지 친구인 페르난데스의
판화 공방에서 판화 모사 작업을 하며 드로잉을 배웠는데,
그녀의 재능을 알아본 페르난데스는 프리다에게 화가가 되기를 권했다.

〈침대에 누워 그림을 그리는 프리다 칼로〉

"하지만 나는 죽지 않았다. 살고 싶었고 깁스를 하고 누워 있는 것이
끔찍하게 지루해서 무엇이든 해 보기로 했다. 내 그림은 그렇게 시작되었다.
난 슬픔을 익사시키려고 했는데 이 나쁜 녀석들이 수영하는 법을 배웠다.
그리고 지금은 이 괜찮은 느낌에 압도당했다."

– 프리다 칼로

〈벽화 작업을 하는 디에고 리베라〉
프리다와 디에고가 처음 만난 건 1923년.
당시 디에고는 멕시코 교육부의 주문을 받아 프리다가 다니는
예비학교의 볼리바르강당에서 벽화 작업을 하고 있었다.
열다섯 살의 프리다는 디에고에게 '일하는 모습을
좀 더 지켜보고 싶으니 작업을 계속하라'고 당당하게 요구했다.
디에고는 "그녀는 보기 드문 품위를 지녔고 확신에 찬 모습이었다.
눈에는 기묘한 불길이 타오르고 가슴은 봉긋 솟아오르기 시작했다.
그렇게 아이 같지 않은 매력을 갖추고 있었다."라고 회상했다.
1928년, 프리다는 공산주의 소모임을 하는 중에 좌익 활동가이자
사진작가인 티나 모도티의 소개로 디에고 리베라를 다시 만났다.

〈부서진 기둥(The Broken Column)〉
1944년, 캔버스에 유채, 40×30.5cm, 멕시코 돌로레스올메도재단

프리다가 척추 수술을 받은 직후에 그린 그림이다.
프리다는 평생 동안 서른두 번의 큰 수술을 받았다.

"나는 너무나 자주 혼자이기에,
그래서 내가 가장 잘 아는 주제이기에 나를 그릴 수밖에 없었다."
프리다는 143점의 회화 중 55점이 자신의 초상화일 정도로
초상화를 많이 남긴 작가다.

〈두 명의 프리다(Las Dos Fridas)〉
1939년, 캔버스에 유채, 172×172cm, 멕시코현대미술관

"프리다의 작품에서는 예상을 뛰어넘는 표현에서
솟아오르는 에너지를 느낄 수 있었다. 또한 그 인물만의
명쾌한 묘사와 진정한 엄정성이 돋보였다. 잔인하지만
감각적인 관찰의 힘에 의해 더욱 빛나는 생생한 관능성이
전해졌다. 나에게 이 소녀는 분명 진정한 예술가였다."
– 프리다 칼로의 그림에 대한 디에고 리베라의 평가

〈프리다 칼로와 디에고 리베라〉

결혼식날 사진이다. 1929년, 프리다는 연인 디에고 리베라와
스물한 살의 나이 차를 극복하고 결혼했다. 결혼 이후 프리다는
디에고 리베라를 내조하느라 그림을 그릴 여유가 없었다. 또한
프리다는 공산주의자라는 사실을 스스로 자랑스러워했지만,
결혼 이후 디에고 리베라가 정치 논쟁에 휘말리며 공산당에서 제명되자
멕시코 공산당에서 탈퇴했다. 언론은 이 커플을 코끼리와 비둘기라고 불렀다.

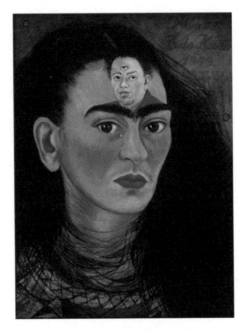

〈디에고와 나(Diego and I)〉
1948년, 캔버스에 유채, 29.5×22.4cm, 뉴욕 마리엔마틴미술관

그런데 왜 나는 '나의 디에고'라고 말하는가?
그는 결코 내 것이 아닌데. 그는 오직 그 자신의 것일 뿐이다.
– 프리다 칼로

〈프리다와 디에고 리베라(Frieda and Diego Rivera)〉
1931년, 캔버스에 유채, 100×78.8cm, 샌프란시스코 모던 아트 뮤지엄

"나는 이상하게도 한 여인을 사랑하면 할수록 더 많은 상처를 주고 싶었다.
프리다는 이런 역겨운 성격에 상처 입은 희생양 중
가장 대표적인 여인일 뿐이다."
디에고 리베라는 인터뷰에서 당당하게 말했다.
프리다를 사랑하기에 더 많은 상처를 준 것이라고.

〈헨리포드병원(Henry Ford Hospital)〉
1932년, 금속판에 유채, 30.5×38cm, 돌로레스올메도 모던 아트 뮤지엄

"이 그림은 고통의 메시지를 담고 있다."
– 그림을 그릴 당시 프리다 칼로의 일기 중에서

프리다가 유산을 하고 그린 그림이다. 당시 프리다는 디에고의 벽화 작업 때문에
미국에 머물렀다. 1930년, 프리다는 임신했으나 건강이 좋지 않아 중절을 해야 했고,
1932년에 다시 임신했으나 하혈을 하고 유산했다. 헨리포드병원에서 예전의 사고와
선천적으로 작은 자궁 때문에 임신이 어렵다는 진단을 받았다. 1934년, 프리다는
다시 임신했으나 사산했으며, 난소 발육 부진으로 수술해야 했다.

〈여동생 크리스티나의 초상(Portrait of Christina, My Sister)〉
1928년, 패널에 유채, 74.7×56.7cm

"크리스티나는 프리다의 친한 친구였다."
디에고가 자서전《나의 예술, 나의 인생》에서 변명한 말이다. 참으로 뻔뻔하고 당당하게도.

프리다와 연년생으로 태어난 동생 크리스티나는 프리다에게 둘도 없는 친구이자
어려서부터 애증으로 엮인 사이였다. 1928년, 크리스티나는 프리다가 자신의
초상화를 그려 줄 무렵부터 디에고와 가까워졌다. 크리스티나와 디에고의 불륜은
프리다에게 엄청난 충격을 주었다. 하지만 크리스티나와 프리다는 절연하지 않았다.
프리다는 크리스티나와 디에고의 불륜을 알고 복수하기 위해 맞바람을 피운다.
하지만 혹시나 외도를 디에고에게 들킬까 봐 노심초사했다. 이때 프리다를 도운
사람이 크리스티나였다. 크리스티나는 트로츠키, 이사무 노구치, 니콜라스 머레이가
프리다에게 보낸 편지를 대신 받아 주고 프리다의 답장을 대신 보내 주었다.

〈몇 개의 작은 상처(a Few Small Nips)〉
1935년, 금속판에 유채, 29×39.5cm, 멕시코 돌로레스올메도재단

"그냥 몇 번 칼로 살짝 찔렀을 뿐입니다, 판사님.
스무 번도 안 된다고요."
셀 수 없을 정도로 여자를 찔러 죽인 살인범이 경찰에
연행되었을 때 한 말이다. 그렇게 상처란 찌른 사람에게는
'몇 번'과 '살짝'이 될 수도 있다. 찔린 사람이 피를 쏟으며 죽어 가더라도.
디에고와 여동생 크리스티나의 불륜을 알고 프리다가 그린 그림이다.

〈잘라 낸 머리가 있는 자화상(Self-Portrait with Cropped Hair)〉
1940년, 캔버스에 유채, 40×29cm, 뉴욕현대미술관

그림 위쪽에 있는 악보와 글씨는 멕시코 노래다.
"이봐, 난 당신의 머리카락 때문에 당신을 사랑했어.
이제 당신은 머리카락이 없으니 더는 당신을 사랑하지 않아."
노랫말이 프리다가 이혼할 당시의 심경을 잘 보여 준다.
프리다는 어떻게든 디에고를 향한 사랑에서 벗어나고 싶어 한 것 같다.

〈프리다 칼로〉

1939년 연인인 사진작가 니콜라스 머레이(Nickolas Murray)가
뉴욕 스튜디오에서 촬영한 사진이다.
2012년 11월 〈보그〉 멕시코의 부록 표지로 쓰였다.
프리다는 여사제처럼 화려한 멕시코 전통 의상에 액세서리를 즐겨 착용했다.
그녀는 남자가 여자를 억압하는 전통적 관습을 거부했기 때문에
페미니스트들에게는 20세기의 페미니스트로 각광받는다.

〈프리다와 트로츠키〉

칼로의 오른쪽이 트로츠키, 왼쪽은 트로츠키의 아내다. 프리다는 정치에 관심이 많았으며 러시아 혁명가에게 심취하여 사회주의와 공산주의 옹호론자가 되었다. 트로츠키

가 스탈린과의 권력 투쟁에서 밀려나 멕시코로 망명했을 때, 프리다는 기꺼이 자기 집에서 머물게 해 주었다. 당시 이들은 짧은 연애를 했다. 트로츠키는 프리다의 집과 가까운 곳에 자택을 마련했지만 얼마 뒤 스탈린이 보낸 암살자에 의해 멕시코에서 생을 마감했다.

〈프리다와 디에고〉

"나는 디에고를 사랑합니다. 내 인생에서 이 모든 고통이 절대 끝나지 않으리라는 걸 당신은 이해할 것입니다. 디에고와 전화로 다투고 거의 한 달간 그를 볼 수 없었습니다. 그를 떠나보내는 것이 훨씬 현명하다는 결론에 이르렀습니다."

프리다는 1939년 10월 13일, 니콜라스 머레이에게 보낸 편지에서 2주 전에 이혼했음을 밝히면서도 디에고를 여전히 사랑한다고 썼다.

〈내 마음속의 디에고(Diego on My Mind)〉

1943년, 캔버스에 유채, 76×61cm, 겔만 켈렉션(Gelman Collection), 멕시코시티

이 그림만큼 사랑을 잘 표현할 수 있을까?

디에고가 프리다의 얼굴에 아로새겨져 있다.

사랑이란 그렇게 얼굴에 새겨져 잊을 수 없는 무언가다.

거울을 봐도 내가 아닌 그 사람이 보이는….

〈용설란이 핀 언덕에 앉은 프리다 칼로〉

1937년 토니 프리셀 작품이다. '멕시코의 세뇨라들'이라는 타이틀 아래 〈보그〉를 위해 찍은 사진이다. 1938년, 프리다는 뉴욕과 파리로 전시 여행을 떠난다. 그러나 몸은 디에고 곁을 떠나도 마음은 결코 디에고를 떠나지 못했다. 당시 프리다의 일기에는 이렇게 쓰여 있다.

"살아가는 동안 결코 당신의 존재를 잊지 않으리라. 당신은 지친 나를 안아 주고 어루만져 주었다. 너무도 작은 이 세상에서 시선을 어디로 향해야 하나? 너무 넓고 깊어라! 이제 시간이 없다. 더 이상 아무것도 없다. 아득함. 오직 현실만이 존재한다. 그랬다. 항상 그랬다."

〈푸른 저택〉

프리다와 디에고는 재결합 후 1941년, 코요아칸의 푸른 저택에 정착했다. 현재 푸른 저택은 박물관으로 사용되고 있다.

〈뿌리[Roots(raices)]〉
1943년, 금속에 오일, 30.5×49.9cm

디에고와의 재결합을 상징하는 그림이다.
프리다는 작품이 많지 않아 미술 시장에 나오는 경우가 드문데
이 그림은 2007년 뉴욕 소더비 경매에서
560만 달러에 거래된 것으로 알려졌다.

〈가시 목걸이를 한 자화상과 벌새(Self-Portrait with Thorn Necklace and Hummingbird)〉
1940년, 캔버스에 유채, 47×61cm, 보스턴미술관

거미원숭이는 디에고 리베라가 프리다 칼로에게 준 상처를 위로하는 선물이었다.
디에고와 재결합하여 푸른 저택에서 앵무새와 원숭이를 기르며
프리다의 생활도 안정되었다. 또한 프리다는 1943년,
교육부 부설 미술학교인 라 에스메랄다에 회화과 교수로 임명되었다.

〈아버지, 기예르모 칼로(Don Guillermo Kahlo)〉
1951년, 캔버스에 오일, 60.5×46.5cm, 프리다칼로미술관

그림 아래에는 아버지에게 바치는 헌사가 적혀 있다.
"헝가리계 독일 출신으로 예술가이자 전문 사진사였고,
성품이 너그러우며 명석했던 우리 아버지 기예르모 칼로의 초상이다.
그는 성실하고 용기 있는 사람이었다. 60년 동안 간질로 고생하면서도
결코 일을 멈추지 않았고 히틀러에 맞서 싸웠다.
깊은 애정을 담아. 딸 프리다 칼로."
프리다는 아버지에 대한 애정이 깊었기에
아버지가 죽고 나서 건강이 많이 악화되었다.

〈디에고와 나(Diego and I)〉
1944년, 12.4×7.4cm, 프리바다 컬렉션 소장

프리다가 디에고의 쉰여덟 번째 생일을 축하하기 위해
자신과 디에고의 얼굴을 반씩 합해서 그린 초상화다.
"남편 디에고에 대해서는 말하지 않겠습니다. 그것은 우스운 일이 되겠지요.
디에고는 한 여자의 남편인 적이 한 번도 없으며 앞으로도 그럴 것입니다.
애인인 그에 대해서도 말하지 않겠습니다. 그는 성의 한계를 훨씬 넘어서는
존재이기 때문입니다. 내가 그를 아들처럼 다루며 이야기한다면 그건 디에고를
묘사한다기보다 나 자신의 감정을 묘사하는 일이 될 것입니다.
결국은 나 자신을 묘사하는 일일 뿐입니다."
1949년, 디에고 리베라의 창작 활동 50주년 기념 국립미술학교 전시회에서
프리다는 공식적으로 디에고에 관한 글을 발표했다.

〈상처 입은 사슴(The Little Deer)〉
1946년, 캔버스 섬유판에 유채, 22.4×30cm
캐롤린 파브 부인의 컬렉션(Collection of Mrs. Carolyn Farb), 휴스턴, 멕시코 국보

프리다의 최고 작품은 〈상처 입은 사슴〉이다. 프리다는 아스텍 달력으로
사슴의 날에 태어났다. 그래서인지 사슴을 반려동물로 기를 만큼 좋아했고,
자신과 동일시했다. 온순하고 약한 사슴 프리다는 아홉 개나 되는 화살을 맞은 채
숲속에 홀로 남겨져 있다. 프리다의 모든 그림은 멕시코 정부가 국가 재산으로
특별히 관리하기 때문에 해외 반출이 어려워 해외 전시가 잘 열리지 않는다.

〈인생 만세(Viva la Vida)〉

1954년, 메소나이트에 유채, 멕시코시티 프리다칼로박물관

프리다 칼로가 사망하기 8일 전에 완성한 수박 정물화다.
'인생 만세'라는 제목이 프리다의 고통스러운 삶과 평화로운 죽음을
다시 생각하게 만든다.

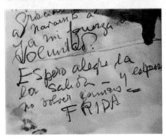

〈프리다의 일기장〉

가장 아래쪽 그림이 일기장의 마지막 페이지다.
"이 외출이 행복하기를 그리고 다시 돌아오지 않기를."
그녀의 소원대로 하늘에서는 행복하기를 바란다.

〈침대에 누워 그림을 그리는 프리다 칼로〉

"나는 아직도 휠체어에 의지하고 있으며, 곧 다시 걸을 수 있을지 어떨지 모르겠다. 석

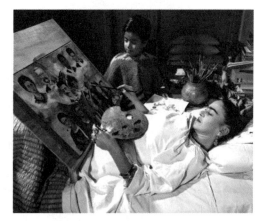

고 깁스가 견딜 수 없이 무겁지만 그래도 등의 통증은 덜하다. 고통스럽지는 않다. 단지 몹시 피곤하고, 당연한 일이겠지만 자주 절망에 빠진다. 어떤 말로도 표현할 수 없는 절망감. 그럼에도 불구하고 살고 싶다. 그림을 다시 그리기 시작했다."

– 프리다의 일기 중에서

〈프리다의 장례식〉

"내 인생에서 가장 비극적인 날은 내가 사랑한 프리다를 영원히 잃은 그날이었다. 너무 늦었지만 이제야 깨달았다. 내 인생에서 가장 황홀했던 순간은 프리다를 사랑한 시간이었음을."

디에고 리베라가 인터뷰에서 프리다를 회상하며

한 말이다. 프리다가 죽고 3년 뒤 디에고 리베라도 심장마비로 사망했다.

〈우주와 지구(멕시코)와 나와 디에고와 세뇨르 홀로틀의 사랑의 포옹
〈Autorretrato en la Frontera Entre El Abrazo de Amor de el Universo,
la Tierra(México), Yo, Diego y el Señor Xólotl)〉
1949년, 70×60.5Cm, 겔만 컬렉션 소장

프리다는 1939년 피에르 콜 갤러리에서 열린 〈멕시코전〉에 출품하여
파블로 피카소(Pablo Picasso), 바실리 칸딘스키(Wassily Kandinsky),
마르셀 뒤샹(Marcel Duchamp)에게 초현실주의 화가로 인정받았다.
하지만 프리다는 자신의 작품 세계는 유럽 모더니즘의 영향을 받은 게 아니라
개인 경험을 반영한 것이자 멕시코 전통에 근간을 둔 것이라고 밝히며
초현실주의 화가로 불리는 걸 거부했다.

〈희망은 사라지고〉
1945년, 캔버스에 유채, 28×36cm, 돌로레스올메도 멕시코 컬렉션

"고통, 기쁨, 죽음은 존재를 위한 과정일 뿐.
이 과정의 혁명적 투쟁이야말로 지성을 향해 열린 문이다."
– 프리다 칼로

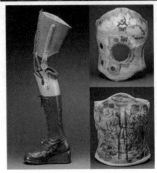

〈프리다 칼로의 옷과 코르셋, 의족〉
브루클린박물관 전시

"내 몸은 전쟁터다."
프리다는 그렇게 말하면서도 웃었다.
디에고가 원해서 멕시코 전통 의상 테우아나(Tehuana)를 입기 시작했지만,
테우아나는 프리다의 장애를 숨기기에도 좋았다.
나무나 석회로 만든 코르셋에는 프리다가 직접 그림을 그려 넣었다.
지방시, 콤 데 가르송, 장 폴 고티에 같은 패션 브랜드에서 프리다를 오마주한
의상과 장신구를 발표하며 프리다의 패션이 다시 주목받고 있다.

〈프리다 칼로〉

"광기의 장막 저편에서는 내가 원하는 여인이 될 수 있었으면 좋겠다.
난 하루 종일 꽃다발을 만들고 고통과 사랑과 다정함을 그리면서
다른 사람들의 어리석음을 비웃으리라.
그러면 다들 말하겠지. 불쌍한 미친 여자라고."
– 프리다 칼로

Ono Yoko

세상에서 가장 유명한 무명 예술가

오노 요코

おのようこ, 小野洋子, Ono Yoko

1933년 2월 18일~

〈오노 요코 공식 홈페이지〉

행위예술가이자 설치미술가, 팝가수, 작가, 영화제작자, 반전운동가, 페미니스트로
왕성한 활동을 계속해 온 오노 요코는 2009년 베니스 비엔날레에서
평생업적 부문에 해당하는 '황금사자상'을 수상하기도 했다.

"1940년 10월 9일 출생. 1966년 오노 요코를 만남"
존 레논이 쓴 단 한 줄의 프로필

　우리 집안은 일본 황실의 후손으로 전국시대*부터 내려오는 명문가였다. 외할아버지는 야스다 자이바츠**의 창립자 야스다 젠지로, 할아버지는 일본흥업은행 총재 오노 에이지, 아버지 오노 에이스케는 부유한 은행가였다. 숙부는 국제연합대사인 카세 토시카즈와 의학자 오노 코헤이, 사촌은 외교평론가 카세 히데아키….

　부러울 것이 없는 가족, 남들의 부러움을 사는 가족. 그게 나의 시작이었다. 사람들은 말한다. 난 많은 것을 가지고 태어난 아이라고. 맞다. 다른 아이들이 굶주릴 때 난 예쁜 드레스를 입고 피아노를 배웠다. 피아니스트를 꿈꿨던 아버지는 언제나 클래식 음악

---

*무로마치 막부 말기부터 시작된 일본의 혼란기. 수많은 세력들 간의 전쟁이 끊이지 않아서 중국의 춘추전국시대에 빗대어 전국시대라 부른다.

**재벌(財閥). 가족이나 혈연으로 이루어진 경영진이 소유한 거대 자본의 기업체.

을 틀었다. 화가가 되고 싶어 했던 어머니는 비싼 그림으로 집 안을 채웠다. 불교도 어머니와 기독교도 아버지 덕분에 난 종교의 선택까지 풍족했다.

상류층이 갖추어야 할 조건들을 따지고 따지는 집안사람들 때문에 수많은 교육을 받았다. 아버지는 내가 피아니스트가 되길 원했다. 하지만 난 작곡가가 되기로 결심했다. 누군가가 창조한 것을 재생하는 건 싫었다. 내가 무언가를 만들어 내고 싶었다.

사람들은 말한다. 내가 가진 것에 만족하지 못하는 나쁜 아이라고. 맞다. 남들이 부러워하는 부, 가문, 전통… 그딴 건 필요 없었다. 그저 자유가 그리웠다. 언제나 답답하고 짜증 났다. 항상 어디론가 떠나고 싶었다.

다행히 아버지는 이리저리 옮겨 다녔다. 도쿄, 뉴욕, 하노이…. 하지만 그 많은 곳에서도 난 항상 어디론가 떠나고 싶은 '아웃사이더'였다.

그리고… 전쟁이 있었다. 아버지는 전쟁포로가 되었다. 어머니는 음식을 사기 위해 집 안의 물건들을 내다 팔았다. 도쿄, 아자부, 가루이자와… 끝나지 않을 것 같은 피난길. 마침내 나까지 음식을 구걸하기 위해 손수레를 끌고 길바닥으로 나서야 했다. 아이들의 손가락질과 놀림, 어른들의 동정과 멸시. 처음으로 경험하는 약자의 고통이었다.

다행히 끝날 것 같지 않던 전쟁도 결국 끝났다. 난 다시 돌아왔다. 다른 이들의 부러움을 사는 인생으로, 하품이 날 것처럼 지루한 그 인생으로.

그리고 다시 탈출을 꿈꿨다. 다시 자유가 그리웠다.

귀족학교, 가쿠슈인대학 철학과, 사라로렌스대학 철학과 등 많은 학교를 거쳤지만 내가 원하는 건 아니었다. 내 열정을 쏟아 부을 무언가를 찾기 위해 전 세계를 떠돌았다. 하지만 그 무엇도 날 붙잡아 둘 만큼 끌어당기지 못했다.

그리고 마침내 '플럭서스(Fluxus)'*를 만났다. 처음으로 떠나고 싶지 않다. 내가 원하는 모든 것이 '플럭서스' 안에 있었으니까.

스물네 살, 집안의 반대를 무릅쓰고 줄리어드 음대에 다니는 가난한 전위작곡가 이치야나기 토시와 결혼했다. 결혼만이 아버지의 영향권에서 벗어나는 방법이었으니까.

드디어 자유였다. 거리낌 없이 남자를 만나 섹스를 즐기고 망설임 없이 낙태를 했다. 미술가, 무용가, 음악가… 수많은 사람을 만났고 미친 듯이 작업했다. 사람들은 자유에 취해 흐느적거리는

---

*1960년대 초부터 일어난 전위예술운동. 변화, 움직임, 흐름을 뜻하는 라틴어에서 유래했다.

나를 손가락질하고 비난했다. 하지만 자유를 위해서라면 사람들의 시선 따위는 무시할 수 있었다.

서른한 살, 영화제작자 안토니 콕스와 결혼했다. 안토니의 아이를 임신 중이었다. 하지만 이치야나기 토시와의 이혼이 법적으로 마무리되지 않은 상태였다.

세상은 왜 그리 거쳐야 할 복잡한 절차가 많은지, 그깟 법적 절차 따위를 무시한 게 왜 나쁜 건지 난 이해할 수 없었다. 사랑이 식어 이치야나기 토시를 떠났고, 안토니와 사랑에 빠져 결혼식을 올리고 아이를 가졌다. 하지만 세상은 법적 절차를 차례로 밟지 않았다는 이유만으로 내 결혼을 비난했다. 세상이 날 이해하지 못하는 만큼 나도 세상을 이해할 수 없었다. 결국 안토니 콕스와의 결혼은 무효가 되었다.

가족들의 비난, 사회의 편견에 미칠 것 같았다. 인간의 자유를 억압하는 사회에서 살아갈 자신도 없었다. 나와 맞지 않는 관습이나 윤리에 얽매어 나를 변화시키고 싶지도 않았다. 아니, 사람들의 끝없는 비난과 참견에 나 자신이 변할까 봐 두려웠다. 자유로운 내가 억압에 굴복하고 사회 관습에 복종하는 모습을 보느니 차라리 죽는 것이 나았다. 자유로운 모습 그대로 남기 위해서는 어쩔 수 없었다. 정말 죽어 버리고 싶었다. 단 한 번의 자살 시도에 가족들은 날 도쿄의 정신병원에 가둬 버렸다. 안토니가 날 정신병원에서 빼내기 위해 도쿄까지 와야만 했다. 결국 가족들도 자유를 향한 나의 갈망에 두 손을 들고 포기를 선언했다.

모든 법적 절차를 거친 뒤 다시 안토니와 결혼했다. 그리고 딸 교코 찬 콕스를 낳았다. 교코는 사랑스러웠다. 하지만 어머니 역할은 낯설고 서툴렀으며 재미도 없었다. 반면 내 작업은 서서히 세상의 인정을 받고 있었다. '플럭서스'라는 개념이 사용되는 곳이라면 어디든 내 이름이 빠지지 않았다.

누군가의 아내로 지내기엔 아직도 해야 할 일이 너무 많았다. 누군가의 어머니로 머무르기엔 아직도 하고 싶은 것이 너무 많았다. 가족이라는 굴레에 얽매여 자유를 포기할 수는 없었다. 가족이라는 관계를 유지하기 위해 예술에 대한 갈망을 억누를 수는 없었다. 흔히 가족은 희생과 배려를 바탕으로 유지된다고 한다. 하지만 꼭 그 희생과 배려를 내가 해야만 하는지는 의문이었다. 아내이기에, 어머니이기에 강요되는 관습적 의무 따위는 날 붙잡을 수 없었다. 결국 난 혼자 뉴욕으로 돌아와 버렸다. 안토니는 교코를 데리고 날 따라서 뉴욕으로 왔다. 하지만 이미 멀어진 사이는 좀처럼 메워지지 않았다.

난 다시 영국으로 떠났다. 누군가 스폰서가 될지도 모른다며 비틀스 멤버 폴 매카트니를 소개해 주었다. 내가 이름을 아는 비틀스 멤버는 링고뿐이었다. 미안하지만 그것도 일본어 '사과'와 발음이 비슷해서 기억하는 거였다. 폴 매카트니는 나의 재정 지원 요청에 모호하게 대답하며 존 레논이 관심 있을지도 모르니 소개해 주겠다고 했다. 거절의 대답을 돌려서 하는 거라고 생각했다. 못 알아들은 척 끝까지 매달리는 건 내 자존심이 허락하지 않았다.

영국 전시회 오픈 전날, 한 남자가 전시회에 들어왔다. 난 전시회 준비에 바빠 남자를 내버려 두었다. 남자는 〈천장화〉를 보기 위해 사다리를 올라갔다.

"사다리로 올라가라. 돋보기로 쓰인 글자를 확인하라."

보이는 건 "YES"

돋보기를 들고 "YES"를 바라보는 남자는 충격을 받고 굳어 버린 것 같았다. 내 작품을 이해하는 관객이라면 언제나 환영이었다. 그제야 난 남자에게 다가갔다. 남자는 이제 〈못을 박는 그림〉 앞에 서 있었다.

"매일 아침 못을 거울에, 유리 조각에, 캔버스에, 나무 또는 금속에 두드려 박으세요. 아침에 머리를 빗을 때 빠진 머리카락을 주워서 박힌 못에 감아 묶으세요. 표면이 못으로 뒤덮이면 회화가 끝납니다."

지시문을 읽은 남자는 직접 못을 박아 보고 싶다고 졸랐다. 전시회를 오픈하는 내일 와서 해 보라고 해도 아이처럼 졸랐다. 아직 앳되어 보이는 소년 같은 모습. 난 장난기가 발동했다.

"그럼 5실링을 내고 못을 박아 보세요."

"좋아요. 여기 5실링을 드릴게요."

남자가 씨익 웃으며 내 손에 무언가를 쥐어 주는 시늉을 했다. 난 멍하니 손을 바라보았다. 아무것도 없었다.

"눈에 보이지 않는 상상 속의 동전이죠. 그러니 이젠 내가 상상의 못을 박도록 허락하면 되겠죠?"

남자는 웃으며 못을 치는 시늉을 했다.

순간, 모든 것이 멈췄다. 처음이었다. 나와 똑같은 생각을 하는 사람을 만난 것은. 우리의 눈이 서로에게 멈췄다. 그도 느끼고 나도 느꼈다. 우리가 만났다고. 드디어 만났다고.

남자가 나가자마자 갤러리 관장 존 던바가 달려오며 소리쳤다.

"저 사람 누군지 몰라? 백만장자야!"

그딴 건 관심 없었다. 그저 남자의 이름이 궁금했다. 존 레논. 남자의 이름이었다.

난 미친 사람처럼 존을 따라다녔다. 나의 작품 활동에 재정 지원과 참여를 요구한다는 명분이었다. 존이 있는 곳이라면 당연히 내가 있었다. 광적인 10대 팬조차 나오는 게임이 되지 않았다.

여성해방운동을 함께하던 친구들은 존을 따라다니는 나를 한심하게 쳐다봤다. 반전·평화운동을 함께하던 동지들은 존의 집 유리창을 깬 나의 폭력성을 꾸짖었다. 플럭서스 예술을 함께하던 동료들은 플럭서스 예술계 전체가 망신이라며 손가락질을 했다. 날 전혀 모르는 사람들도 늙은 여자가 주책이라며 수군거렸다.

아무도 나의 사랑을 이해하지 못했다. 모두가 날 떠나갔다. 상관없었다. 세상 모두가 떠나도…. 나에겐 존이 세상이었으니까. 상관없었다. 누구의 비난도, 누구의 조롱도.

나에겐 존만이 중요했다. 나의 별, 나의 스타, 존. 존은 나의 유일한 별이었고, 난 그 별을 도는 행성이었다. 존은 나의 태양이었고, 난 태양에 묶인 지구였다. 너무 뜨겁다고 태양을 멀리할 수 없듯이, 너무 눈부시다고 태양을 가려 버릴 수 없듯이 난 존 없이 살 수 없었다.

그렇게 존의 주위를 맴돌았다. 존은 날 다른 팬들과 똑같이 취급했다. 난 존에게 지겹고, 귀찮고, 때로는 무섭기까지 한 스토커일 뿐이었다.

하지만 매니저 브라이언 엡스타인이 약물 과용으로 사망하자 모든 것이 달라졌다. 비틀스가 흔들렸다. 존도 흔들렸다. 난 재빨리 휘청대는 존을 부축했다. 존이 흔들려 어지러울 때마다, 휘청거리며 쓰러질 때마다 난 손을 내밀어 존을 일으켜 세웠다.

그리고 마침내 존은 잡은 내 손을 놓지 않았다.

불륜(不倫). 우리의 사랑을 사람들은 그렇게 불렀다. 불륜. 사람이 지켜야 하는 도리, 즉 윤리에서 벗어난 걸 일컫는 말이다. 가족에 대한 책임과 의무를 망각하고, 배우자를 상처 입히고, 자식을 고통스럽게 만드는 우리의 사랑은 불륜이라 부를 만했다.

하지만 윤리란 것도 인간이 만든 잣대이고 기준이었다. 그래서 윤리는 상대성이라는 치명적 약점을 갖는다. 시대와 문화 등 환경 요인에 따라 윤리는 변해 왔고, 변한다. 그리고 불행히도 상황에 따라 변하기도 한다.

고대에 다부다처제가 당연했던 것처럼, '남이 하면 불륜이고 내가 하면 사랑'이라는 말처럼 윤리는 달라진다. 그래서 불륜이라 해도 사랑일 수는 있었다. 윤리는 변해도 진정한 사랑은 변하지 않는 거니까.

그건 사랑이었다. 희망이 없다는 걸 알면서도 매달리는 끈질김을, 내가 가진 모든 걸 내던지는 무모함을 사랑이 아닌 어떤 단어로도 설명할 수 없었다. 어쩌면 존은 그런 무모한 끈질김 때문에 나를 사랑했는지도 모른다.

난 남편 안토니 콕스와 딸 교코를 떠났다. 존은 아내 신시아와 아들 줄리언을 뒤로해야 했다. 이별의 과정은 지루하고 짜증 났다. 신시아는 존과 헤어지는 걸 원치 않았다. 결혼 생활 내내 존의 외도를 허락한 것처럼 존과 나의 사랑을 방해하지도 않았다. 하지만 비틀스 리더 존 레논의 아내라는 자리는 포기하기 싫어했다.

존은 신시아의 불륜을 이유로 이혼 소송을 했다. 운이 나쁘게도 얼마 뒤 우린 마약 검문에 걸렸다. 검사 결과 내가 존의 아이를 임신했다는 게 밝혀졌다. 신시아는 나의 임신을 빌미로 존의 불륜을 맞고소했다. 결국 신시아는 엄청난 위자료를 받는 조건으로 존과 이혼했다.

안토니는 딸 교코의 양육권을 놓고 내게 소송을 걸었다. 지루한 싸움 끝에 법원이 내 양육권을 인정하자 안토니는 교코를 데리고 숨어 버렸다. 이름까지 바꾼 딸은 어디에서도 찾을 수가 없었다. 상관없었다. 존과 함께하기 위해서라면 가족 따위를 떠나는 건 쉬웠다.

지루한 소송 과정과 언론의 과다한 취재 경쟁, 비틀스 팬들의 무지막지한 비난…. 나는 결국 뱃속의 아기를 잃었다.

존은 나와 한순간도 떨어지기 싫어했다. 심지어 화장실까지 따라오기도 했다. 아니, 정확히 말해서 내가 보이지 않으면 심각할 정도로 불안해했다. 멤버 외에는 들어갈 수 없는 성역인 녹음 스튜디오까지 나를 반드시 데리고 들어갔다. 나는 녹음하는 내내 멍하니 구경만 할 정도로 멍청하지도 않았고, 얌전히 앉아만 있을 정도로 가식적인 성격도 아니었다. 나는 이것저것 충고하고 이런 저런 간섭을 해댔다. 그저 도움이 되고 싶었을 뿐이다. 나도 예술 가니까.

하지만 멤버들은 그런 나를 못마땅해했다. 오죽했으면 폴 매카 트니가 화이트 앨범 녹음 중 "돌아가, 돌아가, 네가 있던 곳으로 돌아가."라고 노래하면서 나를 일부러 빤히 쳐다볼 정도였다. 나에 대한 멤버들의 불만은 존에게 향했다. 당연히 존과 멤버들 사이가 멀어져 갔다.

사실 멤버들은 이미 벌어질 만큼 벌어진 사이였다. 앨범 수록곡에 대한 경쟁, 점점 벌어지는 음악적 견해 차이…. 링고 스타는 자기 대신 폴 매카트니가 드럼을 연주한 〈Back in the U.S.S.R.〉 녹음에 대한 항의로 팀을 잠시 탈퇴한 적도 있었다. 모두가 개인 활동을 하느라 바빴다. 존은 영화배우로 나섰고, 링고 스타도 영화 작업에 한창이었다. 조지 해리슨은 멤버들보다 에릭 클랩튼을 비롯한 다른 뮤지션들과 더 친하게 지냈다.

마지막 앨범 녹음이 시작되기도 전에 이미 비틀스는 해체되고 있었다. 나는 단지 숨겨진 불화를 표면으로 드러내는 역할을 했을 뿐이다. 마침내 존은 비틀스까지 떠났다.

그리고 난 세상 모두에게 이름을 알렸다. 마녀. 사람들은 나를 그렇게 불렀다. 그들이 신성시하는 '비틀스'라는 종교를 무너뜨린 마녀.

어차피 난 이미 영국에서 '검은 머리 마녀'라 불리고 있었다. 트라팔가광장의 사자상을 흰 천으로 휘감고 내 몸과 사자상을 쇠사슬로 묶어 버렸을 때부터. '과거의 전쟁과 현재의 전쟁에 복종하지 말라'는 반전 메시지를 담은 작품이었다. 사자상은 넬슨 제독이 프랑스 함대를 물리친 전승기념물이었으니까. 하지만 영국 국민은 분노했다. 대영제국의 명예와 자존심이 미치광이 같은 여자의 손에 의해 땅으로 떨어졌다고. 그깟 전쟁기념물이 뭐가 대단하다고. 쯧쯧.

존이 나와 함께 '플라스틱 오노 밴드'를 결성하고 가운데 이름인 '윈스턴(Winston)'을 내 성을 따라서 '오노(Ono)'로 바꾸자 팬들은 울음을 터뜨렸다. 그리고 슬픔은 곧 분노로 변했다. 감당하기 힘든 슬픔과 분노는 인간을 폭력적으로 만든다. 그 폭력의 대상을 찾는 건 쉬웠다.

이젠 전 세계가 나를 마녀라 불렀다. 난 존을 꼬드긴 나쁜 마녀였고, 존은 아무것도 모르고 마법에 걸린 죄 없는 희생양이었다. 팬들은 정말 나를 마녀라 믿었다. 마법이 아니라면 존의 변화를 설명할 수 없으니까.

마법? 그럴지도 모른다. 볼품없는 내가 세계의 연인 존을 차지했으니….

스타를 사랑하고 스타와의 결혼을 꿈꾸는 팬들에게 나는 그 꿈이 현실이 되는 기적을 보여 주었다. 일곱 살이나 많은 나이에 아이까지 있는 아줌마도 스타와 사랑할 수 있다는 희망을 품게 해 주었다. 하지만 비틀스와의 사랑을 꿈꾸며 기도하던 소녀들은 내 사랑을 악몽처럼 여겼다.

영어도 제대로 못하는 히피, 못생기고 젖가슴은 늘어진 창녀, 영국의 국보를 훔쳐 간 무서운 마녀, 벌거벗은 엉덩이나 찍어 대는 미친 여자…. 신문기자들은 누가 더 추악한 별명을 지어내는지 경쟁했다.

비틀스의 팬들은 내게 달려들어 머리채를 쥐어뜯고 발길질을 했다. 그게 힘들면 뭐든 닥치는 대로 집어 던졌다. 흙, 달걀, 음료수병….

살얼음판을 걷는 삶이었다. 언제 누가 공격해 올지 알 수 없었다. 하지만 두렵지 않았다. 난 언제든 싸울 준비가 되어 있었다. 무기력하게 주저앉아 방어만 하는 건 어리석은 짓이었다. 내가 어떤 일을 당하든 세상은 날 동정하지 않았고, 나도 세상의 연민 따위는 필요 없었다. 그렇게 난 '드래곤 레이디'라는 별명을 추가했다.

〈헤이, 쥬드〉. 폴 매카트니가 아빠의 외도와 부모의 이혼으로 상처받은 존의 아들 줄리언을 위해 작곡한 노래였다. 원제도 줄리언의 이름을 줄인 〈Hey Jules〉였다. 편안하고 조용한 리듬의 노래는 많은 사람에게 '위로와 위안'이라는 목적을 성실히 수행했다. 하지만 나는 그 노래가 나오면 라디오 채널을 돌렸다. 그 조용한 목소리가 내 심장을 움켜쥐는 것만 같았다.

존의 아기를 유산한 상처와 고통을 〈아기의 심장 박동(Baby's Heartbeat)〉이라는 작품으로 표현했다. 작품을 통해 상처를 치료하고 고통을 잊고 싶었다. 하지만 사람들은 사생활을 이용해 돈을 벌려는 잔인한 여자라며 나를 비난했다.

사랑과 전쟁은 승자가 모든 걸 가진다. 맞는 말이다. 그리고 난 승자였다. 하지만 이겼다고 해서 상처 입지 않은 건 아니었다. 다행히 상처뿐인 승리는 아니었다. 존은 내 상처를 치료하려고 모든 노력을 기울였다. 〈Dear Yoko〉 〈Oh My Love〉 〈Love〉 〈Real Love〉 〈Woman〉…. 수많은 노래에서 존은 나를 향한 사랑을 드러냈다. 그 사랑으로 상처를 극복할 수 있었다. 그 노래들을 부르며 고통을 잊을 수 있었다.

하지만 그토록 힘들게 쟁취한 존의 사랑이, 그렇듯 상처투성이가 되도록 싸우면서 지켜 낸 내 사랑이 흔들리기 시작했다.

"요코는 전 세계에서 가장 유명한 무명 예술가다. 거의 모든 사람이 그녀의 이름을 알지만 그녀가 무엇을 하는지 아는 사람은 별로 없다.”

존의 말처럼 난 그저 존 레논의 아내가 되어 버렸다. 그동안 내가 쌓아 온 모든 경력이 존과 결혼하면서 무너져 버렸다.

존 레논의 아내라는 꼬리표를 떼어 내고 싶었다. 그 전에는 예술가라는 자부심으로 자유롭게 살 수 있었다. 하지만 이제 난 겨우 존 레논의 아내일 뿐이었다.

어떤 영화를 발표하든, 무슨 음악을 발표하든 사람들은 보지도 듣지도 않았다. 그들이 보고 싶어 하는 건 내 작품이 아니라 존이었고, 그들이 듣고 싶어 하는 건 존의 노래였다.

존과 살면서 사생활이 없어져 버렸다. 어디를 가든 무엇을 하든 세상은 이미 다 알고 있었다. 나는 생각할 수 있는 내 공간이 필요했다.

존은 반전운동에 회의를 느끼며 점점 마약과 알코올에 빠져들었다. 결국 존은 날 떠나 LA로 가 버렸다. 그리고 비서였던 메이 팡과 동거를 시작했다. 같이 산다는 건 단순한 문제가 아니었다.

사실 우리는 결혼생활의 권태를 극복하기 위해 서로의 외도를 눈감아 주었다. 존도 나도 자유로운 연애를 즐겼다. 하지만 서로를 사랑하는 마음만은 그대로였다. 하룻밤 외도하고 돌아와도 집에는 사랑하는 존이 있었다. 하룻밤의 외도를 즐기고 돌아온 존을

맞이하는 것도 언제나 나였다. 우리는 서로에게 항상 돌아올 집이
되어 주었다. 존이 나 대신 메이 팡과 함께 사는 걸 선택했다는 것
은 우리의 사랑이 흔들린다는 증거였다.

내가 전남편들에게 준 상처가 부메랑이 되어 돌아왔다. 그래서
아파도 울지 않았다. 내가 그랬듯이 존도 자기 사랑에 솔직할 권
리가 있었다. 잃어버린 주말의 시작이었다.

난 존을 완전히 떠날 수 없었다. 술과 마약, 폭력과 난동만이 존
의 일상이 되어 버렸다. 존은 벌써 모든 걸 가지고 있었다. 돈도 명
예도 성공도. 존은 이미 많은 걸 가지고 있었다. 아직도 그를 사랑
하는 팬들, 항상 그와 작업하고 싶어 하는 동료들, 언제든 섹스를
제공할 준비가 된 미인들, 그리고 그를 기다리는 아내인 나까지.

그런데도 존은 자신에게 없는 무언가를 찾아 헤매고, 자신도 모
르는 그 무언가를 찾아 방황했다. 어머니였다. 어린 시절 그를 버
리고 떠난, 가까워질 시간도 없이 죽어 버린, 그리움으로만 남아
있는 어머니를 찾아 헤매는 거였다. 그래서 난 존의 어머니가 되
어 주기로 결심했다. 존의 모든 일상을 관리하고, 존의 식단과 의
상까지 보살피고, 존의 어린아이 같은 투정을 받아 주고, 존이 말
썽을 피우면 뒷수습을 했다. 매일 전화로 메이 팡에게 존의 오늘
을 보고받고 존의 내일에 관해 이야기했다.

존의 어머니라도 상관없었다. 어머니보다 다른 여자를 더 사랑

할 수 있는 남자가 있는가. 그의 사랑을 받을 수 있다면 그 사랑이 어떤 빛깔이든 상관없었다. 연인은 바뀔 수 있어도 어머니는 바뀔 수 없었다.

그렇게 1년, 결국 존은 내게 돌아왔다.

마흔두 살, 또다시 임신했다. 임신을 확인한 순간부터 낙태하고 싶었다. 하지만 존은 들뜨고 설레했다. 존을 아일랜드식으로 바꾼 '숀'이라는 이름까지 미리 지어 놓았다. 존의 서른다섯 번째 생일, 난 결국 존을 위한 생일 선물로 아들을 낳았다.

존은 마약도 끊고 모든 활동을 중단한 채 가족을 위해 살림과 육아를 도맡았다. 내 제안으로 시작된 역할 바꾸기였다. 나 때문에 아들 줄리언과 헤어졌기에, 어린 시절 아버지의 손길을 받지 못하고 자랐기에 아들과 하루 종일 함께한다는 것만으로도 존은 행복해했다.

존의 인생에서 가장 중요한 세 가지는 간단했다. 세계 평화, 아들 숀, 그리고 나 오노 요코.

단순하고 지루한 주부의 삶에도 존은 충분히 만족해했다. 대신 내가 사업을 벌였다. 난 부동산 거래와 이런저런 투자를 통해 우리의 재산을 배로 불렸다.

숀이 다섯 살 되는 해, 존은 〈Double Fantasy〉를 발표하며 다시 활동을 시작했다.

　그리고 한 달. 1980년 12월 8일, 라디오 방송을 마친 존은 한 남자의 사인 요청에 웃으며 사인을 해 주었다. 그리고 집으로 향했다. 그 남자가 기다리고 있을… 우리 집으로…. 그 남자가 든 권총이 기다리고 있을… 우리의 다코타 아파트로….

　탕! 총알이 존을 꿰뚫었다.

　탕! 다코타 아파트가 존의 비명으로 흔들렸다.

　탕! 맨해튼이 존의 피로 물들었다.

　탕! 뉴욕이 존의 죽음을 슬퍼했다.

　탕! 세계가 존을 추모하며 울었다.

　가끔은 그의 죽음이 꼭 꿈만 같다. 현실에서는 일어나지 않은 일처럼 느껴진다. 그를 만나기 전까지 나는 그냥 나 자신이었다. 하지만 그가 나에게 다가온 뒤로 변했다. 내 삶이 모두 변했다. 존은 나를 감싸는 커다란 우산이었다. 나는 아직도 그를 향한 감정이 살아 있는 걸 느낀다. 그래서 나는 이제 그를 그리워하는 모든 사람을 사랑한다. 혼자서 꾸는 꿈은 그저 꿈에 불과하지만 함께 꾸는 꿈은 현실이 되니까.

존 레논과 오노 요코의 사랑, 그 뒤의 이야기

오노 요코는 아직도 존 레논이 총을 맞은 그곳, 다코타 아파트에 산다. 존 레논의 유골이 어떻게 되었는지는 정확히 알려지지 않았는데, 다코타 아파트에 존 레논의 유골함이 보관되어 있다는 추측이 우세하다. 그렇게 두 사람은 여전히 함께하고 있다.

그녀는 존 레논이 죽은 다음 해, 존이 살아 있을 때부터 친하게 지내 온 골동품상 샘 하바드토이(Sam Havadtoy)와 재혼했다. 비밀리에 한 결혼은 2002년 둘이 이혼하면서 세상에 알려졌다. 그녀의 결혼 중 이혼으로 끝나지 않은 유일한 결혼이 존 레논과의 결혼이었다.

그녀는 강하다. 누가 어떤 비난을 하든 끄떡도 하지 않는다. 오히려 그 비난에 맞서 싸운다. 어쩌면 그런 태도가 우리를 더 부추겼는지도 모른다. 스타와 결혼한 사람들은 팬들의 비난을 당연하게 받아들인다. 하지만 이토록 오랫동안 끈질기게 비난받은 사람은 없었다. 그녀는 아프다는 시늉조차 하지 않는다. 그녀의 인생은 전쟁터였고, 그녀는 누구보다 강한 용사였다.

모두가 그녀의 인생이 쉬웠다고, 그녀가 맘대로 하고 살았다고 한다. 하지만 그녀는 한 번도 쉽게 원하는 대로 살아 본 적이 없다. 가문, 전통, 관습… 꿈을 이루기 위해 그녀의 인생 전부를 깨뜨려야 했다. 그녀는 한 번도 원하는 것을 쉽게 가진 적이 없었다. 가족, 친구, 동료… 무언가를 가지려면 다른 무언가를 버려야 한다는 걸 그녀는 너무 일찍 깨달았다.

그래도 그녀의 인생에는 부숴 버려야 할 것이 너무 많았다. 아직도 그녀의 인생에는 버려야 할 것이 너무 많이 남았다. 그런데도 사람들은 그녀가 쉽게 편안하게 모든 것을 얻었다고 손가락질했다. 그녀가 세기의 연인 존 레논의 사랑을 받았다는 것이 그 손가락질의 유일한 진짜 이유였다. 사람들은 자신이 그 대상이 될 수 없다면, 그들이 사랑하는 스타가 아무도 사랑하지 않기를 바랐다. 사람들은 자신과 함께할 수 없다면, 그들이 사랑하는 스타가 차라리 혼자서 쓸쓸하길 바랐다.

그녀는 단지 한 남자를 사랑했을 뿐이다. 하지만 그 남자를 사랑하는 사람이 너무 많았다. 그때부터 그녀의 전쟁이 시작되었다. 한 사람을 사랑하는 사람들은 세상에서 가장 가까운 친구가 될 수도, 가장 무서운 적이 될 수도 있었다. 그녀를 제외한 모두가 친구가 되었다. 그녀만 혼자 남았다. 하지만 그녀는 전혀 겁먹지 않았다. 오히려 먼저 싸움을 걸기도 했다. 싸우지 않으면 빼앗길 수밖에 없음을 그녀는 알고 있었다. 그래서 싸워야 했다.

존 레논을 저격한 뒤 태연히 그 자리에 남아 샐린저의 《호밀밭의 파수꾼》을 읽은 범인 마크 데이비드 채프먼. 그 정신병자는 기회가 있을 때마다 가석방을 신청했다. 그런 정신병자가 거리로 나오면 또다시 그녀처럼 불행한 사람이 생길 수도 있었다. 그녀는 40년 넘게 가석방 반대 운동을 해야 했다.

엄청난 경쟁률을 뚫고 선발된 존의 추모 다큐멘터리 주인공 마크 데이비드 채프먼. 아무리 존 레논과 똑같은 얼굴을 했다고 해도 저격범의 이름을 가진 남자를 존의 추모 다큐멘터리 주인공으로 선택할 수는 없었다. 제작사인 BBC가 주인공을 바꾸도록 만들기 위해 모든 수단과 방법을 동원해야만 했다.

비틀스 노래의 크레디트를 '레논&매카트니'에서 '매카트니&레논'으로 바꾼 폴 매카트니와 몇 차례나 소송 직전까지 갔다. '레논&매카트니' 크레디트는 비틀스를 결성할 때부터 약속한 일이었다. 존의 죽음이라는 참담한 상황을 이용해 제 욕심을 채우려는 폴 매카트니를 용서할 수 없었다. 게다가 폴 매카트니는 비틀스 해체와 재결합 무산이 그녀 때문이라고 비난했다. 그녀도 폴의 음악성을 문제 삼아 비난을 서슴지 않았다.

인생에서 치러야만 했던 전쟁이 지긋지긋해서인지 그녀는 반전 운동에 전력을 다했다. 그 뒤로도 사회 개혁에 관련된 주제들로 작품 활동을 해 나갔다. 반전, 여성해방, 관습 파괴…. 그 무겁고 어려운 주제와 달리 작품은 결코 심각하지 않다. 오히려 유머라고 생각될 만큼 가볍다.

그녀보다 더 재치 있게 관습에 도전한 예술가도, 그녀보다 더 조용하게 전쟁을 반대한 반전운동가도, 그녀보다 더 혁명적으로 남녀 평등을 실천한 여성해방론자도 드물다. 그리고 그녀는 참여 예술(interactive art)을 개척해 관객인 우리가 예술을 함께할 수 있는 기회까지 마련해 주었다.

그녀의 인생은 끊임없는 전쟁이었다. 아직도 그녀는 인생의 전쟁을 치르는 중이다. 하지만 그런 전투적 성격 덕분에 모든 약점에도 불구하고 스타의 사랑을 쟁취할 수 있었는지도 모른다.

그녀에게 사랑은 언제나 전쟁이었다. 사람들의 비난과 조롱에 상처 입고, 가족을 잃는 고통을 견디면서도 법이나 관습 같은 규칙도 없이 모든 걸 걸고 싸워 이겨야 하는…. 어쩌면 우리에게도 사랑은 전쟁일지 모른다. 승리한 자가 모든 걸 가지니까.

우리도 그렇게 사랑해야 했다. 사랑은 그녀처럼 전쟁을 치르듯 해야 했다. 이런저런 계산을 하며 주저하지 말고, 자존심 내세우며 망설이지 말고, 사람들의 시선에 움츠러들지 말고, 가족의 반대에 갈등하지 말고, 법이나 관습 때문에 포기하지 말고 사랑을 쟁취해야 했다. 그랬다면 과거의 사랑을 그리워하는 대신 현재의 사랑에 행복했을 것이다.

그래서 후회되는가? 그럴 필요는 없다. 우리가 그러지 못한 건 그만큼 그 사람을 사랑하지 않아서였으니까. 사랑했지만 헤어졌다는 아름다운 포장지를 뜯고 솔직해지자. 죽음이 아니라면 어떤 이유로도 이별을 정당화할 수 없다. 그저 사랑이 모자랐다는 이유 외에 이별의 다른 이유는 없다. 후회할 시간에 사랑이 찾아오길 기도하는 게 더 생산적이다. 사랑을 찾아 헤매는 건 더욱더 생산적이다.

사랑하기엔 너무 늙었다고? 너무 못생겼다고? 너무 가난하다고? 걱정하지 마라. 오노 요코를 보라. 그럼에도 불구하고 그녀는 세계의 연인인 스타와 결혼하는 사랑의 기적을 일으켰다.

그녀는 사랑을 쟁취하기 위해 끊임없이 전쟁을 벌였다. 어쩌면 지금까지 사랑을 위한 전쟁을 계속하고 있을지도 모른다. 그러니 우리도 지치지 말고 사랑을 위해 전쟁을 하자.

오노 요코와 존 레논

1933년 2월 18일 오노 요코, 도쿄에서 출생

1940년 10월 9일 존 레논, 리버풀에서 출생

1956년 오노 요코, 작곡가 이치야나기 토시와 결혼

1962년 오노 요코, 이치야나기 토시와 이혼

　　　　존 레논, 신시아 파웰과 결혼

　　　　비틀스, 〈Love Me Do〉로 데뷔

1963년 오노 요코, 안토니 콕스와 결혼

1964년 오노 요코, 〈Grapefruit〉 발표

1966년 오노 요코와 존 레논, 만남

1968년 오노 요코와 존 레논, 〈Bagism〉 공연

　　　　〈미완성 음악 1번 : 두 처녀(Two Virgins)〉 발표

1969년 오노 요코와 존 레논, 결혼

　　　　신혼여행지에서 〈Bed In For Peace〉 공연

1970년 4월 10일 비틀스, 해체

1980년 12월 8일 존 레논, 마크 데이비드 채프먼의 저격으로 사망

〈첫 작품전의 오노 요코〉

1961년, 오노 요코의 첫 작품전이 열렸다. 아직 앳돼 보이는 오노 요코는 희망과 기대로 가득 찬 모습이다.

플럭서스(Fluxus)는 '변화' '움직임' '흐름'을 뜻하는 라틴어 플럭스(flux)에서 유래한 단어로, 1960년대 초부터 1970년대에 걸쳐 일어난 국제적인 전위예술 운동이다. 플럭서스는 대중과 사회와의 소통을 갈구했기에 순수예술의 유일성을 부정하고, 쉽고 재미있는 대중예술을 지향했다. 전 세계적으로 일어난 플럭서스 운동은 예술과 일상의 경계를 무너뜨리고 상호 결합을 시도하여 대중들의 찬사를 받았다. 오노 요코는 시, 음악, 영화, 퍼포먼스, 미술 등 여러 영역을 넘나들며 전통적인 예술에 반대하는 실험적이고 독창적인 작업을 발표해 플럭서스를 발전시켰다.

오노 요코와 함께 플럭서스 운동을 주도한 예술가는 비디오 아티스트 백남준(Nam June Paik), 행위예술가 조세프 뷰이(Joseph Beuys), 미술가 마르셀 뒤샹(Henri Robert Marcel Duchamp), 작곡가 존 케이지(John Cage) 등이 있다. 플럭서스 운동은 다양한 예술 형식을 융합한 통합적인 예술 개념을 탄생시켰으며 메일아트, 개념미술, 포스트모더니즘, 행위예술 등 현대 예술사조에 많은 영향을 주었다.

〈오노 요코의 전시회 포스터〉

1961년 카네기홀 공연을 위해
직접 그린 포스터다. 조지 마치
우나스(G. Maciunas)가 사진을 찍
었다. 오노 요코가 캔버스에 구
멍을 내고 쳐다보는 모습이 의미
심장하다. 그녀는 〈컷 피스〉와 함
께 이 포스터를 자신의 대표작으
로 꼽았다. 공연은 울부짖는 신음
소리, 거꾸로 말하는 낱말 등으로
이루어진 음악을 배경으로 연기
자들이 일상생활을 보여 주는 내용이다.

1964년, 카네기 리사이틀홀, 뉴욕

〈컷 피스(Cut Pieces)〉

지시문 : "무언가를 잘라라."

쫘악, 남자의 가위질에도 그녀는 무표정하다.
사각, 가위는 조명에 시퍼런 날을 번쩍인다.
쫘악, 그녀의 옷이 찢기고, 그녀의 알몸이 드러난다.
사각, 사람들이 무관심하게 보는 광경이 그녀에겐
상처다. 사람들이 흥미로만 보는 드러난 맨살이
그녀에겐 고통이다.

1964년

⟨아침(Morning)⟩

미래의 시간들을 타이핑하여 5센티미터 크기의 유리병 조각에 붙인 작품이다.

미래의 시간이 결국 과거가 되는 것을 보여 준다.

1964년 전시회에서는 각각의 조각을 판매하는 이벤트를 벌이기도 했다.

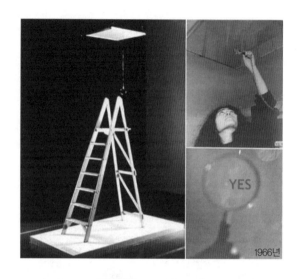

〈천장화(Ceiling Painting)〉

지시문 : "사다리로 올라가라. 돋보기로 쓰인 글자를 확인하라."

"인생 자체가 'YES'입니다. 긍정적이란 뜻이죠.
세상에 대해, 인생에 대해, 사랑에 대해, 평화에 대해
yes라고 말하겠습니다."
– 오노 요코

"사다리를 올라가 'YES'라는 글자를 본 순간 충격을 받았다.
긍정이 나를 사로잡았다.
바로 그 'YES'가 나를 그곳에 머물게 했다."
– 존 레논

〈못을 박는 그림
(Painting to Hammer a Nail)〉

지시문 : "매일 아침 못을 거울에, 유리
조각에, 캔버스에, 나무 또는 금속에 두
드려 박으세요. 아침에 머리를 빗을 때
빠진 머리카락을 주워서 박힌 못에 감아
묶으세요. 표면이 못으로 뒤덮이면 회화
가 끝납니다."

첫 전시에서는 흰 나무판에 망치를 사슬
로 매달고, 흰 의자 위에 못을 담은 통을
놓았다. 관객은 원하는 대로 판에 못을
박고, 전시가 끝나면 작품이 완성된다.

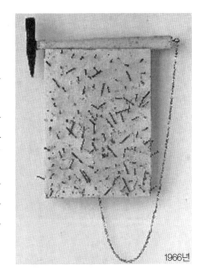

1966년

1966년

〈사과(Apple)〉

오노 요코는 사과를 갤러리 받침대에
올려놓고 점점 부패해 가는 모습을 보
여 주었다. 이 전시회에서 존 레논이
사과를 베어 먹기도 했다.

사과의 탄생, 성장, 쇠락, 죽음을 통해
삶을 보여 주고 싶었다고 한다. 그 후에
열리는 전시회에서도 오노 요코는 관
객들이 사과를 베어 먹는 걸 허락했다.
오노 요코는 관객을 참여시키는 작품
을 많이 발표해 참여예술을 주도했다.

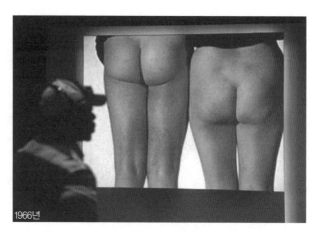

〈엉덩이(Bottoms)〉

오노 요코가 만든 80분짜리 영화다. 오노 요코와 존 레논을 비롯한 365명의 벌거벗은 엉덩이를 클로즈업했다. 365명은 1년을 상징한다.

런던의 예술가와 지식인들이 익명 보장을 조건으로 자신의 엉덩이를 드러냈다. 영화는 영국에서 상영 금지 처분을 받았다. 오노 요코는 단순히 엉덩이를 드러낸 영화는 금지하면서 전쟁을 반대하지 않는 인간의 이중성을 비판했다.

〈반의 방(Half a Room)〉

1967년, 두 번째 남편 안토니 콕스가 외도한 걸 알아차리고 그 공허함을 표현하기 위해 집 안의 모든 물건을 반으로 잘라 전시한 방이다.

〈존 레논과 가족들〉

존 레논이 첫 아내 신시아, 아들 줄리언과 행복한
한때를 보내는 모습이다. 영국 리버풀 출신인 신
시아는 리버풀의 미술학교에서 존 레논을 만났다.
두 사람은 줄리언을 임신하면서 1962년 결혼했
다. 당시 비틀스 매니저였던 브라이언 엡스타인은
존이 유부남인 게 알려지면 인기가 떨어질 것을
우려하여 결혼 사실을 숨겼다. 두 사람은 폴 매카
트니와 조지 해리슨 등 몇몇 사람만 불러 조촐한
결혼식을 올렸다. 하지만 존 레논은 오노 요코를
만나고 소송까지 해서 신시아와 이혼한다. 그 뒤
신시아는 세 차례의 결혼과 이혼을 반복했으나 비
틀스 팬들이 뽑은 '좋아하는 여인'에서 항상 1위를

차지했다. 신시아 레논은 2015년 스페인 마드리드의 저택에서 암으로 세상을 떠났다.
존 찰스 줄리언 레논(John Charles Julian Lennon)은 존과 신시아 사이에서 태어났다. 줄리
언은 존의 유명한 노래인 〈Lucy in the Sky with Diamonds〉와 화이트 앨범의 마지막
트랙인 자장가 〈Good Night〉을 창작하는 데 영감을 주었다. 폴 매카트니는 아버지의
이혼으로 상처받은 줄리언을 위로하기 위해 〈Hey Jude〉를 만들었다. 원래 'Hey Jules'
라고 이름 붙였다가 'Jude'가 노래하기 쉽다고 생각해서 'Hey Jude'로 바꿨다고 한다.

〈줄리언 레논〉

존 레논의 결혼은 비밀이었기에 비틀스 매니저인
브라이언 엡스타인이 줄리언에게 아버지 같은 역
할을 했다고 한다. 줄리언 레논은 부모의 이혼 후
존 레논과 만나지 않다가, 존 레논의 비서인 메이
팡의 권유로 존 레논을 다시 만났다. 줄리언 레논
은 존 레논에게 기타 코드를 배웠지만 그다지 가까운 사이가 되지는 못했다. 줄리언
레논은 존 레논이 사망하자 오노 요코와 재산 분쟁을 벌이기도 했다. 줄리언 레논은
현재 음악가로 활동하며 신시아 레논이 죽었을 때 추모곡을 발표하기도 했다.

〈미완성 음악 1번 : 두 처녀(Two Virgins)〉

1968년, 존 레논과 오노 요코가 공동 발매한 음악 앨범 표지

1968년 11월 29일,

존과 요코가 처음 함께한 밤에 만들었다고 한다.

"사람들 눈에 어떻게 보이든 요코는 나에게 최고의 여성이다.

비틀스를 시작할 때부터 예쁜 여자는 주변에 널려 있었다.

하지만 그들과 나의 예술 온도는 너무 달랐다.

나는 늘 예술가 여성을 꿈꿨다.

내가 예술적으로 상승하는 데 동반자가 되어 줄 여자와 사랑하고 싶었다.

요코가 바로 그런 여자였다."

ㅡ 존 레논

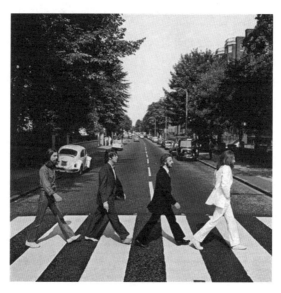

〈비틀스〉

1969년 9월 26일 발매된 〈애비로드〉 앨범 커버 사진이다. 스코틀랜드 출신 이안 맥밀런이 촬영한 사진으로 조지 해리슨, 폴 매카트니, 링고 스타, 존 레논이 세인트존스우드에 자리한 EMI 스튜디오 바로 앞에 있는 횡단보도를 건너는 장면이다.

비틀스는 리버풀에서 결성된 영국의 록 밴드로 전설적인 인기를 누렸다. 1970년 해산했을 때 오노 요코의 간섭 때문에 멤버들의 사이가 나빠진 것이라며 오노 요코를 비난하는 팬이 많았다.

〈웨딩 앨범(Wedding Album)〉

1969년, 존 레논과 오노 요코가 결혼하면서 함께 제작한 결혼 기념 앨범 표지 사진이다. 존 레논과 오노 요코는 결혼 기간 많은 음악 작업을 같이 한 동료이기도 했다. 오노 요코는 영국 잡지 〈노바(NOVA)〉와의 인터뷰에서 "여성은 세상의 검둥이다. 당신이 내 말을 믿지 않는다면 옆에 있는 여성을 쳐다보라. 여성은 노예 중의 노예다."

라고 말했다. 존 레논은 인터뷰 내용을 바탕으로 〈여성은 세상의 검둥이(Woman in the Negger of the World)〉라는 대중가요를 만들었다.

〈평화를 위한 침대 시위(Bed-In for Peace)〉

1969년, 신혼여행 퍼포먼스, 암스테르담 힐튼 호텔 스위트룸. 공개 섹스를 기대하며 몰려온 기자들은 일주일 내내 아무 일도 일어나지 않자 물었다. "침대에 나란히 앉아 도대체 뭘 하는 겁니까?" "우리는 그저 평화를 위해 노력하는 중이에요." 두 사람이 취재진 앞에서 부른 〈평화에게 기회를(Give Peace a Chance)〉은 반전운동가로 유명해졌

다. 제2차 세계대전과 원자폭탄의 참상을 경험한 오노 요코는 반전운동에 적극적이었다. 오노 요코의 영향을 받아 존 레논도 반전주의자가 되었다. 오노 요코와 존 레논은 삶과 예술을 일치시키며 정치적 행위예술을 함께 했다. 하지만 반전운동에 사생활과 유명세를 이용한다며 비난하는 사람들도 있었다.

〈전쟁은 끝난다. 당신이 원한다면〉

1969년 크리스마스 직전, 오노 요코와 존 레논은 런던의 애플사 사옥 앞에서 평화성 명서를 낭독했다. 그들이 제작한 대형 포스터는 전 세계 11개 대도시를 뒤덮었다. 오노 요코와 결혼한 후 존 레논은 영국 여왕이 수여한 훈장까지 반납하며 반전운동에 뛰어들었다.

〈모퉁이 회화〉

지시문 : "특정한 모습을 액자에 넣고 상상하라. 그리고 잊어버려라."

평면성이라는 기존 회화의 물리적이고 개념적인 관습을 없앤 작품이다.

"동양에서는 놓인 위치가 삶을 변화시키는 방법이 될 수도 있다. 삶 자체를 변화시키는 것이 아니라 삶을 바라보는 방식을 변화시키는 것이다."
– 오노 요코

1971년

〈존 레논과 메이 팡〉

1973년 7월, 존 레논은 뉴욕을 떠나 LA로 간다. 그리고 홍보 담당 비서 메이 팡과 동거를 시작했다. 하지만 1975년 2월, 존 레논은 오노 요코에게 돌아왔다. 존 레논은 별거하는 중에도 오노 요코의 작품 활동을 지원하는데 돈을 아끼지 않았다. 존 레논과 메이 팡의 이야기는 《잃어버린 주말(Lost Weekend)》이라는 책으로 출간되었다.

〈존 레논과 가족들〉

존 레논과 오노 요코, 숀 레논의 행복한 한때다. 오노 요코는 마흔두 살의 임산부였다. 존 레논은 오노 요코의 임신 기간에 모든 시중을 다 들어 주었다. 태어난 아이에게 '신의 선물'을 의미하는 '숀'이라는 이름을 지어 주고, 음악 활동은 물론 모든 외부 활동을 중단한 채 아들을 돌보는 일에만 집중했다.

〈존 레논과 오노 요코〉

1989년 12월 8일, 레논이 저격당하기 전날
애니 레이보비츠가 찍은 1981년 1월 22일자 〈롤링스톤〉 표지 사진.
"당신이 오노 요코를 얼마나 사랑하는지 보여 주세요."
애니 레이보비츠의 요청에 존 레논은 옷을 훌훌 벗기 시작했다.
그리고 오노 요코를 껴안고 입을 맞추며 말했다.
"이것이 내가 요코를 사랑하는 방식입니다.
사랑에 수치심이나 자존심 따위는 존재하지 않습니다."
이 사진은 〈롤링스톤〉의 존 레논 추모 특집 사진으로 헌정되었으며,
미국잡지편집인협회가 발표한 40년간 발행된 잡지 중
최우수 잡지 표지로 꼽혔다.

〈존 레논과 데이비드 채프먼〉

존 레논이 마크 데이비드 채프먼에게 사인해 주는 사진이다. 이 사진이 찍힌 지 다섯 시간 뒤 마크 데이비드 채프먼은 존 레논을 저격한다.

〈유리의 계절(Season of Glass)〉

오노 요코의 음악 앨범 표지. 저격당해 피로 얼룩진 존 레논의 안경을 직접 찍었다. 자신의 일생에서 가장 끔찍한 순간을 영원히 기억하기 위해서라고 한다. "용기를 가져요. 열정을 가져요. 우리는 일어나고 있어."라는 노랫말이 많은 이에게 희망을 주었다.

〈스트로베리 필즈(Strawberry Fields)〉

존 레논을 추모하기 위해 만든 곳으로 미국 맨해튼 센트럴 파크 안에 있다. 오노 요코가 기부한 돈으로 1985년 10월 9일 존 레논의 생일에 맞춰 개방했다. 비틀스의 노래 〈스트로베리 필즈 포에버(Strawberry Fields Forever)〉에서 이름을 따왔으며, 바닥에는 비틀스 최고의 히트곡 〈이매진(Imagine)〉을 새겨 넣었다.

3미터 지름의 모자이크 타일은 이탈리아 장인이 제작하고 나폴리시가 뉴욕시에 기증한 것이다. 타일은 느릅나무와 벤치로 둘러싸여 있다. 타일을 둘러싼 정원은 오노 요코가 조경건축가 브루스 켈리와 협력하여 만든 것으로 세계 평화를 상징한다.

존 레논은 다코타 아파트 맞은편의 센트럴 파크에서 산책을 즐겼다고 한다. 스트로베리 필즈는 존 레논의 고향 리버풀에 있는 구세군 고아원 이름으로 존 레논은 어린 시절 스트로베리 필즈의 정원에서 놀았다고 한다. 존 레논은 그 시절에서 영감을 받아 〈스트로베리 필즈 포에버〉를 만들었으며, 이 노래를 자신의 대표곡으로 생각했다. 리버풀에 있는 스트로베리필즈고아원도 관광 명소가 되었다.

1981년

〈살얼음 위를 걷기(Walking on Thin Ice)〉

존 레논이 죽기 직전 오노 요코와 작곡한 음악 〈살얼음 위를 걷기〉를 동영상에 입혔다. 동영상은 그들이 아들과 놀거나 호숫가에서 쉬는 내용이다.

1996년

〈소망나무(Wish Piece)〉

지시문 : "무언가를 소망하라. 그 소망을 쪽지에 적어라. 쪽지를 접어 소망나무에 매달아라. 친구들에게도 그렇게 하라고 권하라. 나무가 온통 소망으로 뒤덮일 때까지 소망을 멈추지 마라."

〈오노 요코〉

2018년 10월 9일, 오노 요코는 존 레논과 함께 반전운동을 하던 1970년대를 기록한 책 《이매진 존 요코》를 출판했다. 존 레논이 살아 있다면 일흔여덟 번째 생일이었다. 또한 새 앨범 〈교전 지역(Warzone)〉도 발표했다. 모두 열세 곡을 담았으며 1971년 발표한 존 레논의 대표곡 〈이매진(Imagine)〉도 들어 있다. 원래 〈이매진〉은 존 레논이 작사, 작곡한 것으로 알려졌지만, 레논이 노래의 개념과 가사를 오노 요코의 저서에서 따왔다고 말한 방송 인터뷰가 뒤늦게 발견되면서, 2017년 오노는 이 노래의 공동 작사가로 인정받았다.

〈숀 레논〉

숀 타로 오노 레논(Sean Taro Ono Lennon)은 존 레논과 오노 요코의 외아들이다. 현재 음악가로 활동한다. 2018년에는 오노 요코의 앨범 〈교전 지역〉의 프로듀서를 맡기도 했다.

〈오노 요코와 코너 모나한〉

2012년부터 오노 요코와 함께 있는 모습이 자주 목격된 코너 모나한(Connor Monahan)은 오노 요코의 작업을 돕는 퍼스트 어시스턴트라고 한다. 존 레논과 함께 사용하기도 했던 오노 요코의 오피스 'Studio One' 디렉터이기도 하다. 하지만 그들이 50년의 나이 차이를 극복한 연인 사이라고 보도한 언론도 있다.

사랑이라는 기적이 이루어지길 바라며

나는 로맨스 소설 마니아다. 10대부터 지금까지 30여 년 동안 국내외 로맨스를 가리지 않고 읽었지만 지겹지도 지치지도 않는다. 여중, 여고, 여대, 여대 대학원을 다녔고, 그렇게 사랑을 책으로 배웠다. 내게 사랑은 모든 것을 희생하고 상대의 상처와 고통을 감싸 안으며 함께하는 위대하고 거창한 감정이었다. 거스를 수 없는 운명을 기다리며 사랑에 대한 나의 이상향은 드높아지기만 했다.

당연하게도 로맨스 소설의 주인공이 아닌 살아 숨 쉬는 남자와 하는 연애는 언제나 실패로 끝나기 마련이었다. 연애 상대는 로맨스 소설의 주인공처럼 잘생기지도, 부유하지도, 나만을 위해 모든 것을 버리지도 않았다. (비교하자면 끝이 없으니 이쯤 하자.) 오히려 정반대인 경우가 많았다. 평범한 외모인데도 굉장히 잘생겼다고 착각하며 잘난 척을 하거나, 부유하기는커녕 거지 근성으로 남에게 빌붙으며 비굴하게 굴거나, 나를 조금도 배려하지 않으면서 자신과 자신의 가족을 위해 내가 모든 걸 희생해 주길 바라거나…. 정말이지 나에게 남자복은 조금도 존재하지 않았다.

《사랑, 역사가 되다》는 이제 다시는 연애하지 않겠다고 결심했을 때 쓴 소설이다. 10년 전, 세상의 모든 단점을 가진 남자와 연애를 끝낸 뒤였다. 주위의 모든 사람이 말린 그 연애의 끝은 처참했다. 그 남자와의 이별은 드라마나 영화처럼 아름답고 슬픈 게 아니라 구질구질하고 짜증 나고 지저분했다.

나는 이상적 사랑에 대한 열망이 큰 만큼 연애할 때마다 모든 걸 걸었다. 백마 탄 왕자가 아니라도 동화처럼 아름다운 사랑을 할 수 있다고 믿었다. 공주님의 키스를 받고 개구리가 왕자님으로 변하는 동화도 있으니까. 하지만 나의 희생과 인내는 결코 개구리를 왕자님으로 변신시킬 수 없었다. 그따위 사랑은 하고 싶지 않았다. 결국 사랑은 없다고 믿기로 했다.

모든 인간관계는 '사랑'을 바탕으로 한다. 인간관계에서 가장 중요하고 기본적인 '사랑'이 존재하지 않는다고 생각하자 모든 인간관계에 시들해졌다. 상대방의 배려는 나에게 무언가를 얻어 내기 위한 꼼수로 느껴졌고, 상대방의 인내는 그 사람의 어리석음을 증명하는 것으로 보였다. 연애 상대뿐만 아니라 동료, 친구, 가족들과의 관계까지 비틀어지고 무너졌다. 그렇게 변해 버린 나 자신이 견딜 수 없어서, 내가 선택한 고립의 외로움이 너무 힘들어서 결국 무너져 버렸다. 심각한 우울증이었다.

우울증을 치료하기 위해 모든 수단과 방법을 동원했다. 이 소설을 시작한 이유도 우울증 치료를 위해서였다. 세기의 사랑 따위는 없다는 걸 증명하고 싶었다. 하지만 자료 조사를 하면서, 1인칭 소설을 쓰면서 슬그머니 사랑에 대한 믿음이 되살아나기 시작했다. 정확하게 말하자면 사랑에 대한 정의가 바뀌었다. 이성 간의 사랑은 인간관계에서 가장 밑바닥 감정이었다. 더럽고 치사하고 구질구질하고 지저분하고 처절했다. 그럼에도 불구하고 함께할 수밖에 없는 것이 바로 사랑이었다. 내가 한 연애는 결코 사랑이 아니었다. 사랑이 아니기에 헤어질 수 있었던 것이다.

그러니까 나는 개구리를 사랑해서 키스한 게 아니었다. 나는 개구리가 멋있는 왕자를 되길 바라며 희생하고 인내했던 것이다. 사랑한다면 그 사람 그대로를 사랑해야 한다는 것을, 그 사람이 내가 원하는 대로 변하지 않는다고 해서 나를 사랑하는 마음이 보잘것없다고 무시해서는 안 된다는 것을 깨달았다. 미끌미끌하고 번들거리는 껍데기부터 징그러운 발가락 사이의 지느러미, 개굴개굴 울어 대는 거슬리는 목소리까지 개구리의 모습 그대로를 사랑해야 진정한 사랑이다.

진정한 사랑은 기적처럼 드물지도 모른다. 그 기적의 기회가 나를 비켜 갈지도 모른다. 그래도 괜찮다. 사랑이라는 기적이 어디에선가 이루어지고 있다는 생각만으로도 행복하니까. 이 책을 읽는 독자들도 나처럼 다시 사랑을 믿었으면 좋겠다. '사랑'은 우리가 존재하는 이유이자 목적이니까. 그래서 난 오늘도 어딘가에 있을 나만의 개구리를 기다리고 있다.

이 글을 읽는 독자 여러분 모두
슬픔과 고통을 함께 짊어져 줄
사랑이라는 기적이 이루어지길 바라며

2021년 01월 초
최문정 드림

새우와 고래가 함께 숨쉬는 바다

《바보엄마》 최문정 작가의
색다른 로맨스 실화소설

사랑, 역사가 되다
– 일곱 빛깔의 세계적인 사랑 판타지

지은이 | 최문정
펴낸이 | 황인원
펴낸곳 | 도서출판 창해

신고번호 | 제2019-000317호

초판 인쇄 | 2021년 01월 15일
초판 발행 | 2021년 01월 22일

우편번호 | 04037
주소 | 서울특별시 마포구 양화로 59, 601호(서교동)
전화 | (02)322-3333(代)
팩스 | (02)333-5678
E-mail | dachawon@daum.net

ISBN 979-11-91215-00-7 (03810)

값 · 18,000원

Publishing Club Dachawon(多次元)
창해·다차원북스·나마스테